借石攻玉

《中国文学理论》导引

袁劲 著

商务印书馆（上海）有限公司 出品
The Commercial Press (Shanghai) Co.Ltd

| 作者简介 |

　　袁劲,山东枣庄人,武汉大学汉语言文学专业学士、文艺学专业博士(硕博连读)、中国社会科学院比较文学与世界文学专业博士后。现为武汉大学文学院特聘副研究员,从事中国文化及文论的研究与教学工作,讲授"文学概论""中国文化概论""中国文论原典导读""人文社科经典导引"等课程。发表论文40余篇,部分论文被《中国文学年鉴》《文学研究文摘》《复印报刊资料·文艺理论》《复印报刊资料·中国古代、近代文学研究》等转载或摘编,著有《元典关键词研究的思想与方法》(第一作者)和《"怨"的审美生成》,参编《中国文化:元典与要义》《中国文论经典导读》《〈文心雕龙〉导读》。

| 目 录 |

绪　论　　《中国文学理论》：为何读与如何读　/ 001

第一章　　《中国文学理论》与"中国的文学理论"　/ 022

第二章　　本体论：在心为志，发言为诗　/ 051

第三章　　价值论：立功立言，所庶几也　/ 077

第四章　　创作论：放言遣辞，良多变矣　/ 104

第五章　　作家论：诗之为技，较尔可知　/ 120

第六章　　作品论：定体则无，大体须有　/ 134

第七章　　接受论：文情难鉴，谁曰易分　/ 155

第八章　　批评论：讨论瑕瑜，别裁真伪　/ 177

第九章　　通变论：望今制奇，参古定法　/ 205

结　语　　攻玉与伐柯　/ 223

附　录　　/ 231

绪　论
《中国文学理论》：为何读与如何读

刘若愚（James J. Y. Liu），字君智，美籍华裔学者，1926 年生于北京。自幼就读于新式学堂，1944 年考入北京辅仁大学西语系，学习西方语言和文学；1948 年凭借研究维吉尼亚·伍尔夫（Virginia Woolf）的论文获得学士学位，同年考入清华大学研究生院继续研究英国文学，成为燕卜荪（William Empson）的学生兼助教；1949 年得到英国文化协会奖学金资助，赴布里斯托大学（University of Bristol）深造，撰写研究克里斯托弗·马洛（Christopher Marlowe）的硕士学位论文，其间经导师伯特伦·L. 约瑟夫（Bertram L. Joseph）教授推荐，赴牛津大学沃德姆学院莫里斯·鲍勒（Maurice Bowra）教授处学习，于 1952 年获布里斯托大学硕士学位。毕业后，刘若愚先后执教于伦敦大学、香港大学、香港新亚书院（现香港中文大学）、夏威夷大学、匹兹堡大学、芝加哥大学、斯坦福大学等院校，1986 年在美国斯坦福因病逝世。刘若愚先生早年研究英国文学，随后专攻中西文学与诗学的比较研究，主要著作有《中国诗学》（*The Art of Chinese Poe-*

try, 1962）[1]、《中国之侠》(The Chinese Knight-Errant, 1967）[2]、《李商隐的诗——中国九世纪的巴洛克诗人》(The Poetry of Li Shang-yin: Ninth-Century Baroque Chinese Poet, 1969）、《北宋六大词家》(Major Lyricists of the Northern Sung, A.D.960–1126, 1974）[3]、《中国文学理论》(Chinese Theories of Literature, 1975）、《中国文学艺术精华》(Essentials of Chinese Literatry Art, 1979）[4]、《跨语际批评家：阐释中国诗歌》(The Interlingual Critic: Interpreting Chinese Poetry, 1982）[5]、《语言·悖论·诗学：一种中国观》(Language-Paradox-Poetics: A Chinese Perspective, 1988）[6] 等八部，以及《伊丽莎白时代与元代某些戏剧程式的简要比较》("Elizabethan and Yuan: A Brief Comparison of Some Conventions in Poetic Drama", 1955）、《西方中国文学研究：近况、当前倾向及未来前景》("The Study of Chinese Literature in the West: Recent Developments, Current Trends, Future Prospects", 1975）、《中西文学理论综合初探》("Towards a Synthesis of Chinese and Western Theories of Litera-

---

[1] 有杜国清译本，(台北)幼狮文化事业公司1977年版；赵帆声、周领顺、王周若龄合译本，河南人民出版社1990年版；韩铁椿、蒋小雯合译本，长江文艺出版社1991年版。
[2] 有周清霖、唐发铙合译本，上海三联书店1991年版；罗立群译本，书名译作《中国游侠与西方骑士》，中国和平出版社1994年版。
[3] 有王贵苓译本，(台北)幼狮文化事业公司1986年版。
[4] 有王镇远译本，黄山书社1989年版。
[5] 有王周若龄、周领顺合译本，书名译作《中国古诗评析》，河南大学出版社1989年版。
[6] 该书系刘若愚先生遗著，由林理彰整理出版。

ture", 1977)、《姜夔诗学》("Chiang K'uei's Poetics", 1985)等五十余篇论文。[①]其中,《中国文学理论》一书产生深远影响,最为中国学界所熟知和称道,也一度引起众多学者对中国文论话语体系的重审与热议。

一

《中国文学理论》的写作始于 1971 年,完稿于 1973 年,英文原著于 1975 年由美国芝加哥大学出版社出版。该书最早的中译本为 1977 年台北成文出版社出版的《中国人的文学观念》,译者是赖春燕。因该译本有一些瑕疵,加之略去了原著中四分之一篇幅的附注、参考书目和词汇索引,杜国清于 1979 年经刘若愚授权后重新翻译该书,并在 1980 年交付台北联经出版事业公司出版,此后多次重印。1986 年中州古籍出版社曾出版赵帆声、王振铎[②]、王庆祥、袁若娟四人的合译本,题为《中国的文学理论》,有注释而无索引与参考书目。1987 年四川人民出版社出版的田守真、饶曙光全译本,保留了刘若愚原著中的注释、参考书目和

[①] 刘若愚的学术经历主要依据其在《跨语际批评家:阐释中国诗歌》导言中的自述;刘若愚著作目录及述评参见詹杭伦:《刘若愚——融合中西诗学之路》,文津出版社 2005 年版。
[②] 该书扉页作者部分写作"王振",版权页作者信息写作"王振铎",以版权页为准。

索引，同样题为《中国的文学理论》。2006年，李欧梵、刘象愚主编的"西方现代批评经典译丛"引入杜国清译本，由江苏教育出版社出版，成为目前国内较为通行的版本。本书引述《中国文学理论》主要依据江苏教育出版社2006年版。

作为第一部"贯通中西文学理论的严肃著作"[1]，刘若愚《中国文学理论》在借鉴西方文学理论，梳理中国传统文学理论知识体系与话语体系方面具有范式意义。自20世纪80年代以来，中国文学理论、中西比较诗学著作之继踵而兴且后出转精，多获益于《中国文学理论》的"道夫先路"。关于此点，只要留意查阅该类型著作的脚注与参考文献便可知晓。不唯如此，《中国文学理论》的重要价值还表现在学术史上，即译者杜国清所言："正如他（刘若愚——引者注）在《导论》和《结语》中所暗示的，在谈论文学时，由于这本书的出现，西洋学者今后不能不将中国的文学理论也一并加以考虑，否则将不能谈论普遍的文学理论（universal theory of literature）或文学（literature），而只能谈论各别或各国的文学（literatures）和批评（criticisms）而已。"[2] 亦如评介者杨乃乔所言："在欧美同行学者对刘若愚投出最初尊重的眼光之后的多少年来，固守国内本土学术研究的纯粹者，也开始从不屑了解退却于道听途说的偏见，再退却于半信半疑的心悦诚服，当下开始小心翼翼地试读刘若愚著作的汉译读本了。

---

[1] 杜国清：《中国文学理论·译者后记》，江苏教育出版社2006年版，第262页。
[2] 杜国清：《中国文学理论·译者后记》，江苏教育出版社2006年版，第261页。

这无疑是中国学界的一个进步。"① 不妨说，无论是梳理中国文学理论传统，还是探讨普遍性的文学理论，国内外学者的赞同、征引也好，批评、改写也罢，其实都绕不开刘若愚的《中国文学理论》。卡尔维诺的《为什么读经典》曾言经典作品是"每次重读都像初读那样带来发现的书"与"即使我们初读也好像是在重温的书"。② 在中文版译介已历四十余年后，我们对这部经典的"初读"或"重读"，不应只在意书中的结论恰切与否，而更应关注著者的问题意识与研究方法，即通过批判性阅读《中国文学理论》，不断逼近著者所要追寻的"中国的文学理论"乃至"可能的世界性的文学理论"。

阅读《中国文学理论》，不可错过精彩的《导论》，尤其需要注意著者自述的四个方面。

一是"本论"与"分论"之别。受到好友高恭亿教授划分"语言本论"（Theories of language）与"语言分论"（Linguistic theories）的启发，刘若愚提出文学批评中的"文学本论"（Theories of literature）与"文学分论"（Literary theories）之别："这两种理论对文学在两个不同的层次加以处理：一是属于本体论的（ontological），另一是属于现象论的（phenomenological）或者方法论的

---

① 杨乃乔：《全球化时代的语际批评家和语际理论家——谁来评判刘若愚及其比较文学研究读本》，《徐州师范大学学报》（哲学社会科学版）2006年第2期。
② ［意大利］卡尔维诺：《为什么读经典》，黄灿然、李桂蜜译，译林出版社2012年版，第3—4页。

（methodological）；当然这两者是相互关联的。"① 赵帆声等四人合译本将这两个概念称为"文学的理论"和"文学性理论"。② 大致说来，"文学本论"或"文学的理论"关注"有关文学的基本性质与功用"，是相对基本与普遍的问题；"文学分论"或"文学性理论"则着眼于形式、类别、风格、技巧等具体的方面。③ 例如，拟古主义在刘若愚看来就不属于文学本论，而应归入探讨如何写作的文学分论。著者之所以在开篇区分"本论"与"分论"，其实是为了剥离后者，"避免文学分论中的一些必然会涉及中西社会文化背景、技巧分类等差异巨大的细节问题"④，从而集中精力探讨文学理论的基本问题。

二是"可能的世界性的文学理论"的意图观。在界定研究主题之后，刘若愚自陈写作该书目的有三：终极目的是"提出渊源悠久而大体上独立发展的中国批评思想传统的各种文学理论，使它们能够与来自其他传统的理论比较，从而有助于达到一个最后可能的世界性的文学理论（an eventual universal theory of literature）"；直接目的是"为研究中国文学与批评的学者阐明中国的文学理

---

① ［美］刘若愚：《中国文学理论》，杜国清译，江苏教育出版社2006年版，第1—2页。
② ［美］刘若愚：《中国的文学理论》，赵帆声、王振铎、王庆祥、袁若娟译，中州古籍出版社1986年版，第1页。
③ ［美］刘若愚：《中国文学理论》，杜国清译，江苏教育出版社2006年版，第1—2页。
④ 邱霞：《中西比较视域下的刘若愚及其研究》，知识产权出版社2012年版，第206页。

论";第三个目的与终极目的有关,"为中西批评观的综合铺出比迄今存在的更为适切的道路,以便为中国文学的实际批评提供健全的基础"。① 我们可以从本来、外来与未来三个维度把握这三个目的。先要明其本来传统,即梳理自先秦至20世纪初中国的各种文学理论(可见诸书末附录的《中文人名索引》《中文书名篇名索引》《词汇索引》),"为研究中国文学与批评的学者阐明中国的文学理论"②。继而参照外来资源(见诸《西文人名书名索引》),进行中西文学理论概念、方法与标准的综合,既"不能将纯粹起源于西方文学的批评标准完全应用于中国文学",又不宜"仅采用任何中国传统文学理论作为必要的或者充分的批评基础"。③ 在前两步的基础上,最终面向未来,"提出比现存的更适切、应用更广的文学理论",亦即著者的终极目标——"可能的世界性的文学理论"。④ 以今日常言"不忘本来,吸收外来,面向未来"三个维度验之,刘若愚《中国文学理论》已有颇为自觉的理论抱负与文化诉求。

三是"不打破鸡蛋煎不出蛋卷"的方法论。《中国文学理论》的主干部分是形上论(赵帆声等人合译本将其翻译为"玄学论",田

---

① [美]刘若愚:《中国文学理论》,杜国清译,江苏教育出版社2006年版,第3—6页。
② [美]刘若愚:《中国文学理论》,杜国清译,江苏教育出版社2006年版,第5页。
③ [美]刘若愚:《中国文学理论》,杜国清译,江苏教育出版社2006年版,第6页。
④ [美]刘若愚:《中国文学理论》,杜国清译,江苏教育出版社2006年版,第3页。

守真与饶曙光译作"形而上的理论")、决定论、表现论、技巧论、审美论、实用论等"六论"。但在刘若愚看来，上述分析只是一种理想化的无奈之举。"事实上，中国批评家通常是折中派或综合主义者；一个批评家同时兼采表现论和实用论，是常有的。因此，一个批评家的见解可能散见于本书不同的章节。"①作为研究对象，中国古代文论家往往一个人（甚至在其一篇文章中）兼采"六论"，刘勰便是典型；但作为研究者，刘若愚又必须进行分析和归纳，从而呈现中国古代文论内部的秩序与体系。"打破鸡蛋再煎蛋卷"是一种方便法门或权宜之计，正如"可能的世界性的文学理论"的意图观部分所述，著者最终目的是综合而非分析——"不是为分析而分析，而是为将来可能的综合做准备"②。明乎此，方可更好地理解刘若愚在"六论"之后再设"相互影响与综合"一章之用心。

四是基于理论概念或批评术语的文论关键词研究进路。在《导论》"研究中国文学批评的困难"一节，刘若愚将"气""神""韵""文"等中国文论关键词的语义不明确视为首要困难。为了解决这一问题，《中国文学理论》在翻译上着实下了一番功夫。除了专门附录《词汇索引》③，还在翻译时不吝括注："根据它在上

---

① ［美］刘若愚：《中国文学理论》，杜国清译，江苏教育出版社2006年版，第18页。
② ［美］刘若愚：《中国文学理论》，杜国清译，江苏教育出版社2006年版，第6页。
③ 该书《词汇索引》部分附录近200个中国文学与文论的概念（如"桐城派"）、术语（如"入[声调]"）、范畴（如"兴""观""怨"）、命题（如"文以载道""同其尘"），并按照笔画数，从二画的"入（声调）"到十九画的"齉"排列。

下文中表示的主要概念，以及它可能也隐含的次要概念，必要时每次使用不同的英文字，并提供另一种可能的译文，但指明原来的用语。"① 不唯如此，刘若愚认为若要澄清关键词的语义，还需借助"概念的框架"，也就是"宇宙 ⇌ 作家 ⇌ 作品 ⇌ 读者 ⇌ 宇宙"的文学理论环形四元框架。据此框架，可由"层次"（文学本论与文学分论）精确到"阶段"（"宇宙 ⇌ 作家"为第一阶段、"作家 ⇌ 作品"为第二阶段、"作品 ⇌ 读者"为第三阶段、"读者 ⇌ 宇宙"为第四阶段），从而给语段中的文论关键词以具体的定位，帮助读者在暧昧与多义之中"寻求出更为精确的含义"。1947年，朱自清在郭绍虞、罗根泽、朱东润等中国文学批评史著作竞相出版之际，曾以《诗言志辨》为例，倡导文论关键词研究："现在我们固然愿意有些人去试写中国文学批评史，但更愿意有许多人分头来搜集材料，寻出各个批评的意念如何发生，如何演变——寻出它们的史迹。"② 不同于既有的历史语义学模式，刘若愚"层次—阶段—语段"的语义空间定位法，为文论关键词研究别开一条进路。③ 举例以明之，若要了解中国文论关键词"气"，

---

① ［美］刘若愚：《中国文学理论》，杜国清译，江苏教育出版社2006年版，第17页。
② 朱自清：《诗言志辨 经典常谈》，商务印书馆2011年版，第6—7页。
③ 刘若愚在此前出版的《中国诗学》（1962）中也谈到中国文论关键词难以准确翻译的困难，但早期的解决方案还只是通过关注文论家如何回答"诗是什么"与"如何写诗"两个关键问题，在"道学主义""个性主义""技巧主义""妙悟主义"四大传统中予以定位。参见［美］刘若愚：《中国诗学》，韩铁椿、蒋小雯译，长江文艺出版社1991年版，第83—84页。从《中国诗学》的关键问题定位法到《中国文学理论》的语义空间定位法，可谓后出转精。

除了历时性梳理词义原生、沿生、再生的来龙去脉（即传统关键词研究法），还可在共时性层面，为属于第二阶段（"作家⇌作品"）从作家看作品的"气之清浊有体，不可力强而致"与第三阶段（"作品⇌读者"）描述读者感受的"徐干时有齐气"分门别类，据此识别关键词所涉概念究竟属于世界性的文学理论、限于某几种文化传统的文学理论，还是某一传统所独有的文学理论。

二

由《导论》而及正文，刘若愚还依据"本来·外来·未来"之维度、"兼采·分析·综合"之方法、"层次·阶段·语段"之环节清理出中国传统文学理论中的形上论、决定论、表现论、技巧论、审美论、实用论，进而论及"六论"的彼此关系，并辨析其与模仿论、象征主义、现象学、形式主义等西方文论之异同。

按照刘若愚的解释，形上理论（metaphysical theories）指的是"以文学为宇宙原理之显示这种概念为基础的各种理论"[1]。"宇宙原理"在中国文学中常被表述为"道"。据此理解，形上理论关注的是文道关系，包括作者如何了解"道"和作者如何在作品中显示"道"。按照《导论》的划分，作者如何了解"道"，属

---

[1] ［美］刘若愚：《中国文学理论》，杜国清译，江苏教育出版社2006年版，第20页。

于"文学本论"和"宇宙⇌作家"的第一阶段,关乎"文学为何"（What is literature）；作者如何在作品中显示"道",属于"文学分论"和"作家⇌作品"的第二阶段,侧重于"如何写作"（How to write）。①《形上理论》一章重点介绍中国古人对"文学为何"的思考与表述,近于今天常言的"文学本体论"。于是,本章先是追溯形上概念的起源,从古代典籍中找到《易传》中的"天文"与"人文"、《乐记》中的"乐者天地之和"以及《诗纬》中的"诗者天地之心"等观念。再顺次梳理形上论的"初期表现"与"全盛发展"：著者视魏晋时期挚虞《文章流别志论》"文章者,所以宣上下之象,明人伦之叙,穷理尽性,以究万物之宜者也",陆机《文赋》"伊兹文之为用,固众理之所因。恢万里而无阂,通亿载而为津"为初期表述；以齐梁时期刘勰《文心雕龙·原道》、萧统《文选序》和萧纲《〈昭明太子集〉序》中"天文"与"人文"的类比为形上论全盛的标志。本章还指出,从唐代起,形上论逐渐与实用论交织,使得"道"从形上概念转移为道德概念,不再假借"天文"以证"人文"之崇高,而是尝试在创作中"与道合一"。此后形上传统延伸出两条支派,一条从严羽"入神"经王夫之"得神"到王士禛"神韵",另一条从姚鼐"阴阳刚柔"到王国维"境界"说。在刘若愚看来,形上理论极具中国特色,尽管同西方模仿论、表现理论以及象征主义和现象学有相似之

---

① 刘若愚《中国诗学》将"诗是什么"或"诗应该是什么"与"应该如何写诗"或"写诗最关重要的是什么"视为两个关键问题。参见［美］刘若愚：《中国诗学》,韩铁椿、蒋小雯译,长江文艺出版社1991年版,第84页。

处，却并不相等。因而，"对于最后可能的世界文学理论，中国人的特殊贡献最有可能来自这些理论"[①]。正是基于此点考虑，著者用了全书正文三分之一的篇幅来介绍形上理论。

决定理论（deterministic theories）和表现理论（expressive theories）合为一章。在刘若愚看来，决定论认为"文学是当代政治和社会现况不自觉与不可避免的反映或显示"[②]，与形上论同属于"宇宙⇌作家"的第一阶段，但不同之处在于，决定论将宇宙视为现实社会而非形而上的"道"。表现论位于"作家⇌作品"的第二阶段，认为文学作品是作者的某种表现——"或认为是普遍的人类情感，或认为是个人的性格，或者个人的天赋或感受性，或者道德性格"[③]。依据该章的历时性梳理，《左传》的"季札观乐"《诗大序》的"亡国之音"《诗谱序》的"正经与变风、变雅"以及汪琬论诗"正变所形，国家治乱系焉"，皆为决定论。至于"诗言志""文以气为主""诗缘情""情以物迁，辞以情发""摇荡性情，行诸舞咏""童心""独抒性灵，不拘格套""才胆识力"诸说，则是表现论从早期到后期、由晦暗至复苏历程中的经典表述。在该章最后，刘若愚还指出中西表现理论的三点不同：中

---

① ［美］刘若愚:《中国文学理论》，杜国清译，江苏教育出版社2006年版，第20页。
② ［美］刘若愚:《中国文学理论》，杜国清译，江苏教育出版社2006年版，第93页。
③ ［美］刘若愚:《中国文学理论》，杜国清译，江苏教育出版社2006年版，第98页。

国的表现理论很少强调创造性,并不重视激情,更侧重自然表现却不完全排除自觉的艺术技巧。

技巧理论(technical theories)位于"作家⇌作品"的第二阶段,认为文学是一种语言的技艺,"与表现概念类似的地方,在于两者主要着重在艺术过程的第二阶段;而与表现概念不同的地方是,它认为写作过程不是自然表现的过程,而是精心构成的过程"[①]。中国诗文评中的"声律"(包括"浮声""切响""轻""重")、"术"、"格"、"法"、"肌理"等关键词,可视为技巧理论在不同时段的呈现。

审美理论(aesthetic theories)位于"作品⇌读者"的第三阶段,"认为文学是美言丽句的文章"[②]。刘若愚用"一枚钱币的两面"类比审美理论与技巧理论的关系:"当批评家从作家的观点讨论文学而规范出作文的法则,他可以说是在阐扬技巧理论;而当他描述一件文学作品的美以及它给予读者的乐趣,那么他的理论可以被称为审美理论。"[③]从"文"(包括"文采""形文""声文""情文")、"味"(包括"味外之味""涩")以及"文笔之辨"等论说可见中国印象式、通感式的审美理论——这点与西方富

[①] [美]刘若愚:《中国文学理论》,杜国清译,江苏教育出版社2006年版,第133页。
[②] [美]刘若愚:《中国文学理论》,杜国清译,江苏教育出版社2006年版,第150页。
[③] [美]刘若愚:《中国文学理论》,杜国清译,江苏教育出版社2006年版,第150页。

于抽象、注重类分以及倡导自律的相关理论有所不同。

实用理论（pragmatic theories）位于"读者⇌宇宙"的第四阶段，"是基于文学是达到政治、社会、道德，或教育目的的手段这种概念"[①]。早期《诗》学中的"美刺""思无邪""兴观群怨"，以及此后"文人之笔劝善惩恶""文章，经国之大业，不朽之盛事""济文武于将坠，宣风声于不泯""文所以载道""诗教之大，关于国之兴微"等论说，同西方实用理论"类似点极为明显而无详述的必要"。[②]

由以上六种理论的逐章分疏来看，刘若愚论述某一理论的基本框架由三个部分构成：先谈概念及其源起，再历时性梳理相关论说中"具有创意或者对传统的文学概念给予重大修正者"[③]，最后进行中西相关理论的同异比较。从论述篇幅上看，著者用力最多的是形上论，其次是表现论、技巧论、实用论和审美论，至于决定论则仅有一节。其中，在中西比较环节，形上论最多，分列三节；表现论和审美论次之，各谈三点；技巧论仅提及相似性，而决定论和实用论则完全付之阙如。以环形四元框架观之，处在"宇宙⇌作家"阶段的有形上论和决定论，处在"作

---

① ［美］刘若愚:《中国文学理论》，杜国清译，江苏教育出版社2006年版，第160页。
② ［美］刘若愚:《中国文学理论》，杜国清译，江苏教育出版社2006年版，第176页。
③ ［美］刘若愚:《中国文学理论》，杜国清译，江苏教育出版社2006年版，第19页。

家⇌作品"阶段的有表现论和技巧论，位于"作品⇌读者"阶段的是审美论，位于"读者⇌宇宙"阶段的是实用论。通过这一简单统计，可窥知刘若愚论说的侧重点。

三

《中国文学理论》最后一章专论形上论、决定论、表现论、技巧论、审美论、实用论的相互影响与综合关系。其思路是"更详细地讨论各种不同理论间的相互关系，并举出一些例子说明各批评家之间的矛盾，批评家个人作品中的自我矛盾或不合逻辑之处，以及试求协调和综合不同理论的种种意图"①。之所以如此设计，是因为著者意识到，前五章以段落和关键词为基础的拆解式分析存在不足，容易造成破碎与偏颇。在一则比喻中，刘若愚寄托了自己进行综合与还原的愿望："将一件织锦五颜六色的丝线拆开以后，我们可进而再将它们并在一起，看看它们形成什么花样。"②中国的织锦拆开后可以恢复，但中国的瓷器打碎后就很难无缝还原了。J.L.弗罗特曾赞扬《中国文学理论》，认为"刘若愚教授设计了一个足使中国任何文学理论都可置入的模

---

① ［美］刘若愚:《中国文学理论》，杜国清译，江苏教育出版社2006年版，第177页。
② ［美］刘若愚:《中国文学理论》，杜国清译，江苏教育出版社2006年版，第177页。

式,这使我们有可能透视中国文学理论的大观,并拿这些特有的理论与其他一些中国的和西方的文学理论进行比较和参照"①。这一评价中的"透视"与"比较和参照"之说能够成立,至于说"设计了一个足使中国任何文学理论都可置入的模式"便有些言过其实了。我们可以举出一些"例外",比如位于"作品⇌读者"第三阶段的"知音论",其丰富内涵恐怕就不限于"审美论"一维;又如历时性观照文学的"通变论",似乎很难完全被安置在某一阶段。学界对诸如此类的破碎、偏颇、龃龉、隔阂、削足适履乃至以概念代替历史之处多有举证,此不具论。②

时过境迁,当我们带着"后见之明"再来阅读《中国文学理论》时,多半会不再认同刘若愚所谓文学理论、文学批评与文学史"这种分类至今仍未获得普遍采纳",陆机《文赋》中"较不重要的似乎是技巧和审美概念",刘勰《文心雕龙》"没有决定的理论"式的判断;很有可能感慨"批评的理论批评"与"批评的实际批评"式的区分过于烦琐;乃至于不满该书将《诗大序》分

---

① 参见[美]刘若愚:《中国的文学理论》,赵帆声、王振铎、王庆祥、袁若娟译,中州古籍出版社1986年版,目录前介绍页。
② 例如,毛庆耆、谭志图:《评〈中国文学理论〉》,《文艺理论与批评》1996年第2期;周发祥:《试论西方汉学界的"西论中用"现象》,《文学评论》1997年第6期;詹杭伦:《刘若愚及其比较诗学体系》,《文艺研究》2005年第2期;王晓路:《艾布拉姆斯四要素与中国文学理论》,《文学评论》2005年第3期;张万民:《见山是山?见水是水?——海外学者比较诗学研究的三种形态》,《文艺理论研究》2008年第1期;等等。国外书评目录可参见邱霞:《中西比较视域下的刘若愚及其研究》,知识产权出版社2012年版,第294—296页。

别划入决定论、表现论、实用论三章,只征引钟嵘《诗品》"气之动物,物之感人;故摇荡性情,行诸舞咏"一句,基本忽视丰富的戏剧和小说理论(尽管著者视其为资料选择方面的特色)等做法。那么,我们又该如何理性对待《中国文学理论》的缺憾呢?

经典并不意味着无条件地绝对正确。其实,刘若愚对中国文学理论的认识也并非一蹴而就与一成不变。在1962年出版的《中国诗学》中,刘若愚依据文论家对"诗是什么"和"如何写诗"两个问题的回答,归纳出四种诗学观——"道学主义的观点:作为道德教训和社会评论的诗""个性主义的观点:作为自我表现的诗""技巧主义的观点:作为文学训练的诗"和"妙悟主义的观点:作为默察的诗"。[1] 其中,"个性主义""技巧主义"与《中国文学理论》中的表现论、技巧论大致等同,但如果依据"诗主要是一种道德的教训"[2]和"诗是诗人对世界和他自己心灵默察的体现"[3]界定来看,"道学主义"与实用论、"妙悟主义"与形上论和审美论,便很难吻合。从"四观"到"六论",刘若愚对中国文学理论的整体认识也在逐步调整。在《中国文学理论·导论》里,刘若愚曾以括注的形式申明:"我早期的著作《中国诗学》

---

[1] 参见[美]刘若愚:《中国诗学》,韩铁椿、蒋小雯译,长江文艺出版社1991年版,第85—105页。
[2] [美]刘若愚:《中国诗学》,韩铁椿、蒋小雯译,长江文艺出版社1991年版,第85页。
[3] [美]刘若愚:《中国诗学》,韩铁椿、蒋小雯译,长江文艺出版社1991年版,第100页。

(*The Art of Chinese Poetry*)中,对中国诗观的讨论,过于简略,需要再加以阐发与修正。"①刘若愚诗论的发展过程,可按照萌芽期(1962年)、发展期(1963—1974年)、成熟期(1975—1982年)三个阶段图示如下②:

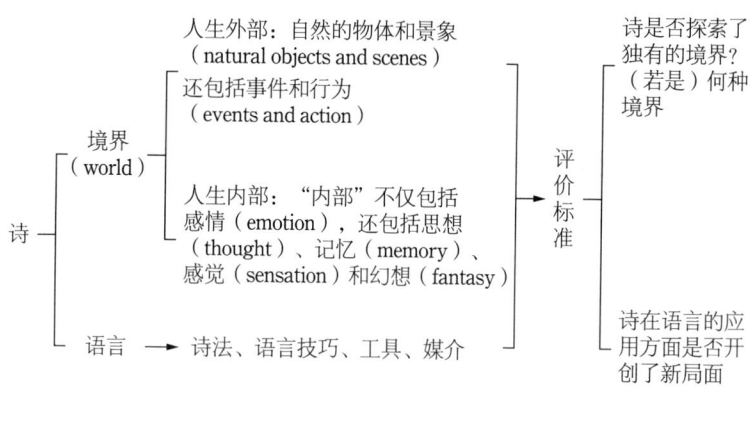

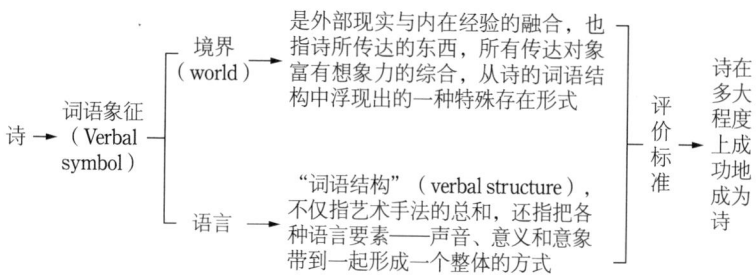

---

① [美]刘若愚:《中国文学理论》,杜国清译,江苏教育出版社2006年版,第5页。
② 图示参见邱霞:《中西比较视域下的刘若愚及其研究》,知识产权出版社2012年版,第120、131、138页。

绪　论｜《中国文学理论》：为何读与如何读　　019

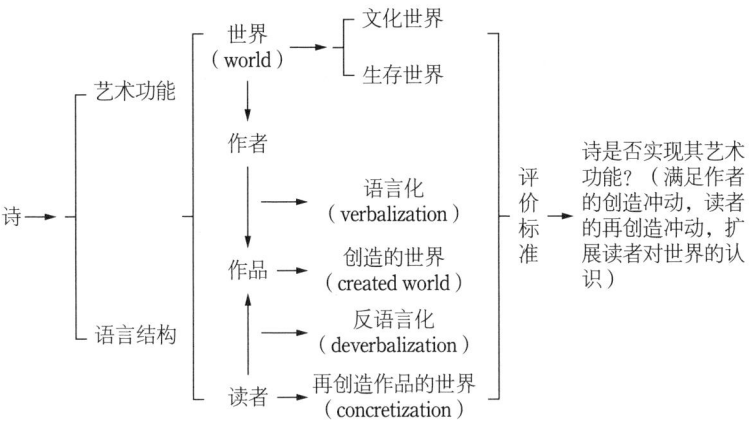

　　与早期的《中国诗学》相较，刘若愚在《中国文学理论》中却放弃了"诗是境界和语言的探索"式的总体论说，而是采用框架式结构分论中国文学理论的六个方面。这固然更全面，也更稳妥，但问题在于"一旦以这个理论推论建立的框架作为根本的衡量标准，特别是当难以在具体理论文本和框架之间达成逻辑的一致性时，就容易导致某种对中国文论的表述'混乱'"[①]。所谓"师其意而不泥其迹"，拥有"后见之明"阅读优势的我们，与其恪守刘若愚五十年前的"六论""照着说"，倒不如以此为基础"接着说"乃至"反着说"。这种批判性的经典阅读，落实到《中国文学理论》，步骤至少有三：一是不囿于语段中的关键词，回归中国文论经典的篇章语境；二是不限于书中"六论"，补充刘若愚未及就而今日不可无者；三是不困于西式话语，提炼标

---

① 李凤亮等：《移动的诗学：中国古典文论现代观照的海外视野》，暨南大学出版社 2012 年版，第 28 页。

识性的中国文学理论经典命题。

据此，本《导引》尝试以今日通行的"可能的世界性的文学理论"（中国文学理论的八个维度）为经，以"不打破鸡蛋"的文论元典篇章式阅读（从《诗大序》到《诗文评的发展》）为纬，以中国文论经典命题（从"在心为志，发言为诗"到"望今制奇，参古定法"）为话语标识，同刘若愚《中国文学理论》原著构成多重互文与对话关系：

一、《中国文学理论》与"中国的文学理论"（从艾布拉姆斯到刘若愚）

二、本体论：在心为志，发言为诗（从《诗大序》到《诗品序》）

三、价值论：立功立言，所庶几也（《典论·论文》《与杨德祖书》对读）

四、创作论：放言遣辞，良多变矣（《文赋》细读）

五、作家论：诗之为技，较尔可知（《诗品》选读）

六、作品论：定体则无，大体须有（《二十四诗品》与《文章辨体序题》）

七、接受论：文情难鉴，谁曰易分（《文心雕龙·知音》与《读第五才子书法》）

八、批评论：讨论瑕瑜，别裁真伪（《四库总目提要集部叙》与《诗文评的发展》）

九、通变论：望今制奇，参古定法（《文心雕龙》的《通变》与《时序》）

以刘若愚的《中国文学理论》为基础，本书将继续追寻"中国的文学理论"，但又有所通变：一是遵循刘若愚原著理念，注重"中国的"而非"在中国的"文学理论，立足中国传统文论经典，借鉴西方文学理论体系，结合当下文学作品和文学现象，呈现中国文学理论本土话语的效力与魅力（"借石攻玉"之谓）；二是注重通识理念与博雅精神，尽可能兼顾"文化及文学""从实践到理论""文学理论、文学史、文学批评""内部研究、外部研究""西方文论、中国古代文论、马克思主义文论、中国现当代文论""古代的文学理论、古代文学的理论""现当代文论、现当代文学实践经验的理论概括"等有关文学理论的各个维度（"圆照博观"之谓）；三是注重知识性与趣味性的统一，尽可能从具体的文本与事例出发，引导读者感受身边的文学理论，发现"不隔"的文学理论（"操斧伐柯"之谓）。

第一章
《中国文学理论》与"中国的文学理论"

本章尝试回答的问题是，如何理解书名"中国文学理论"中的核心关键词——"文学理论"。《中国文学理论·导论》有言："本书的主题是中国传统的文学理论，其性质主要是分析与解释，其次是历史的。"[①] 在具体分析、解释与历史梳理"中国传统的文学理论"之前，似应先行追溯刘若愚"文学理论"知识体系的来源，理解并评估其对艾布拉姆斯"四要素"分析图示的通变，以及《中国文学理论》在同类著作或教材中的定位，这将有助于我们在学术史的脉络中整体把握刘若愚《中国文学理论》一书的特色及不足。

一、他山之石，可以攻玉

本节标题出自《诗经·小雅·鹤鸣》："鹤鸣于九皋，声闻于

---

① [美]刘若愚：《中国文学理论》，杜国清译，江苏教育出版社2006年版，第2页。

天。鱼在于渚,或潜在渊。乐彼之园,爰有树檀,其下维榖。他山之石,可以攻玉。"美国汉学家宇文所安(Stephen Owen)曾以《他山的石头记》为中文自选集命名,认为相较于分辨清楚"他山之石"与"本山之石",更重要的任务是"找到一个办法使中国文学传统保持活力,而且把它发扬光大"。[1]同样是为了阐发中国文学理论,宇文所安通过编写《中国文学思想读本:原典·英译·解说》,探索出有别于刘若愚、魏世德、余宝琳等汉学家的"第四种方法"。正如乐黛云所言,宇文所安"不大赞成刘若愚的办法,即把中国文学理论按西方的框架分为几大块,再选择若干原始文本分别举例加以说明","既不满足于像魏世德(John Timothy Wixted)所著的《论诗诗:元好问的文学批评》那样,从一个人的著作一直追溯到诗歌和文学讨论的源头,也不满足于像余宝琳(Pauline Yu)的《中国传统意象读法》那样,选择一个核心问题,广泛联系各种文论来进行深入讨论",而是在描述的连贯性与文本的完整性两者之间,更倾向于"通过文本来讲述文学思想,仅以时间为线索将貌似互不相关文本连贯起来",对中国文论的重要篇目采取逐字逐句"原典·英译·解说"的细读方式。[2]

不唯海外汉学界不断探索阐发中国文学理论的有效方式,国内学术界与出版界也尝试了多种方案。下面就以五部文学

---

[1] [美]宇文所安:《他山的石头记——宇文所安自选集》,田晓菲译,江苏人民出版社2006年版,《自序》第2页。

[2] 参见乐黛云为宇文所安《中国文学思想读本:原典·英译·解说》所作《中译本前言》,生活·读书·新知三联书店2019年版,第8—9页。

理论经典著作为例，展示研究与讲授文学理论的三种常见方式——体系建构式、历史梳理式、中西比较式，从而为更好地了解《中国文学理论》一书的体例特征、时代意义及其缺憾，建立可资参考比照的坐标系。

如何整体把握"文学理论"呢？在《中国文学理论·导论》开篇，刘若愚列出文学研究和文学批评研究的层级表：

 一、文学的研究
 A 文学史
 B 文学批评
  1. 理论批评（Theoretical criticism）
   a 文学本论（Theories of literature）
   b 文学分论（Literary theories）
  2. 实际批评（Practical criticism）
   a 诠释（Interpretation）
   b 评价（Evaluation）
 二、文学批评的研究
 A 文学批评史
 B 批评的批评
  1. 批评的理论批评（Theoretical criticism of criticism）
   a 批评本论（Theories of criticism）
   b 批评分论（Critical theories）
  2. 批评的实际批评（Practical criticism of criticism）

a 诠释（Interpretation）
b 评价（Evaluation）[①]

在列表中，刘若愚将"文学的研究"分为三个层级：第一层级是"文学史"和"文学批评"；第二层级是重点关注的"文学批评"，内含"理论批评"和"实际批评"；第三层级是归入"理论批评"的"文学本论"与"文学分论"，纳入"实际批评"的"诠释"与"评价"。相应地，"文学批评的研究"包括"文学批评史"和"批评的批评"，而"批评的批评"亦内含"批评的理论批评"和"批评的实际批评"，前者包含"批评本论"与"批评分论"，后者包含"诠释"与"评价"。[②] 上述在今天看来烦琐且拗口的划分，其实是把"文学""理论""批评"三个词，组合成"文学理论""批评理论""文学性的理论""批评性的理论""理论性的批评""实践性的批评""批评的批评"等多种形式，以适应不同层面的文学与文学批评研究。

按照最常见的拆解与组合方式理解，"文学理论"是关于"文学"的"理论"。那么，究竟什么是理论呢？理论是"系统性的知识或知识的有系统性的结论"[③]。按照这一定义，我们可以发现

[①] ［美］刘若愚:《中国文学理论》，杜国清译，江苏教育出版社2006年版，第2页。
[②] ［美］刘若愚:《中国文学理论》，杜国清译，江苏教育出版社2006年版，第2页。
[③] 方克强:《文艺学：反本质主义之后》,《华东师范大学学报》（哲学社会科学版）2008年第3期。

与理论密切相关的四个关键词:知识、实践、体系和建构。

先看知识与理论的区别。知识多是经验性的,具有个人化与片面化的特点,理论则具有反思性和体系性。因而,理论常常表现为对知识的整合乃至批评。乔纳森·卡勒指出:"理论的主要效果是批评'常识',即对于意义、写作、文学、经验的常识。"[1]通过反思与质疑一般性的知识,理论得以超越个人化、片面化的局限,将我们的识见提升到更深、更高、更本质的层面。

再看理论的来源。理论来源于实践,知识来源于经验,经验又有直接和间接之分。所以,理论有基于新文本、新现象的提炼和概括[2],也有基于已有文本、现象包括理论的阐释和研究[3]。从这种意义上讲,"文学理论"包括对已有理论的研究和从文学文本、活动、现象中提炼理论的研究。需要注意的是,后者又可细分成两类:有对既有文本的再次提炼[4],也有对非文本化的活动和现象的直接归纳[5]。

明确此点,将有助于我们从原理上把握,为何会有"古代的文学理论"与"古代文学的理论"、"现当代文论"与"现当代文学实践经验的理论概括"这种细致的辨析。程千帆先生于

---

[1] [美]乔纳森·卡勒:《文学理论入门》,李平译,译林出版社2013年版,第4页。
[2] 如当下方兴未艾的科幻文学、有声书、文学作品的影视改编。
[3] 如刘若愚命名的"批评的批评"以及"研究之研究""阐释之阐释"。
[4] 如《论语·为政》中孔子论《诗》的"《诗》三百,一言以蔽之,曰:思无邪",以既有的《诗经》为基础。
[5] 如《论语·八佾》中孔子所言"周监于二代,郁郁乎文哉,吾从周",是对周代文化而非某部经典的整体感知。

1981年提出"古代的文学理论"与"古代文学的理论"两种研究路数:

> 从理论角度去研究古代文学,应当用两条腿走路。一是研究"古代的文学理论",二是研究"古代文学的理论"。前者是今人所着重从事的,其研究对象主要是古代理论家的研究成果;后者则是古人所着重从事的,主要是研究作品,从作品中抽象出文学规律和艺术方法来。这两种方法都是需要的。但在今天,古代理论家从过去的及同时代的作家作品中抽象出理论以丰富理论宝库并指导当时及后来创作的传统做法,似乎被忽略了。于是,尽管蕴藏在古代作品中的理论原则和艺术方法是无比地丰富,可是我们却并没有想到在古代理论家已经发掘出来的材料以外,再开采新矿。[①]

刘若愚《中国文学理论》所归纳的形上论、决定论、表现论、技巧论、审美论、实用论,皆属于"古代的文学理论",此不具论。那么,什么是与之对应的"古代文学的理论"呢?程先生以"古典诗歌描写与结构中的一与多"为例,指出其类型包括诗歌中人物关系的"一与多",如传王安石所作"浓绿万枝红一点,动人春色不须多"[②]中的"红"(一)与"绿"(多);时空关系中的"一

[①] 程千帆:《古典诗歌描写与结构中的一与多》,载张伯伟编:《程千帆诗论选集》,山西人民出版社1990年版,第44页。
[②] 此说据叶梦得《石林诗话》。

与多",如白居易《望月有感》"共看明月应垂泪,一夜乡心五处同"中的同一时间(一)与五处空间(多);诗歌结构中的"一与多",如李白《越中览古》"越王勾践破吴归,战士还家尽锦衣。宫女如花满春殿,只今惟有鹧鸪飞",前三句记事(多),最后一句写景(一)。与之类似,还有"现当代文论"与"现当代文学实践经验的理论概括",如前面提到的科幻文学、有声书、文学作品的影视改编,若能从这些新现象中提炼出具有概括性和解释力的理论,便属于"现当代文学实践经验的理论概括"。

接着看文学理论的体系性何在。当前中国哲学社会科学有"三大体系"建设,分别是学科体系(学科设置、专业划分、课程与教材建设)、学术体系(理论知识、研究方法)和话语体系(依托符号、语言而形成的价值体系和行为规范)。就"文学理论"的"体系性"而言,主要表现在理论知识体系和研究方法体系两个方面。

理论知识体系由一系列彼此关联的概念、术语、范畴、命题构成。例如,读者反应理论与接受美学(读者接受文论)的理论话语,便包括而不限于:英伽登的"不定点"(Places of indeterminacy)、伊瑟尔的"隐含读者"(Implied reader)与"召唤结构"(Appeal structure,"空白"与"否定"),斯坦利·费什的"解释团体"(Interpretative community),姚斯的"期待视野"(Expectation horizon),等等。研究方法体系包括适用于研究对象的特定策略、技巧、程序和工具。例如,刘勰《文心雕龙·知音》中的"六观":"是以将阅文情,先标六观:一观位体,二观置辞,三观通变,四观奇正,五观事义,六观宫商,斯术既形,则优劣见矣。"[1]

最后看体系建构的方式。勒内·韦勒克和奥斯汀·沃伦的《文学理论》通过概念辨析,区分文学理论与文学史、文学批评,内部研究与外部研究,逐层剥离,以便呈现作者最为推崇的"文学理论(而非文学史、文学批评)的内部研究(而非外部研究)"。这一构建包括理论知识体系和研究方法体系两大块。知识体系构建大致对应《文学理论》第一部分"定义和区分"中有关"文学"与"文学研究"、"文学研究"与"科学研究"、"文学"与"印刷品""名著"、"文学语言"与"科学语言""日常语言"、"甜美"与"有用"、"文学理论"与"文学批评""文学史"、"总体文学"与"比较文学""民族文学"等若干组概念、术语、范畴的辨析。方法体系构建则涵盖搜集和汇总材料、编年和辨伪的"初步研究"(第二部分),由传记、心理学、社会、思想和其他艺术找寻文学起因的"外部研究"(第三部分),聚焦声音、文体、意象和隐喻、象征和神话、形式和技巧等个别艺术品以及文学类型、文学评价、文学史等整体问题的"内部研究"(第四部分,为著者所推崇)。

韦勒克和沃伦在文学理论学科史上的一大贡献是对文学史、文学批评与文学理论的辨析,且看书中相关表述:"关于文学的原理与判断标准的研究,与关于具体的文学作品的研究——不论是做个别的研究还是做编年的系列研究——二者之间也要进

---

[1] 范文澜:《文心雕龙注》,人民文学出版社1958年版,第715页。

一步加以区别。要把上述的两种区别弄清楚，似乎最好还是将'文学理论'看成是对文学的原理、文学的范畴和判断标准等类似问题的研究，并且将研究具体的文学艺术作品看成'文学批评'（其批评方法基本上是静态的）或看成'文学史'。"[1] 如果对标文学史、文学批评和文学理论，其中"个别的研究"主要指"文学批评"，"编年的系列研究"则对应"文学史"。文学理论与文学史、文学批评三者既有区别，却又无法截然分开。按照韦勒克的观点：文学史无法排除文学批评的判断，因为选择什么（不）进入文学史本身就是一种判断；文学批评需要了解文学史，以便超越单凭个人好恶的最主观判断；文学理论作为一种方法论，与文学批评结合便是文学批评理论，与文学史结合则形成文学史理论——用韦勒克的话讲，"'文学理论'一语足以包括——本书即如此——必要的'文学批评理论'和'文学史理论'"[2]。

体系建构需要宏观视角，初学者不太好把握其中的逻辑和线索，同时对其中涉及的理论流派及其观念、主张、概念、术语、范畴、命题并不熟悉，在这种情况下，便可以考虑从历史梳理式的文学理论教材入门。例如，王先霈《文学理论学科地图》主张："我们今天绘制、观看、使用'文学理论学科地图'，当然

---

[1] ［美］勒内·韦勒克、［美］奥斯汀·沃伦：《文学理论》，刘象愚等译，浙江人民出版社2017年版，第27页。
[2] ［美］勒内·韦勒克、［美］奥斯汀·沃伦：《文学理论》，刘象愚等译，浙江人民出版社2017年版，第27页。

是要讲究学术的细致分工,划清不同学科之间的疆界,用当今'文艺学'学科的视角,勾勒古今中外文学理论发展的历程和它的主要内容。"[1]该书第一部分"学科历史"就是典型的历史梳理式,把古今中外的文学理论划分成四个部分:轴心时代的文学理论、中国秦汉至明清的文学理论、古罗马至19世纪欧洲的文学理论、20世纪欧美文学理论。这种方式力图通过梳理"学科历史"呈现不同时期(地域)"文学理论"的演进。如果说体系建构的方式侧重于说明"文学的理论性(而非知识、实践、片段)何在",那么,历史梳理的方式则试图呈现不同历史时期"有哪些文学理论"。依据时间和空间归类,"轴心时代的文学理论"包括古希腊和中国,"中国秦汉至明清的文学理论"则与"古罗马至19世纪欧洲的文学理论"大致并列。

就整体而言,古今中外的文学理论主要包括四块:西方文论、中国古代文论、马克思主义文论、中国现当代文论。这是一种时间与空间杂糅的组合,时间上有古代、现当代,空间上有西方、中国。那为什么西方文论将西方古代文论和西方现当代文论视作一个整体,而中国却要区分中国古代文论和中国现当代文论呢?原因在于近代、现代、当代的中国同时面临古与今、中与西、理论与实践三个层面上的资源。传统"本来"一脉为中国古代文论,西方"外来"一脉为西方文论(包括早期的苏俄马克思主义文论与当代的西方马克思主义文论),以及苏俄马克思主

---

[1] 王先霈:《文学理论学科地图》,北京大学出版社2017年版,第2页。

义文论中国化后的中国马克思主义文论——西方文论的中国化、中国古代文论的现代化、现当代文学实践经验的理论化成为中国现当代文论的三重思想资源。

于是,在历史梳理式中,便需要注意两个问题。一是西方中心主义。"西方文论"的"西方"通常指的是"发源于古希腊的欧洲文化及哥伦布发现新大陆以后西欧文化在北美的传播、延续和发展"[1]。这是一种欧洲中心主义,由欧洲在政治、经济上的强势地位延伸出欧洲在文学理论研究中的主导性,而相应忽视了中国古代文论。[2]也正是因为这一点,近现代以来中国的学者,对应"西方文论"提出了"中国文论"的概念。

这就涉及需要反思的第二个问题——中与西是否二元对立。我们借助"西方文论",重新发掘、界定"中国古代文论",这里面仍存在比附、割裂式的二元对立。中国与世界的关系,不应是简单地"将中国自外于、平行于、并置于(and)世界"的"世界与中国"(China and the world),而应是"中国内生于(of)世界之中"的"世界的中国"(China of the world)。[3]关于中西关系的反思,引发了第三种理解"文学理论"的方式——中西比较式。如果说,体系建构式侧重于说明"文学的理论性(而非知识、实践、片段)何在",历史的方式试图呈现不同历史时期"有哪些

---

[1] 蒋孔阳、朱立元主编:《西方美学通史》,上海文艺出版社1999年版,第3页。
[2] 当然也忽视了印度文论、韩国文论、日本文论,等等。
[3] 刘康:《世界的中国,还是世界与中国?——我的回应》,《文艺争鸣》2019年第6期。

文学理论",那么,中西比较式则是在前两者基础上,通过反观、对视、正视等方式,揭示"中国的文学理论"或曰"文学理论的中国性"。

"中国的"与"在中国的"虽只有一字之差,却代表了理论的两种类型。冯友兰《中国哲学简史》区分了"中国的佛学"(融入中国的文化思想中,例如文学理论中受到佛教影响的意境与声律)与"在中国的佛学"(保持印度的特色,未与中国思想融合)。与之类似,"中国的文学理论"(Chinese theory of literature)是依据西方的"文学批评"这个概念重新估定传统的"诗文评",而"文学理论在中国"或曰"在中国的文学理论"(Theory of literature in China)则尚未本土化,没有根植中国实践、正视中国经验、围绕中国问题,例如西方文论中的"非裔批评"到了中国,因缺少种族主义思想背景,便只是"在中国的文学理论"而非"中国的文学理论"。

紧随而来的问题是:如何比较、区分、识别"中国的文学理论"?作为中国的学生和研究者,我们需要了解、发现什么是"中国的文学理论",而不是单纯地被动接受"文学理论在中国"或者是"在中国的文学理论"。下面以三本著作为例,简述阐发"中国的文学理论"的三种类型。

第一种,刘若愚《中国文学理论》的"以西观中"和"蓦然回首"。

该书依据艾布拉姆斯的"文学四要素",结合中国的实际,形成了新的环形结构。按照作者自己的说法便是:

将上述的分析图表加以应用，且将有关的问题牢记于心，我将中国传统批评分成六种文学理论，分别称为形上论、决定论、表现论、技巧论、审美论以及实用论。①

第二种，童庆炳主编《文学理论新编》的"中西对视"与"等量齐观"。

无论是《文学理论新编》中选取的细读文本，还是此前出版的《文学理论教程》中讲解文学理论的例证，均注意到古今中外文学理论（观点、作品）的平等对话与互鉴互补：

在每一章里，我们首先精选出两篇古今中外文学理论大家或作家的文章作为其内容之一。②

我们在教材中引用了中国古代文论和西方文论的观点和材料，并对社会主义新时期以来文艺理论的研究成果，也力图加以总结和吸收。③

---

① ［美］刘若愚：《中国文学理论》，杜国清译，江苏教育出版社2006年版，第18页。
② 童庆炳主编：《文学理论新编·前言》，北京师范大学出版社2016年版，第1页。
③ 童庆炳主编：《文学理论教程·初版后记》，高等教育出版社2015年版，第404页。

第三种，袁行霈《中国文学概论》的"以中观中"和"收视反听"。

该书力求站在"中国文学"的本位，去发现"中国的文学理论"：

> 总之：中国古代并没有严格划出文学与非文学的界限，没有确立纯文学的观念。古代所谓文学，一方面容纳了在我们看来不属于文学的一些体裁，另一方面又没有把我们认为是文学的一些体裁包括进去。因而，我们确定中国文学的研究对象时，既要按照我们今天对文学的理解；又要兼顾古人的习惯，充分注意杂文学这个特点。[①]

在中西比较的三种模式中，"以西观中"有模仿的痕迹[②]，"中西对视"试图寻求平等的对话，"以中观中"则是回到中国本位。从西式的体系建构到历史梳理，再到中西比较，中国的文学理论研究者一直在追问两个问题："中国的文学理论"作为"文学理论"的共通性（"整体性"）何在？"中国的文学理论"作为"中国的"的特殊性（"中国性"）何在？

第一个问题，留待后面几章分专题论说。这里先看第二个问题，"中国的文学理论"的特殊性或曰"中国性"体现在哪些

---

① 袁行霈：《中国文学概论·引言》，北京大学出版社2010年版，第4页。
② 黄庆萱、乐黛云、曹顺庆等学者指出《中国文学理论》"武断矛盾""削足适履""以西释中"等不足，相关评述后详。

地方？答案有很多，不妨结合文学学科的历史生成来看。

起初，从中国先秦"道术合一"的传统到近代以来的"学术分途"和"专通异趣"[①]，中国文学（至少是中国古代文学）虽然接轨了西方分科治学的传统，却是一种"大文学观"以及与之相关的"大文论观"。在中国传统中，"文学"的"文"是"语言之美，只要把语言用美的方式表达出来，就是文"[②]，从而有异于西方狭义的审美的"文学"。例如，刘勰在《文心雕龙》文体论中探讨的"文"有哪些呢？"明诗第六，乐府第七，诠赋第八，颂赞第九，祝盟第十，铭箴第十一，诔碑第十二，哀吊第十三，杂文第十四，谐隐第十五，史传第十六，诸子第十七，论说第十八，诏策第十九，檄移第二十，封禅第二十一，章表第二十二，奏启第二十三，议对第二十四，书记第二十五"——其中既有我们现在比较熟悉的，被视作纯文学的诗、乐府、赋、颂赞，也有封禅、章表、奏启、议对、书记等在今天看来不属于文学的体裁。之所以认为封禅、章表、奏启、议对、书记等不属于文学，是因为我们受到了西方狭义"文学"观念的影响。

时至1883年，王韬《变法自强》中设想的"文学"乃"经史、掌故、词章之学"，对应"艺学"（西学）即"舆图、格致、天算、律例"。[③]王韬将经史子集一并称为"文学"，揭示了中国传统的

[①] 详见李建中、袁劲：《先秦两汉"道术"批评与学术跨界》，《社会科学》2016年第8期；袁劲：《近代中国的学术分途与专通异趣》，《河北师范大学学报》（哲学社会科学版）2018年第2期。

[②] 张法：《文学理论：已有的和应有的》，《文艺争鸣》2019年第9期。

[③] 王韬：《弢园文录外编》，上海书店出版社2002年版，第31—32页。

文学理论（即"诗文评"）所特有的经史子集知识形态。以抒情和品鉴为特色的"诗文评"是读者个人阅读经验的展示，这种展示受到经、史、子三种知识形态的约束：具有元典与纲纪性质的经学，为个人阅读经验的展示提供了思想语境；承担记录与镜鉴功能的史学，为"诗文评"提供了历史的观照；着眼于立言与批判的子学，以其开放多元的知识结构为"诗文评"提供了文化的视野。

1901年，蔡元培《学堂教科论》中的"文学"包括音乐学、诗歌骈文学、图画学、书法学、小说学，淡化了经、史、子。[①]这种观念不同于现在"文学"与"艺术"均作为一级学科的并列关系，而是将音乐、图画、书法纳入"文学"。另一个有意思的现象是，"文艺学"称名最早对应的是"文学学"，因为接连使用两个"学"字，与中国的词汇传统有异，便逐渐过渡为"文艺学"。蔡元培的"文学"范围和当下的"文艺学"称名，契合了中国传统文化中"文"与"艺"的融通：一方面，中国古代文论与书论、画论、乐论、舞论多有互动，如"兴""象""势""骨""自然""形神""虚静"等语词为诗、书、画、乐、舞所通用；另一方面，蔡邕、嵇康、王羲之、陶弘景、萧绎等文人往往于诗、文、书、画、音乐等文艺门类"靡不毕综"且"触类兼善"。[②]

1906年，王国维《奏定经学科大学文学科大学章程书后》中

[①] 参见高平叔编：《蔡元培教育论集》，湖南教育出版社1987年版，第27页。
[②] 参见冯翠儿：《汉魏六朝书法理论与文学理论关系探微》，凤凰出版社2016年版，第4—5页。

的"中国文学科"包含了哲学概论、中国哲学史、西洋哲学史、中国文学史、西洋文学史、心理学、名学、美学、中国史、教育学、外国文。[1]这种设置方式，反映了中国文学理论的人文传统。文史哲一体的人文传统，不难理解：我们可以用文学眼光研读《史记》，也可以把《诗》《书》《礼》《易》作为文学与哲学共同的阅读对象。与之相关的另一特色是分体传统[2]，即诗、文、小说、戏曲的理论在彼此影响之际，还会各自独立发展。例如杜甫长于诗歌创作与理论提炼（有多首论诗诗传世），但文章创作及其理论提炼有限；而韩愈对于古文有"不平则鸣""气盛言宜"等经典命题，但在诗论方面贡献不大。当然也有例外，金圣叹于诗（《唱经堂释小雅》《唱经堂古诗解》《唱经堂杜诗解》）、文（《唱经堂左传释》《唱经堂释孟子四章》）、戏曲（《贯华堂第六才子书西厢记》）、小说（《第五才子书施耐庵水浒传》）皆有理论创获。

综上，整体观照"文学理论"的三种常见方式可如此理解：

体系建构式，旨在说明"文学理论的理论性何在"，对于这一点，可通过分析与理论相关的四个关键词——知识、实践、体系、建构来加深理解。其中涉及的概念辨析有"古代的文学理论"与"古代文学的理论"、"现当代文论"与"现当代文学实践经验的理论概括"、"文学史""文学批评"与"文学理论"、"内部研究"与"外部研究"。

---

[1] 方麟选编：《王国维文存》，江苏人民出版社2014年版，第55页。
[2] 参见周兴陆：《中国文论通史》，复旦大学出版社2018年版，第5—6页。

历史梳理式，试图呈现不同历史时期"有哪些文学理论"，这就涉及"中国古代文论、西方文论、马克思主义文论、中国现当代文论"的辨析，除此以外，还需要反思这种时空交错划分中的欧洲中心主义、中西二元对立观念，以及更深层次上的中国与世界的关系问题——是"世界与中国"还是"世界的中国"。

中西比较式，在前两种方式的基础上，明确"中国的文学理论"不等于"文学理论在中国"，重在揭示"中国的文学理论"或曰"文学理论的中国性"。这种追寻，经历了"以西观中"的跟进模仿、"中西对视"的平等对话，直到"以中观中"的中国本位，需要回应两个问题：第一个问题是"中国的文学理论"作为"文学理论"的共通性何在？或曰"中国的文学理论"与"世界的文学理论"同谓之为"文学理论"的整体性何在？第二个问题是"中国的文学理论"作为"中国的"特殊性何在？

其实，刘若愚《中国文学理论》在中西比较的同时，还兼采了体系建构和历史梳理两种方法——既整体借鉴西方文学理论体系，又致力于揭示"中国的文学理论"，还将历史梳理法运用于形上论、决定论、表现论、技巧论、审美论、实用论等专题讲解之中。

二、圆照之象，务先博观

"理论"（Theory）并不神秘，它通过对实践、经验、常识的反思与体系化，为使用者提供可资借鉴的有效视角（to view）。我们可以在《中国文学理论》里看到"视角"与"理论"的互动关系。例如，"假如批评家采取作家的观点，他会倾向于规范性的，劝告有志成为作家的人如何写作；假如他采取读者的观点，他会倾向于描述性的，因为只有借着描述他本身的经验和感受，他才能劝导别人怎样阅读"①。又如，"当批评家从作家的观点讨论文学而规范出作文的法则，他可以说是在阐扬技巧理论；而当他描述一件文学作品的美以及它给予读者的乐趣，那么他的理论可以被称为审美理论"②。

刘若愚所谓"作家的观点"与"读者的观点"，源自艾布拉姆斯的"四要素"分析图示。艾布拉姆斯在《镜与灯——浪漫主义理论批评传统》(*The Mirror and the Lamp: Romantic Theory and the Critical Tradition*)中，以作品（works）为中心，沿着艺术家（artist）、受众（audience）、世界（world）三个方向，建立起三角形的"四要素"分析框架（图1）。

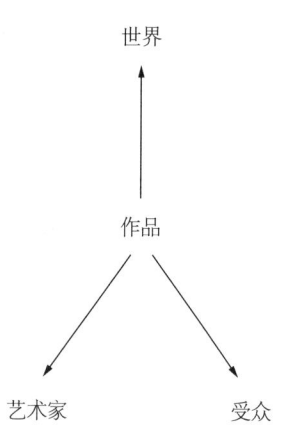

图1 艾布拉姆斯的分析图示

根据这一分析框架，从作品与

---

① ［美］刘若愚:《中国文学理论》，杜国清译，江苏教育出版社2006年版，第15页。
② ［美］刘若愚:《中国文学理论》，杜国清译，江苏教育出版社2006年版，第150页。

世界的关系可以导出"模仿说"(作品是对世界的模仿),从作品与受众的关系可以导出"实用说"(受众视作品为达成目的的手段),从作品与艺术家的关系可以导出"表现说"(作品是艺术家内心世界的外化),而聚焦作品本身并视其为自足体则是"客观说"。①艾布拉姆斯认为,以作品为中心的三角形分析图示是对以往单一性或孤立性理论视角的纠偏与综合:

尽管任何像样的理论多少都考虑到了所有这四个要素,然而我们将看到,几乎所有的理论都只明显地倾向于一个要素。就是说,批评家往往只是根据其中的一个要素,就生发出他用来界定、划分和剖析艺术作品的主要范畴,生发出借以评判作品价值的主要标准。因此,运用这个分析图示,可以把阐释艺术品本质和价值的种种尝试大体上划分为四类,其中有三类主要是用作品与另一要素(世界、受众或艺术家)的关系来解释作品,第四类则把作品视为一个自足体孤立起来加以研究,认为其意义和价值的确不与外界任何事物相关。②

艾布拉姆斯设计"四要素"分析图示的初衷是"在不无端

---

① [美]艾布拉姆斯:《镜与灯——浪漫主义理论批评传统》,郦稚牛、童庆生、张照进译,北京大学出版社2021年版,第10—31页。
② [美]艾布拉姆斯:《镜与灯——浪漫主义理论批评传统》,郦稚牛、童庆生、张照进译,北京大学出版社2021年版,第9页。

损害任何一种艺术理论的前提下，把尽可能多的艺术理论体系纳入讨论"①，但刘若愚发现"有些中国理论与西方理论相当类似，而且可以同一方式加以分类，可是其他的理论并不容易纳入艾布拉姆斯的四类中任何一类"②，并在脚注和第二章中举出形上论的例子。有鉴于此，刘若愚把艾布拉姆斯以作品为中心的三角形分析图示，改造成"宇宙⇌作家⇌作品⇌读者⇌宇宙"的环形框架（图2）。

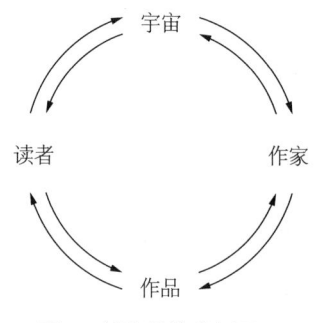

图2 刘若愚的分析图示

相较于艾布拉姆斯的初始结构，刘若愚主要进行了四个方面的改造：其一，聚焦于文学而非广义的艺术，在"四要素"命名上，用"作家"代替"艺术家"，用"读者"代替"受众"；其二，取消"作品"的中心地位（以及由此生成的客观理论），在整体框架上，用"宇宙⇌作家⇌作品⇌读者⇌宇宙"的双向环形更换原先的三角形③；其三，本着"没有作家就不存在作品"的认识，略去"世界"和"作品"的直接关联（以及由此生成的模

---

① ［美］艾布拉姆斯：《镜与灯——浪漫主义理论批评传统》，郦稚牛、童庆生、张照进译，北京大学出版社2021年版，第8页。
② ［美］刘若愚：《中国文学理论》，杜国清译，江苏教育出版社2006年版，第13页。
③ 有学者认为，刘若愚推导概括出的环形分析图示，受到刘勰《文心雕龙》"道→圣→文→道"结构的启发。参见徐宝锋：《北美中国古代文论研究的汉学形态》，吉林大学出版社2014年版，第57页。

仿理论），并基于类似的判断取消"作家"与"读者"的直接关联；其四，将艾布拉姆斯的"实用理论"从"作品→受众"转移到"读者⇌宇宙"环节，并将"作品"与"读者"之间的理论称为"审美理论"。在此基础上，刘若愚还建立起一套提问框架，以便把具体的批评观念纳入理论体系之中：

  1. 批评家关于文学的理论属于哪种层次：他的评论相当于文学本论还是文学分论？
  2. 他专注于艺术过程四阶段中的哪一阶段？
  3. 他是从作家的观点还是从读者的观点来讨论文学？
  4. 他论述的方式是描述性的（descriptive）或是规范性的（prescriptive）？
  5. 他对艺术的"宇宙"抱有何种概念：他的"宇宙"是否等于物质世界，或人类社会，或者某种"更高的世界"（higher reality），或是别的？
  6. 对于他所专注的阶段中两个要素间之关系的性质，他的概念如何。①

然而，正如刘若愚指出艾布拉姆斯的分析图示无法容纳"妙悟主义者"（Intuitionalist）或曰"形上主义者"（Metaphysical）

---

① ［美］刘若愚:《中国文学理论》，杜国清译，江苏教育出版社2006年版，第15页。

一样①，其他学者也指出了刘若愚分析图示的种种不足。

例如，乐黛云担心"如果只用外来话语构成的模式来诠释和截取本土文化，那么，大量最具本土特色和独创性的文化现象，就有可能因不符合这套模式而被摒弃在外"②，并指出："将很不相同的、长期独立发展的中国文论强塞在形上理论、决定理论、表现理论、技巧理论、审美理论、实用理论等框架中，总不能不让人感到削足适履，而且削去的正是中国最具特色、最能在世界上独树一帜的东西。"③

又如，曹顺庆评价道："刘若愚的《中国文学理论》，由于运用艾布拉姆斯之文论话语，将中国文论加以切割，牵强之处似乎无法避免。全书为迁就架构而寻找证据的味道非常浓，甚至有一些论证不准确。例如，书中说《文心雕龙》没有'决定的理论'，而事实上，《文心雕龙·时序篇》讲的就是'文变染乎世情，兴废系乎时序'，就是刘若愚所谓的'决定的理论'，奇怪的是为什么刘若愚说《文心雕龙》'没有决定的理论'。"④

具体到分析图示的细节，张双英认为刘若愚不应略去"作家"与"读者"之间的连线，因为"在中国文学史上，这情形却

---

① ［美］刘若愚：《中国文学理论》，杜国清译，江苏教育出版社2006年版，第13页脚注1。
② 乐黛云为宇文所安《中国文学思想读本：原典·英译·解说》所作《中译本前言》，生活·读书·新知三联书店2019年版，第8页。
③ 乐黛云：《我的比较文学之路》，《比较文学与比较文化十讲》，复旦大学出版社2004年版，第177页。
④ 曹顺庆：《中国文学理论的世纪转折与建构》，《中州学刊》2006年第1期。

是屡见不鲜,最有名的例子如唐代作家元稹与白居易之间,或是白居易与刘禹锡之间有关文学的讨论;另外如建安时期文人的讨论也所在都有,但却被这两个图表忽略掉了"①。

在参考张双英意见的基础上,黄庆萱还恢复了"宇宙"与"作品"之间的连线,并将"四要素"分析图示改回以作品为中心的三角形(图3)。②

图3 黄庆萱的分析图示

詹杭伦则主张"无需改回三角模式,只需在刘若愚模式的基础上,在世界与作品之间和作者与读者之间增加两条十字交叉的连线",从而构成八大理论体系(图4),顺时针依次为世界和作家之间的"形上理论"(文学为宇宙原理的显示)、作家与作品之间的"表现理论"(文学是作家情感与技巧的表现)、作品本身的"客观理论"(文学作品客观存在)、作品与读者之间的"接受理论"(作品影响读者,读者再创造作品)、读者与世界之间的"实用理论"(读者受到作品影响从而作用于社会)、作品与世界之间的"模仿理论"(作品对世界

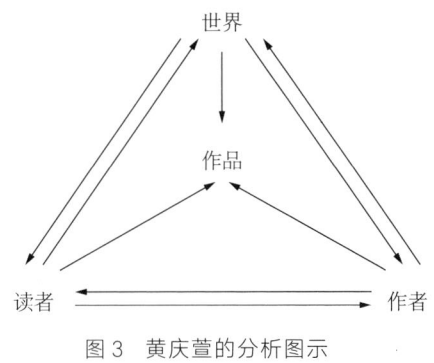

---

① 张双英:《文学理论产生的架构及其运用举隅》,转引自詹杭伦《刘若愚——融合中西诗学之路》,文津出版社2005年版,第185页。
② 黄庆萱:《刘若愚〈中国文学本论〉架构方法析议》,转引自詹杭伦:《刘若愚——融合中西诗学之路》,文津出版社2005年版,第186页。

的模仿)、世界与作品之间的"决定理论"(作品受当时社会现实所左右)、作家与读者之间的"互动理论"(作家与读者相互激励相互影响)。①

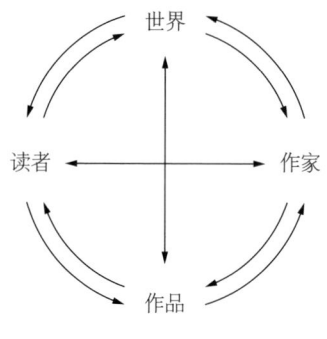

图4 詹杭伦的分析图示

在詹杭伦的分析图示中,"四要素"两两之间双向关联,穷尽了六组十二种关联。确实如其自述:"如果不在'四要素'中加入新的元素,上述八大理论的建构已经颇为完备,并且具有现实性和可操作性。"②当然,如果沿着詹杭伦的八大理论体系"接着说",还可以为外圈的"形上理论"("世界→作家")、"表现理论"("作家→作品")、"接受理论"("作品→读者")、"实用理论"("读者→世界")反向增补有关"作家→世界""作品→作家""读者→作品""世界→读者"的理论。据此而言,以艾布拉姆斯"四要素"分析图示为基础的各种"加减法"或"接着说""反着说",仍有可供继续深化与拓展的空间。

从艾布拉姆斯到刘若愚,再从刘若愚到黄庆萱、詹杭伦,研究者尝试了构建中国文学理论体系的多种方案。其中,基本构型有三角形与圆形两种:先是艾布拉姆斯设计了三角形分析图

---

① 詹杭伦:《刘若愚——融合中西诗学之路》,文津出版社2005年版,第186—187页。其分析图示右侧"作品"应为"作家"。
② 詹杭伦:《刘若愚——融合中西诗学之路》,文津出版社2005年版,第187页。

示,以作品为中心,重视作品自身及其与另外三要素的关系;后被刘若愚改造为圆形分析图示,具有圆转流动的优势,强调两两要素之间的互动。以此为基础,黄庆萱在艾布拉姆斯三角形的外围加上互动的边框,詹杭伦在刘若愚圆形的内部增添联通的十字。万变不离其宗,刘若愚、黄庆萱、詹杭伦等后来者,仍在沿着艾布拉姆斯"找出一个既简易又灵活的参照系,在不无端损害任何一种艺术理论的前提下,把尽可能多的艺术理论体系纳入讨论"[1]的初衷继续前行;而在找寻全景式理论视角之时,亦仍需记得艾布拉姆斯的提醒:"人们也能够设想出更为复杂的分析方法,只需经初步分类便能做出更为精细的区别。然而,增门添类固然加强了我们的辨识力,却使我们丧失了简便性和进行提纲挈领式分类的能力。"[2]

从艾布拉姆斯到刘若愚,再从刘若愚到黄庆萱、詹杭伦,"四要素"分析图示的修订史还说明,抽象化的理论体系很难兼顾全面、精细与简便、有效两端。究其原因,既有本土经验与外来思想的隔阂,也有抽象体系对具体文本的割裂。倘若不再执着于绘制出能够囊括中国文学理论方方面面的分析图示,而是转换思路,便能借助日常生活中的三种"观看"经验(图5),重审作为观看视角的"文学理论"。

---

[1] [美]艾布拉姆斯:《镜与灯——浪漫主义理论批评传统》,郦稚牛、童庆生、张照进译,北京大学出版社2021年版,第8页。
[2] [美]艾布拉姆斯:《镜与灯——浪漫主义理论批评传统》,郦稚牛、童庆生、张照进译,北京大学出版社2021年版,第10页。

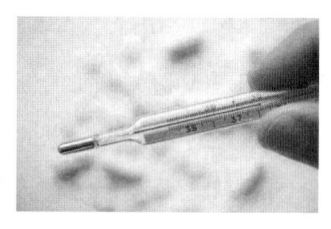

图5　万花筒、三棱镜与水银温度计

文学理论是文学批评和文学史研究的方法论，着眼点不同便会有不一样的发现，就像万花筒一样——镜筒里面有各种各样的图案和色彩。从古至今异彩纷呈的西方文学理论亦是如此：唯美主义关注的是文学作品的美本身，精神分析揭示作者或作品中人物的潜意识，新批评着眼于文本的反讽、含混、复义，读者反应批评则重在发现读者参与文本意义建构的过程。作为视角的文学理论，虽然从不同的角度会有不同的发现，但还需要以简驭繁，找到最佳视角。

关于以简驭繁，可用三棱镜类比——把光线折射出不同的颜色。当我们掌握作品、作者、读者、世界这最基本的"四要素"之后，就能将异彩纷呈的文学理论流派有序归置。透过"文学四要素"的"三棱镜"，在作品一维，包括象征主义与意象派、符号学、形式主义、新批评、结构主义等；在作者一维，含有精神分析、传记批评等；在读者一维，便是读者反应批评与接受美学；在世界一维，还有西方马克思主义、女权主义批评、新历史主义、后殖民主义；等等。

关于最佳视角，可用水银温度计类比——只有旋转到特定的角度，才能清晰地看到水银汞柱。一方面，要通过学习，接触各种各样的文学理论，形成理论的武库，但更重要的是在其中找到最称手的武器；另一方面，还要警惕如"哈哈镜"一般过于突出或缩小式的失真。换言之，在从事具体的文学批评或抽象的文学理论研究时，需要理性论证，而不是一味地说服；需要在学习和运用文学理论的过程中培养批判性思维，以克服论争时的情绪化、简单化、道德化或功利化。

如何选择观看的最佳视角，刘勰的"操千曲而后晓声，观千剑而后识器；故圆照之象，务先博观"之说可供借鉴。生活在齐梁之际的刘勰也曾面临"各照隅隙，鲜观衢路"（《文心雕龙·序志》）、"东向而望，不见西墙"（《文心雕龙·知音》）式的困扰。刘勰的解决之道有二：一是回到根本处"振叶以寻根，观澜而索源"（《文心雕龙·序志》），二是站在制高点"阅乔岳以形培塿，酌沧波以喻畎浍"（《文心雕龙·知音》）。回到根本处，可以正本清源，提纲挈领；站在制高点，则有助于博观约取，权衡利弊。按照刘勰的说法，"博观"是从不同的角度看待具体的文本或现象。在刘勰的本义之外，我们还可以这样理解"博观"——尽可能地回归文本，了解有哪些文学理论，以便在面对具体的文本、现象时能够充分调动自己的知识储备，反复试验进而发现最佳观看视角。阅读《中国文学理论》，在借由理论的"万花筒"开启新视界之后，更需要掌握三棱镜的原理，以便对五颜六色的文学理论流派"知其然，知其所以然"，还需要像使用水银温度计那样，不断尝试以便找到观看水银汞柱（文学作品、作者、读者、世界）的最佳视角。当我们尽可能地返回文本语境,知晓各式各样的文学理论（观看视角）之后,才能抓住"那些无法被批评文选摘录的部分"[①],意识到不同的文学理论各自的"见"与"不见",才有可能在全面、精细与简便、有效之间找到理论体系的平衡点。

[①] ［美］宇文所安:《中国文学思想读本:原典·英译·解说》,王柏华、陶庆梅译,生活·读书·新知三联书店2019年版,《中译本前言》第4页。

第二章
本体论：在心为志，发言为诗

上章提到，中国的文学理论研究者需要回答两个问题："中国的文学理论"作为"文学理论"的共通性何在？"中国的文学理论"作为"中国的"特殊性何在？本书导读部分将结合"四要素"延伸出的"八论"[①]一探究竟。这种在刘若愚"六论"基础上的延伸，继承了"我们需要更有系统、更完整的分析，将隐含在中国批评家著作中的文学理论提取出来"[②]的思路，力图呈现的是"中国的文学理论"而不单纯是"文学理论在中国"。刘若愚在《中国文学理论》的《导论》中曾言，既"不能将纯粹起源于西方文学的批评标准完全应用于中国文学"，又不宜"仅采用任何中国传统文学理论作为必要的或者充分的批评基础"[③]；随后又在《跨语际批评

---

① 本体论、价值论、创作论、作家论、作品论、接受论、批评论、通变论。
② ［美］刘若愚：《中国文学理论》，杜国清译，江苏教育出版社2006年版，第5页。
③ ［美］刘若愚：《中国文学理论》，杜国清译，江苏教育出版社2006年版，第6页。

家：阐释中国诗歌》的《导言》中再次致意："我不赞成把现代西方的批评术语、概念、方法及标准不加任何分析地套用于中国诗歌的研究中，我也不同意那些持另一个极端的批评家的意见，他们力求人们对待中国诗歌只应采取传统的中国诗观。"①

"中国的文学理论"作为"中国的"特殊性，首先表现为理论家对何谓"文学"的中国化理解。在刘若愚归纳的"艺术过程四阶段"与"中国文学理论六论"之中，第一阶段（"宇宙影响作家，作家反映宇宙"）的形上论与决定论、第二阶段（"作家创造作品"）的表现论和技巧论、第三阶段（"当作品触及读者，它随即影响读者"）的审美论和第四阶段（"读者对宇宙的反映，因他阅读作品的经验而改变"）的实用论，皆可视作对"文学是什么"的不同看待及其表述。②刘若愚本人在《中国诗学》中亦提出自己的看法："诗不仅是对外部世界和内部世界的探索，而且也是对用以写诗的语言的探索。"③本章将以《诗大序》和《诗品序》为例，介绍中国文学本体论的两个基本观点——"诗言志"与"诗缘情"。

---

① ［美］刘若愚：《中国古诗评析》，王周若龄、周领顺译，河南大学出版社1989年版，第6页。
② 参见［美］刘若愚：《中国文学理论》，杜国清译，江苏教育出版社2006年版，第13—17页。
③ ［美］刘若愚：《中国诗学》，韩铁椿、蒋小雯译，长江文艺出版社1991年版，第116页。

一、志之所之，风冠其首

既然是从"本体论"（Ontology）谈起，那么先要明确什么是"本体"？在哲学上，"本体"是指一切实在的最终本性，"本体论"便是对世界本原或基质（being，道）的探讨。文学理论中的"本体论"，可以理解为对何谓"文学"，或曰对"文学"基本性质的系统提问与系统回答。对于这一追问，中国古代文论主要有"诗言志"与"诗缘情"两种看法——本章两节标题"志之所之"和"摇荡性情"分别取自汉代的《诗大序》（《中国文学理论》决定论、表现论、实用论三部分皆有段落式征引）和南朝萧梁钟嵘的《诗品序》（《中国文学理论》表现论部分引用其说）。

先看《诗大序》。本节标题所谓"诗总六义，风冠其首"，指的是《诗大序》以"风"开篇，聚集"诗"的政治功用，尤其重视"上以风化下，下以风刺上"的双向互动，展现的是文学与政治及伦理的关系。下面录入全文，并以注释形式讲疏文意。

毛诗·关雎序

《关雎》，后妃之德也[①]，*风之始也。所以风天下而正夫妇*

[①] 孔颖达《毛诗正义》："言后妃性行和谐，贞专化下，寤寐求贤，供奉职事，是后妃之德也。"《小序》言《关雎》本事，以"美"为主，但《鲁诗》非"美"反"刺"："周之康王夫人晏出朝，《关雎》起兴，思得淑女以配君子。"（刘向：《古列女传》，中华书局1985年版，第90页）

也。① 故用之乡人焉，用之邦国焉。//② 风，风也③，教也。风以动之，教以化之。④

诗者，志之所之也⑤，在心为志，发言为诗。情动于中而形于言，言之不足故嗟叹之，嗟叹之不足故永歌之，永歌之不足，不

---

① 孔颖达《毛诗正义》："言后妃之有美德，文王风化之始也。言文王行化始于其妻，故用此为风教之始。"费孝通将中国传统社会的"差序格局"比喻为由己及人延伸出的"一轮轮波纹"（《乡土中国》，北京出版社2005年版，第35页）。其伦理差序由内到外依次为：夫妇—父子—兄弟—朋友。

② 《诗大序》含在本篇《关雎序》之中。《毛诗序》有《大序》与《小序》之分，《小序》解释每一首诗的本事与意旨，《大序》只有一则，位于开篇《国风·关雎》《小序》之后总论《诗经》。关于《诗大序》的起讫，主流看法是《经典释文》所引旧说："起此至'用之邦国焉'，名《关雎序》，谓之《小序》；自'风，风也'讫末，名为《大序》。"

③ "风"训"讽"，微加晓告。"风"率先出场，在"六义""四始"等集合概念之前，《诗大序》通篇共出现15次，远高于"雅"（6次）和"颂"（2次）。

④ 可拆解重组为"风，风也，风以动之"和"风，教也，教以化之"，前"讽谏"为自下而上，后"教化"为自上而下。通观《诗大序》全篇的"风"，亦可归入这两大序列：一是与教化有关的"教也""教以化之""移风俗""上以风化下"，二是与讽谏有关的"风，风也""风以动之""下以风刺上""吟咏情性，以风其上"。很明显，教化是由上及下，讽谏是自下而上。这种上下次序与由近及远的伦理展开，都是"教化"的重要表现。

⑤ 《尚书·尧典》："（舜）帝曰：夔，命汝典乐，教胄子：直而温，宽而栗，刚而无虐，简而无傲。诗言志，歌永言，声依永，律和声，八音克谐，无相夺伦，神人以和。夔曰：於！予击石拊石，百兽率舞。"朱自清《诗言志辨·序》谓"诗言志"是中国文学批评"开山的纲领"（《诗言志辨 经典常谈》，商务印书馆2011年版，第7页）。闻一多《歌与诗》指出："志有三个意义：一，记忆；二，记录；三，怀抱。"朱自清将"诗言志"细化为"献诗陈志"（公卿大夫劝谏）、"赋诗言志"（春秋辞令）、"教诗明志"（孔子）、"作诗言志"（荀子、屈原）。闻一多引文及朱自清论说均参见朱自清：《诗言志辨 经典常谈》，商务印书馆2011年版，第10—50页。

知手之舞之、足之蹈之也。①

情发于声，声成文谓之音。治世之音安以乐，其政和②；乱世之音怨以怒，其政乖；亡国之音哀以思，其民困。③故正得失，动天地，感鬼神，莫近于诗。先王以是经夫妇，成孝敬，厚人伦，美教化，移风俗。④

故诗有六义焉：一曰风，二曰赋，三曰比，四曰兴，五曰雅，六曰颂。⑤上以风化下，下以风刺上，主文而谲谏，言之者无罪，闻之者足以戒，故曰风。⑥至于王道衰，礼义废，政教失，

---

① 《礼记·乐记》："歌之为言也，长言之也。说之，故言之；言之不足，故长言之；长言之不足，故嗟叹之；嗟叹之不足，故不知手之舞之、足之蹈之也。"从"歌"到"舞蹈"自然而然，顺次过渡，契合早期文学诗乐舞一体的原生态，亦即《尚书·尧典》所描绘的"击石拊石，百兽率舞"场面。
② 有三种断句："治世之音安以乐，其政和""治世之音安，以乐，其政和""治世之音安，以乐其政和"。
③ 该句全取《礼记·乐记》，"凡音者，生人心者也。情动于中，故形于声，声成文谓之音。是故治世之音安以乐，其政和；乱世之音怨以怒，其政乖；亡国之音哀以思，其民困。声音之道，与政通矣"。所"掐头"者承上，所"去尾"者启下。
④ 由上及下，由内及外，"夫妇（王与后妃）—孝敬（父子）—人伦"渐次打开，"美教化，移风俗"即开篇所谓"用之乡人焉，用之邦国焉"。
⑤ 《周礼·春官·大师》："教六诗：曰风，曰赋，曰比，曰兴，曰雅，曰颂。"——改"六诗"为"六义"，其中未改变风、赋、比、兴、雅、颂的名称和排序，却在"六义"之前各加"一曰""二曰"的序号。"一曰风"强调"风"居其首的独特地位。同样，在"四始"中，作者也有举"风"为例而兼论"（大、小）雅""颂"之意。
⑥ 此句表面上有由上及下（"上以风化下"）和自下而上（"下以风刺上"）两种次序，但强调的重点在讽谏，"主文而谲谏"是讽谏的方式，"言（转下页）

国异政，家殊俗，而变风、变雅作矣。国史明乎得失之迹，伤人伦之废，哀刑政之苛，吟咏情性，以风其上，达于事变而怀其旧俗者也。故变风发乎情，止乎礼义。① 发乎情，民之性也；止乎礼义，先王之泽也。是以一国之事，系一人之本②，谓之风；言天下之事，形四方之风，谓之雅。③ 雅者，正也，言王政之所由废兴也。政有小大，故有小雅焉，有大雅焉。④ 颂者，美盛德之形容，以其成功告于神明者也。是谓四始⑤，诗之至也。

（接上页）之者"和"闻之者"是讽谏的双方，"无罪"和"足以戒"是讽谏的效果，可见其强调的只是"下以风刺上"。至此，序文内部的上下次序已经改变。

① 以"变风"代"变雅"。
② 孔颖达《毛诗正义》："一人者，作诗之人。其作诗者，道己一人之心耳。要所言一人心，乃是一国之心。诗人览一国之意，以为己心，故一国之事系此一人，使言之也。"
③ 将"雅"看作"风"的延续。
④ 《毛诗正义》解释"小"与"大"："小雅所陈有饮食宾客，赏劳群臣，燕赐以怀诸侯，征伐以强中国，乐得贤者，养育人材，于天子之政，皆小事也；大雅所陈，受命作周，代殷继伐，荷先王之福禄，尊祖考以配天，醉酒饱德，能官用士，泽被昆虫，仁及草木，于天子之政，皆大事也。诗人歌其大事，制为大体；述其小事，制为小体。体有大小，故分为二焉。"
⑤ "四始"有两种理解。一为"风、小雅、大雅、颂"，一为《关雎》《鹿鸣》《文王》《清庙》。《毛诗正义》："四始者，郑答张逸云：'风也，小雅也，大雅也，颂也。此四者，人君行之则为兴，废之则为衰'，又《笺》云：'始者，王道兴废之所由。'"《史记·孔子世家》："《关雎》之乱以为风始，《鹿鸣》为小雅始，《文王》为大雅始，《清庙》为颂始。""四始"中，"风"是"一国之事"，"雅"是"天下之事"，"颂"是"成功"和"告于神明"之事。地点上，自诸侯国到王庭再到宗庙；人物上，自民到王再到神。在民与王之间是"下以风刺上"，"主文而谲谏"是其方式；在王与神之间是"以其成功告于"，"美盛德"是其方式。可见"四始"的论述遵循自下而上的次序。

> 然则《关雎》《麟趾》之化①，王者之风，故系之周公。②南，言化自北而南也。《鹊巢》《驺虞》之德，诸侯之风也，先王之所以教，故系之召公。《周南》《召南》，正始之道，王化之基。是以《关雎》乐得淑女以配君子，爱在进贤，不淫其色。哀窈窕，思贤才，而无伤善之心焉，是《关雎》之义也。③
>
> ——阮元校刻：《十三经注疏》，中华书局1980年版

与《诗大序》的政治伦理说不同，当下文学理论有"文学是社会意识形态""文学是审美的艺术""文学是语言的艺术"三种主要看法。④如此判定的内在逻辑是"文学与经济基础的区别在于它是一种社会意识形态，与其他社会意识形态的区别在于它是一种审美艺术，而与其他种类艺术的区别则在于它是一种语言艺术"⑤。这是整体上的把握与界定。

除此以外，古今中外的文学理论家围绕着"文学是什么"这

---

① 取《周南》首尾两篇，《鹊巢》《驺虞》例同。
② "系"照应上文"是以一国之事，系一人之本，谓之风"。
③ 回到《关雎》，亦有观点认为"是以《关雎》乐得淑女以配君子"后七句当归入《小序》。
④ 三种观点分别认为："文学作为一种社会意识形态，是作家在社会生活中依据一定的立场、观点和方法所进行的艺术创造，具有认识性、倾向性和实践性等"，"文学作为审美艺术的特征，主要体现为情感性、形象性和超越性"，"作为文学的媒介，语言深刻、全面地影响着文学活动的每一个环节，使文学呈现出有别于其他艺术的间接性、精神性和蕴藉性"。《文学理论》编写组编：《文学理论》，高等教育出版社2020年版，第24、35、45页。
⑤ 《文学理论》编写组编：《文学理论》，高等教育出版社2020年版，第45页。

个问题，给出了不同的答案。例如，亚里士多德"史诗和悲剧、喜剧和酒神颂以及大部分双管箫乐和竖琴乐——这一切实际上是摹仿"（《诗学》），别林斯基"艺术是现实的复制；从而，艺术的任务不是修改、不是美化生活，而是显示生活的实际存在的样子"（《别林斯基论文学》），华兹华斯"诗是强烈感情的自然流露"（《〈抒情歌谣集〉序》），贺拉斯认为诗应"寓教于乐，既劝谕读者，又使人喜爱，才能符合众望"（《诗艺》），理查兹提出诗是"恰当的读者的体验"（《文学批评原理》），雅各布森"文学科学的对象不是文学，而是'文学性'，也就是说使一部作品成为文学作品的东西"（《现代俄国诗歌》），等等。对此，我们可以拿出"文学四要素"这面"三棱镜"辨析一番：亚里士多德的"摹仿"、别林斯基的"复制"（即"现实主义"）强调的是"作品"对"世界"的再现，当然这"世界"可以是现实的，也可以是抽象的（如柏拉图的"理式"、刘勰的"原道"）；华兹华斯的"情感"，还有本章要细读的"诗言志""吟咏情性"及其延伸出的"诗缘情"，关注作者情感在作品中的表现；贺拉斯的"寓教于乐"，《诗大序》中涉及的"教化"说，主张作品被读者利用；同样是着眼于作品与读者的关系，理查兹提出诗是"恰当的读者的体验"，关注的则是读者在作品意义生成中的作用；还有摒弃其他要素，只聚焦作品本身的形式主义，即雅各布森所言的"文学性"。

　　文学理论家观看角度不同，得出"文学是什么"的结论往往有异。韦勒克在《文学理论》中就对"几种传统的答案给予批判和驳斥"①,并据此提出"内部研究"的看法:"艺术品似乎是一种独特的可以认识的对象,它有特别的本体论的地位。它既不是实在的(物理的,像一尊雕像那样),也不是精神的(心理上的,像愉快或痛苦的经验那样),也不是理想的(像一个三角形那样)。它是一套存在于主体间的理想观念的标准的体系。必须假设这套标准的体系:存在于集体的意识形态之中,随着它而变化,只有通过个人的心理经验方能理解,建立在其许多句子的声音结构的基础上。"②从方法论上看,韦勒克是在综合基础上的"破而后立",他从结构、符号、价值等不同的视点透视文学,将其表述为三个主要层面——声音层(谐音、节奏、格律)、意义层(语言结构、风格与文体)、要表现的事物层(意象、隐喻、象征、神话)。③正如韦勒克探讨"文学的本质"时,指出"虚构性""创造性""想象性"等关于文学与非文学区别的界定,"其中每一术语都只能描述文学作品的一个方面,或表示它在语义上的一个特征;没有单独一个术语本身就能令人满意"④。关于文学理论本体论的探讨,可以从不同的视角得出不同的结论,各

---

① 主要观点有四:诗是一种"人工制品",具有像雕刻或画一样的性质;文学作品的本质存在于讲述者或者诗歌读者发出的声音序列;诗是读者的体验;诗是作者的经验。
② [美]勒内·韦勒克、[美]奥斯汀·沃伦:《文学理论》,刘象愚等译,浙江人民出版社2017年版,第144页。
③ [美]勒内·韦勒克、[美]奥斯汀·沃伦:《文学理论》,刘象愚等译,浙江人民出版社2017年版,第145页。
④ [美]勒内·韦勒克、[美]奥斯汀·沃伦:《文学理论》,刘象愚等译,浙江人民出版社2017年版,第15页。

种结论往往凝淀成不同的术语，但这些术语往往只能揭示"文学是什么"某一个方面的特征。

对于以上有关"文学是什么"的"本体论"，我们可以通过举反例的方式找出其不完整、不周洽之处。即便是韦勒克综合多种观点之后得出的结论，也会有例外情况。例如，"虚构"与文学的关系——具有"想象性""虚构性"的漫画不是文学，而"非虚构"的自传、回忆录却有可能被视作文学。伊格尔顿在《文学事件》中提醒我们，诸如语言性、规范性、非实用性、道德性、虚构性等等，并非构成"文学之为文学"的必要条件，亦非充分条件。它们更像是"家族相似性概念"[1]，构成关于"文学是什么"的最低限度的共识。[2] 这也照应了上章讲到的"博观"。伊格尔顿在《二十世纪西方文学理论》的导言《文学是什么》中，曾引用约翰·M.艾里斯的"杂草"说，"'文学'一词起作用的方式颇似'杂草'一词：杂草并不是一种具体的植物，而是园丁出于某种理由想要除掉的任何一种植物"，并进一步指出"'文学'也许意味着某种与之相反的东西：它是人们出于某种理由而赋予其高度价值的任何一种作品"。[3] 所以，关于"文

---

[1] 同一家族，甲和乙鼻子相似，乙和丙眼睛相似，丙和丁嘴巴相似，却没有甲乙丙丁共有的特征，因而不存在所谓的本质。例如"游戏"便是一个家族相似性概念，娱乐、竞争、技巧、运气等特征均无法适用于所有的游戏类型。

[2] 参见胡俊飞：《伊格尔顿对"文学是什么"的重审——从〈二十世纪西方文学理论〉到〈文学事件〉》，《中南大学学报》（社会科学版）2020年第1期。

[3] ［英］特里·伊格尔顿：《二十世纪西方文学理论》，伍晓明译，北京大学出版社2018年版，第9—10页。

学是什么"的追问，恐怕很难找到一个合适的形容词或名词，来描述"文学"的性质，抑或揭示"文学"的形式与本质，即便找到了，所把握的知识也只是静态的。例如，亚里士多德提出的"摹仿"在当时是合适的，但到了小说诞生以后，"文学是摹仿"作为本体论就有了例外的情况。我们可以考虑换一个视角，着眼于揭示事物变化的"动词"，亦即"文学是什么"的"本质"鲜活于不断生成变化现象之中，常常溢出形而上学的形式与边界。这也回应了上章讲到的"理论来源于实践"的基本道理。

《诗大序》提出的"诗言志"命题是汉代政治教化语境下对"文学是什么"的经典回答。时过境迁，南朝萧梁钟嵘在《诗品序》中给出了另一答案。从《诗大序》到《诗品序》，前者是汉代文学教化论的重要文献，后者是反映魏晋以后"文学自觉"的代表性篇目，两者同为序体，同是论诗，并且存在多处互文关系。从《诗大序》到《诗品序》，呈现了有关"文学（诗）是什么"的不同论说，或曰不同社会历史语境下文学本体论的变化。

二、摇荡性情，气领全篇

从《诗大序》到《诗品序》，"风冠其首"变为"气领全篇"："气之动物，物之感人，故摇荡性情，形诸舞咏。"随之而来的便是文学本体论视角由社会之"礼"到个体之"情"的转变。在"写作缘起"和"文献综述"部分,钟嵘有感于时人论诗"随其嗜欲,商榷不同"和"准的无依",尝试建立起普遍有效的批评准则。在《诗品序》中,钟嵘自陈其"辨彰清浊,掎摭病利"的构思,曾受到班固"九品论人"和刘歆"《七略》裁士"的启发。这种以《国风》《小雅》《楚辞》为源头的"深从六艺溯流别"①确实综合了班固"论人"和刘歆"裁士"之长,可钟嵘却未明言另一部同等乃至更为重要的"参考文献"——《诗大序》。倘若对读《诗大序》和《诗品序》,将不难发现两者在立论基础(如"情"与"志")和批评话语(如"六义""四始""吟咏情性"等概念)层面的诸多相似。关于《诗品序》与《诗大序》的同异或损益关系,学界已有不少论说。我们将重点分析钟嵘对《诗大序》理论内核和话语方式的改造转换。大致说来,从《诗大序》到《诗品序》,钟嵘释放了曾被汉儒压抑的"情志"因素,通过借用与置换"诗之至"和"莫近于诗"的内涵,实现了《诗》学"到"诗学"的身份转换。

诗品序

序曰:气之动物,物之感人,故摇荡性情,形诸舞咏。欲以照烛三才,晖丽万有。灵祇待之以致飨,幽微借之以昭告。动天地,感鬼神,莫近于诗。

---

① 章学诚:《文史通义》,上海古籍出版社2015年版,第188页。

昔《南风》之辞,《卿云》之颂,厥义夐矣。夏歌曰:"郁陶乎予心。"楚谣曰:"名余曰正则。"虽诗体未全,然略是五言之滥觞也。

逮汉李陵,始著五言之目矣。"古诗"眇邈,人世难详。推其文体,固是炎汉之制,非衰周之倡也。

自王、杨、枚、马之徒,词赋竞爽,而吟咏靡闻。从李都尉迄班婕妤,将百年间,有妇人焉,一人而已。诗人之风,顿已缺丧。东京二百载中,惟有班固《咏史》,质木无文。

降及建安,曹公父子,笃好斯文;平原兄弟,郁为文栋;刘桢、王粲,为其羽翼。次有攀龙托凤,自致于属车者,盖将百计。彬彬之盛,大备于时矣。

尔后陵迟衰微,迄于有晋。太康中,三张、二陆、两潘、一左,勃尔俱兴,踵武前王,风流未沫,亦文章之中兴也。

永嘉时,贵黄、老,尚虚谈。于时篇什,理过其辞,淡乎寡味。爰及江表,微波尚传:孙绰、许询、桓、庾诸公诗,皆平典似《道德论》。建安风力尽矣。

先是郭景纯用隽上之才,变创其体;刘越石仗清刚之气,赞成厥美。然彼众我寡,未能动俗。逮义熙中,谢益寿斐然继作。元嘉中,有谢灵运,才高词盛,富艳难踪,固已含跨刘、郭,凌轹潘、左。故知陈思为建安之杰,公干、仲宣为辅;陆机为太康之英,安仁、景阳为辅;谢客为元嘉之雄,颜延年为辅。斯皆五言之冠冕,文词之命世也。

夫四言,文约意广,取效《风》《骚》,便可多得。每苦文繁而意少，故世罕习焉。五言居文词之要，是众作之有滋味者也，故云会于流俗。岂不以指事造形，穷情写物，最为详切者邪！

故诗有六义①焉：一曰兴，二曰比，三曰赋。文已尽而意有余，兴也；因物喻志，比也；直书其事，寓言写物，赋也；弘斯三义，酌而用之，干之以风力，润之以丹彩，使咏之者无极，闻之者动心，是诗之至也。

若专用比兴，则患在意深，意深则词踬。若但用赋体，则患在意浮，意浮则文散。嬉成流移，文无止泊，有芜漫之累矣。

若乃春风春鸟，秋月秋蝉，夏云暑雨，冬月祁寒，斯四候之感诸诗者也。嘉会寄诗以亲，离群托诗以怨。至于楚臣去境，汉妾辞宫，或骨横朔野，或魂逐飞蓬，或负戈外戍，杀气雄边；塞客衣单，孀闺泪尽；又士有解佩出朝，一去忘返；女有扬娥入宠，再盼倾国：凡斯种种，感荡心灵，非陈诗何以展其义，非长歌何以释其情？故曰："《诗》可以群，可以怨。"使穷贱易安，幽居靡闷，莫尚于诗矣。

故词人作者，罔不爱好。今之士俗，斯风炽矣。才能胜衣，甫就小学，必甘心而驰骛焉。于是庸音杂体，各各为容。至使膏腴子弟，耻文不逮，终朝点缀，分夜呻吟。独观谓为警策，众睹

---

① 六义：明周履靖辑《夷门广牍》、毛晋刊《津逮秘书》、清姚培谦与张景星辑《砚北偶钞》、何文焕辑《历代诗话》、张海鹏辑《学津讨原》、王启原辑《谈艺珠丛》、邹凌翰辑《玉鸡苗馆丛书》诸本皆作"三义"。车柱环《钟嵘诗品校证》："此作'六'盖《诗品》之旧。左思《三都赋序》有云：'盖诗有六义焉，其二曰赋。'与此例近。作'三义'盖后人因下文仅举兴、比、赋三义而意改。"

终沦平钝。

次有轻荡之徒，笑曹、刘为古拙，谓鲍照羲皇上人，谢朓今古独步。而师鲍照，终不及"日中市朝满"；学谢朓，劣得"黄鸟度青枝"。徒自弃于高听，无涉于文流矣。

嵘观王公缙绅之士，每博论之余，何尝不以诗为口实，随其嗜欲，商榷不同？淄渑并泛，朱紫相夺，喧议竞起，准的无依。近彭城刘士章，俊赏之士，疾其淆乱，欲为当世诗品，口陈标榜，其文未遂。嵘感而作焉。

昔九品论人，《七略》裁士，校以宾实，诚多未值。至若诗之为技，较尔可知，以类推之，殆均博弈。

方今皇帝，资生知之上才，体沉郁之幽思。文丽日月，学究天人。昔在贵游，已为称首。况八纮既奄，风靡云蒸。抱玉者联肩，握珠者踵武。固以瞰汉、魏而不顾，吞晋、宋于胸中。谅非农歌辕议，敢致流别。嵘之今录，庶周旋于闾里，均之于谈笑耳。

序曰[①]：一品之中，略以世代为先后，不以优劣为诠次。又其人既往，其文克定；今所寓言，不录存者。

夫属辞比事，乃为通谈。若乃经国文符，应资博古；撰德驳奏，宜穷往烈。至乎吟咏情性，亦何贵于用事？"思君如流水"，既是即目；"高台多悲风"，亦唯所见；"清晨登陇首"，羌无故

[①] 除了卷首的《诗品序》，在上品与中品、中品与下品之间，还各有一段"序曰"，曹旭先生认为它们是分属于"上品"和"中品"的小序或曰后序。

实;"明月照积雪",讵出经史?观古今胜语,多非补假,皆由直寻。

颜延、谢庄,尤为繁密,于时化之。故大明、泰始中,文章殆同书抄。近任昉、王元长等,词不贵奇,竞须新事。尔来作者,寖以成俗。遂乃句无虚语,语无虚字,拘挛补衲,蠹文已甚。但自然英旨,罕值其人。词既失高,则宜加事义。虽谢天才,且表学问,亦一理乎!

陆机《文赋》,通而无贬;李充《翰林》,疏而不切;王微《鸿宝》,密而无裁;颜延论文,精而难晓;挚虞《文志》,详而博赡,颇曰知言:观斯数家,皆就谈文体,而不显优劣。至于谢客集诗,逢诗辄取;张骘《文士》,逢文即书。诸英志录,并义在文,曾无品第。

嵘今所录,止乎五言。虽然,网罗今古,词文殆集。轻欲辨彰清浊,掎摭病利,凡百二十人。预此宗流者,便称才子。至斯三品升降,差非定制,方申变裁,请寄知者尔。

序曰:昔曹、刘殆文章之圣,陆、谢为体贰之才。锐精研思,千百年中,而不闻宫商之辨,四声之论。或谓前达偶然不见,岂其然乎?

尝试言之:古曰诗颂,皆被之金竹,故非调五音,无以谐会。若"置酒高殿上","明月照高楼",为入韵之首。故三祖之词,文或不工,而韵入歌唱。此重音韵之义也,与世之言宫商异矣。今既不备于管弦,亦何取于声律耶?

齐有王元长者,尝谓余云:"宫商与二仪俱生,自古词人不知用之。唯颜宪子论文乃云'律吕音调',而其实大谬。唯见范晔、谢庄,颇识之耳。"尝欲造《知音论》,未就而卒。

王元长创其首,谢朓、沈约扬其波。三贤咸贵公子孙,幼有文辨。于是士流景慕,务为精密。襞积细微,专相凌架。故使文多拘忌,伤其真美。余谓文制,本须讽读,不可蹇碍。但令清浊通流,口吻调利,斯为足矣。至如平上去入,则余病未能;蜂腰、鹤膝,闾里已甚。

陈思赠弟,仲宣《七哀》,公干思友,阮籍《咏怀》,子卿"双凫",叔夜"双鸾",茂先寒夕,平叔衣单,安仁倦暑,景阳苦雨,灵运《邺中》,士衡《拟古》,越石感乱,景纯咏仙,王微风月,谢客山泉,叔源离宴,鲍照戍边,太冲《咏史》,颜延入洛,陶公《咏贫》之制,惠连《捣衣》之作:斯皆五言之警策者也。所谓篇章之珠泽,文彩之邓林。

——曹旭:《诗品集注》,上海古籍出版社2011年版

钟嵘在"文献综述"部分没有提及《诗大序》,但是从《诗品序》与《诗大序》的几处互文关系来看,《诗大序》其实是钟嵘最重要的参考文献。

其一,从《诗大序》的"诗有六义"到《诗品序》实质上的"诗有三义",钟嵘"补写赋比兴",并置换了"诗之至"的内涵。试比较以下两则有关"诗之至"的论说:

故诗有六义焉:一曰风,二曰赋,三曰比,四曰兴,五

曰雅，六曰颂。……是以一国之事，系一人之本，谓之风；言天下之事，形四方之风，谓之雅。雅者，正也，言王政之所由废兴也。政有小大，故有小雅焉，有大雅焉。颂者，美盛德之形容，以其成功告于神明者也。**是谓四始，诗之至也**。(《诗大序》)

故诗有六义焉：一曰兴，二曰比，三曰赋。文已尽而意有余，兴也；因物喻志，比也；直书其事，寓言写物，赋也；**弘斯三义**，酌而用之，干之以风力，润之以丹彩，使咏之者无极，闻之者动心，**是诗之至也**。(《诗品序》)

很明显，钟嵘沿用了汉儒"诗之至"的能指，却又将其所指由风、大雅、小雅、颂之"四始"置换为赋、比、兴之"三义"，而新提出的"三义"概念也有所本——实为《诗大序》中"六义"的精简版。从"六义"到"三义"，是钟嵘对《诗大序》政教语境的剥离，更代表了魏晋南北朝文论家在《诗大序》"空白点"（赋比兴）上的集体发挥。

对《诗大序》"六义"中赋、比、兴相关论说的缺失，古今学者往往各执一说而莫衷一是。无论是"三体三用"（孔颖达）、"三经三纬"（朱熹），还是"六诗皆体"（郑玄、庄有可、章太炎）、"六诗皆用"（程颐、包世臣）皆不能圆满解释"未论赋比兴"之因，遂使此争论延续至今。以文论史为例，对赋、比、兴缺失原因的分析仍处于众说纷纭的阶段：

《毛诗序》只解释"风""雅""颂",未解释赋、比、兴,齐、鲁、韩有无解释不可考。……至后世的解说,无价值的不必谈,有价值的大抵都是一种"以述为作",换言之,就是一种文学新说,都当各还作主,所以俟后分述,兹不征论。①

对于来历不明的赋、比、兴,历代学者却倾注了极大的热情,无论从《诗经》学,还是从中国诗学的角度,对这一组概念的研究自汉代以来几乎从未中断过……赋、比、兴这一组概念,既是汉代以来两千余年间历代学者"越说越糊涂"(朱自清语)的传统学术难题,又是当代中国诗学研究无法回避的问题。要想对已有两千年研究历史的这一古老的学术难题作出新的探讨,实在不是一件容易的事。②

钟嵘"补写赋比兴"源自对"诗"的重新理解。与汉儒相较,钟嵘舍弃了"风教"与"志意"之说,直取"情动于中"的"形于言—嗟叹—永歌—手舞—足蹈"的"情志"一脉。从《诗大序》中寻找诗学理论,变《诗》学体系的建构为诗意的解读,将政治化的附会改成作诗手法的分析,上述改造很自然地会选取赋、比、兴为突破点。钟嵘读《诗大序》就像我们读《诗品序》一样,

---

① 罗根泽:《中国文学批评史》,上海书店出版社2003年版,第76页。
② 普慧:《宏斯"三义" 以兴诗学——读〈赋比兴与中国诗学研究〉》,《西北大学学报》(哲学社会科学版)2008年第6期。

属于"以今观古":一方面是文学创作中的赋、比、兴手法日趋成熟的现状,一方面又是赋、比、兴在理论源头"缺席"的事实。在试图消解这一反差的过程中,钟嵘等人势必要对具有原始版本性质的《诗大序》"完形填空"。在"六义"与"四始"政治功用体系下,文论家钟嵘对于风、雅、颂很难再另起炉灶别作他解。相较而言,赋、比、兴所留下的"空白点"则为贴近创作的解读提供了便利。钟嵘"补写赋、比、兴"的一大理论贡献就是以"味"说诗,他认为五言诗经典地位的确立正因"是众作之有滋味者也",而"诗有六义"里面最有"味"的便是"兴":"文已尽而意有余,兴也。"

其二,钟嵘用《诗大序》的"旧瓶"来装《诗品序》的"新酒",除了将"诗有六义"改为实质上的"诗有三义",置换"诗之至"的内涵以外,还改变了"莫近(尚)于诗"的所指。且看《诗大序》与《诗品序》的三处"莫近(尚)于诗":

情发于声,声成文谓之音。治世之音安以乐,其政和;乱世之音怨以怒,其政乖;亡国之音哀以思,其民困。**故正得失,动天地,感鬼神,莫近于诗。**(《诗大序》)

气之动物,物之感人,故摇荡性情,形诸舞咏。欲以照烛三才,晖丽万有。灵祇待之以致飨,幽微借之以昭告。**动天地,感鬼神,莫近于诗。**(《诗品序》)

若乃春风春鸟,秋月秋蝉,夏云暑雨,冬月祁寒,斯四候之感诸诗者也。嘉会寄诗以亲,离群托诗以怨。至于楚臣去境,汉妾辞宫,或骨横朔野,或魂逐飞蓬,或负戈外戍,杀气雄边;塞客衣单,孀闺泪尽;又士有解佩出朝,一去忘返;女有扬蛾入宠,再盼倾国:凡斯种种,感荡心灵,非陈诗何以展其义,非长歌何以释其情?故曰:"《诗》可以群,可以怨。"**使穷贱易安,幽居靡闷,莫尚于诗矣**。(《诗品序》)

先看两处"莫近于诗"。所谓"灵祇待之以致飨,幽微借之以昭告",钟嵘沿用并发挥了《诗大序》"动天地,感鬼神"的说法,却又与后者有实质上的区别。《诗品序》的感动之说,与前文"气之动物,物之感人"一以贯之,将"气"视为沟通物、人、天地、鬼神的内在线索。《诗大序》的"动天地,感鬼神"则从属于"正得失"的社会语境,在"正得失"的统领下,"情"与"音"只是民风与政教的表现,而天地与鬼神也仅限于由现实推广开来的"先王之泽"和"以其成功告于神明"。所以,与其说《诗品序》只是节选《诗大序》对"诗"功能的概括,倒不如说其在舍弃"正得失"的形式以外,还置换了"诗"的语境。

在《诗品序》中,与开篇"莫近于诗"相似的还有"莫尚于诗"之说。后者用大段篇幅细说前者"气之动物,物之感人,故摇荡性情,形诸舞咏"的外在表现与内在原理。在"莫尚于诗"的归纳论证过程中,钟嵘将感动人心的因素概括为时序迁移和人际遭遇,又借助于"《诗》可以群,可以怨"命题的重释关联自然与社会两大方面。"朔野""飞蓬"本是自然景物,因"去境""辞宫""外戍"等人事遭际而更添萧瑟与悲凉。就此而言,物感心动,实为内情与外景的赠答响应。当然,感动人心者并非只是"离群"的不幸,钟嵘认为除了"可以怨",诗还能用来表达"嘉会"时的亲近感。"士有解佩出朝"与"女有扬蛾入宠",是分言悲欢离合,也是概论人际境遇。紧紧抓住陈诗展义、长歌释情而非美教化、移风俗的特质,钟嵘终究还是把开篇所言"动天地,感鬼神"又拉回到"使穷贱易安,幽居靡闷"的世俗人间。于是便有了《诗品序》提及的离愁、别恨、征戍、贬谪、闺怨等颇具个人色彩,同时也极易引起他人同情的"可以群"和"可以怨"之诗。

无论是"补写赋比兴",还是"重释群与怨",钟嵘的用意聚焦于"情性"二字:酌取"三义",是为了"使咏之者无极,闻之者动心";可"群"可"怨",亦因"感荡心灵"而陈诸诗篇。经学说"诗",有作诗、采诗、献诗、删诗、赋诗、引诗、解诗之别,有"温柔敦厚""怨而不怒""怨刺上政"之义,而《诗品序》所谓"自然英旨",所谓"真美"只是就诗论诗,本缘性情而无关政教。从《诗大序》到《诗品序》,在"文学(诗)是什么"这个问题上,"言志"的诗、"教化"的诗变为"感荡心灵"的诗、"吟咏情性"的诗,这是一个演进的过程。这也说明,文学是"动词性"的,而不是"名词性"或"形容词性"的固定理解。

本章文本细读部分,之所以选取《诗大序》和《诗品序》来介绍中国的文学理论中的本体论,主要有两点考虑。

其一,《诗大序》与《诗品序》分别是中国文学传统中重"礼"

与主"情"的代表，对应了古代文论中的"诗言志"与"诗缘情"（"诗缘情而绮靡"语出陆机《文赋》）两大命题。《诗大序》中的"礼"突出表现为内与外、上与下、国与民的秩序，《诗品序》中的"情"则更关注个体的"摇荡性情"和文词本身的"滋味"，由外部的"文学与××"（如文学与政治、文学与伦理）转向内部的"文学的××"（如文学的创作、文学的情感表达）。从"言志"到"缘情"，从政治教化之"礼"到文学创作之"情"，是先秦两汉到魏晋南北朝时期关于"文学是什么"的一次观念转向。

其二，这种转向的痕迹恰好保留在《诗品序》与《诗大序》的两处"互文"关系之中。第一处互文，《诗大序》和《诗品序》都说"动天地，感鬼神，莫近于诗"，但《诗大序》的原始表述上承"治世之音安以乐，其政和；乱世之音怨以怒，其政乖；亡国之音哀以思，其民困"，是政教语境中"正得失"的"动天地，感鬼神"；《诗品序》的改动版则上承"气之动物，物之感人，故摇荡性情，形诸舞咏"，是建立在物感心动基础上的"动天地，感鬼神"，对此，《诗品序》的另一处近似表述"使穷贱易安，幽居靡闷，莫尚于诗"更为明显——"穷贱易安，幽居靡闷"关乎的是个人之"情"而非国家之"礼"。第二处互文，《诗大序》说"诗有六义"（风、赋、比、兴、雅、颂），以"四始"为"诗之至也"（诗道尽于此）；《诗品序》择取其中的兴、比、赋为实质上的"诗有三义"，并用此"三义"置换了《诗大序》"诗之至也"的原所指（"四始"），也就是用创作论（"因物喻志，比也""直书其事，寓言写物，赋也"）与鉴赏论（"文已尽而意有余，兴也"）的"兴比赋"取代了政教解《诗》话语体系内的"风、(大小)雅、颂"。当然,还需要说明的是,尽管钟嵘《诗品序》以及此前陆机《文赋》提出了相对于"诗言志"的"诗缘情"命题,但自此以后,"缘情"并未完全取代"言志",而是共同构成了"礼"与"情"平行、在不同时期各有侧重的传统。萧华荣先生的《中国诗学思想史》便是以"情理冲突"为线索评述中国古代文学的发展[1],感兴趣的读者可以参看。

综上,文学理论中的本体论,是对何谓"文学",或者说什么是"文学"的本原或基质的探讨。从整体上看,文学的性质可以表述为:文学是社会意识形态,是审美的艺术,是语言的艺术。当然,古今中外的文学理论家对文学本体论也有各不相同的看法与表述,或是强调作品对世界的"再现",或是重视作者在作品中情感的"表现",或是关注作品之于读者的"实用",或是关注读者之于作品的"体验",抑或是撇开其他要素聚焦于作品本身的"独立"。"盲人摸象""刻舟求剑"之类的成语,还提示我们需要留意以上种种关于"文学是什么"的本体论只是从某一个方面来描述"文学"的静态性质。

既然"文学"至少由作品、作者、读者、世界四个要素构成,又具有时间上的变化(历时层面,文学是演进的,但其间也存在断裂)与空间上的差异(共时层面,处在全球化的时代,既有普遍性的世界文学,亦存在作为地方性知识的文学),那么,只

---

[1] 萧华荣:《中国诗学思想史》,华东师范大学出版社1996年版。

聚焦于"四要素"中的某一个或某一组关系的本体论,以及只归纳某一时段或某一区域相关认识的本体论,便难免会遭遇种种"例外"。这就启示我们,既要"博观",避免"东向而望,不见西墙"(《文心雕龙·知音》)的执着,又要从"理论来源于实践,知识来源于经验"的根本处来把握作为"理论"的"本体论"——因为"文学"是丰富多彩且发展变化的,所以试图给"文学是什么"一个本质性的静态概括便往往会有所遮蔽、有所遗漏。

例如,本章细读的《诗大序》从整体上可归为"教化论",认为文学是一种"用之乡人焉,用之邦国焉""上以风化下,下以风刺上"的工具和手段。但其中诸如"情动于中而形于言,言之不足故嗟叹之,嗟叹之不足故永歌之,永歌之不足,不知手之舞之、足之蹈之也",强调情动之后由"言"到"舞蹈"的自然而然和不可遏制,在描述情感外化的层面近于中国版的"诗是强烈感情的自然流露"[①](华兹华斯语);"治世之音安以乐,其政和;乱世之音怨以怒,其政乖;亡国之音哀以思,其民困",这种"声音之道与政通"的认识,又何尝不是先秦时诗乐舞一体的文学"显示生活的实际存在的样子"(别林斯基语)呢?

所以,我们在学习文学本体论之时,还需要反思,反思对"文学是什么"的系统追问与系统回答,是否超越了"本质主

---

① 在"诗是强烈感情的自然流露"的基础上变通为"真实感情的自然流露",更契合中国语境。

义"的唯一正确的"标准答案",能否从"本质"走向"共相"[①],又能否由静态的"定义"走向动态的"阐释"[②]? 这种对"文学是什么"的反思,要比单纯记住古往今来的种种文学本体论更为重要。

[①] 通过"博观",知晓形上论、决定论、表现论、技巧论、审美论、实用论,再现说、表现说、实用说、体验说、独立说抑或语言性、规范性、非实用性、道德性、虚构性等"家族相似性概念",寻求关于"文学是什么"的最低限度的共识。
[②] 立足实践,在鲜活的历史中发现动词性的"文学是什么",而不再满足于找到那个能够一锤定音与一劳永逸的名词或形容词。

第三章
价值论：立功立言，所庶几也

本章将在知晓"文学是什么"的基础上，由本体论进入价值论，了解中国文人如何评价文学的价值，回答"文学有何用"以及接下来"文学何为"这个非常重要的问题。《中国文学理论》第六章实用理论大致对应价值论。按照刘若愚的说法，"实用理论，主要着重于艺术过程的第四阶段，是基于文学是达到政治、社会、道德，或教育目的的手段这种概念"[①]，但文学的价值并非只是"实用"。不同时代、不同地域、不同身份的人对文学的价值与功能，往往会有不同的看法。《诗大序》的作者汉儒认为文学的价值是"正得失，动天地，感鬼神"，认为在这一点上，没有什么能比得上诗（"莫近于诗"）；《诗品序》的作者钟嵘则认为文学的价值是"使穷贱易安，幽居靡闷"，在这一点上，同样是"莫尚于诗"。文学价值论与文学本体论有一定的关系，因为

---

① ［美］刘若愚：《中国文学理论》，杜国清译，江苏教育出版社2006年版，第160页。

对"文学是什么"的总体判断会影响到"文学有何用"的具体评价。既然"文学是什么"的看法会因时因地改变，那么"文学有何用"的看法也会在相对稳定的基础上发生变化。上章通过历时性的"互文"，向读者介绍了中国文学本体论中的两个重要命题——"诗言志"与"诗缘情"，本章将以曹丕和曹植兄弟共时性的"互文"，展示中国文学价值论中的一个重要辩题——究竟是"文章，经国之大业，不朽之盛事"，还是"辞赋小道，固未足以揄扬大义，彰示来世"。此外，"兴观群怨"之类的文论命题亦在论说文学的价值。就阅读文献而言，《中国文学理论》先是将曹丕《典论·论文》视为表现论的重要观点，后又在实用论中加以分析，却遗漏了同时代曹植《与杨德祖书》对实用论的另一种表述。本章将通过对读《典论·论文》和《与杨德祖书》，弥补这一缺憾。

一、经国大业，不朽盛事

在文学价值上存在不同乃至相反的观点很正常，因为文学价值本就具有多样性。例如上一章《诗大序》认为诗的功能在于社会性："正得失，动天地，感鬼神，莫近于诗。"《诗品序》"使穷贱易安，幽居靡闷，莫尚于诗矣"则着眼于个体。"就具体内涵而论，文学价值可分为人文价值、伦理价值、审美价值、文化价值、娱乐价值、交往价值、科学价值、商业价值等。就价值的意义和效果而论，文学价值又可分为正面价值和负面价值、积极价值和消极价值、短暂价值和长久价值、现实价值和未来价值、显在价值和潜在价值等。"[1]文学春风化雨般的影响，便是潜在的价值。同时文学也有鼓舞人心的作用，像《义勇军进行曲》（歌词）、《黄河大合唱》（组诗）便是现实的、显在的价值，而且是积极的、正面的价值。据此反映和体现出的文学功能也有多种："最基本的有认识功能、教育功能、审美功能和娱乐功能，此外还有交流功能、凝聚功能、益智功能、心理补偿功能等。"[2]

既然文学的价值与功能是多样的，为何又会出现曹丕与曹植这样针锋相对的观点呢？主要是因为兄弟二人在性情、爱好、身份、追求上的不同，影响了各自对文学"主导价值"的选择和宣扬。在文学的种种价值之中，曹丕属意于"立言"以"不朽"，故曰文章乃"经国之大业，不朽之盛事"，曹植则对"立言"之上的"立功"念念不忘，想要"建永世之业，流金石之功"，遂不愿"徒以翰墨为勋绩，辞赋为君子"。

这一切要从建安二十二年（公元217年）前后的那场瘟疫说起。

什么是"疫"？许慎《说文解字》："疫，民皆疾也。从疒，役省声。"[3]传染性强（即"民皆疾"）是"疫"区别于一般疾病的最

---

[1] 《文学理论》编写组编：《文学理论》，高等教育出版社2020年版，第57页。
[2] 《文学理论》编写组编：《文学理论》，高等教育出版社2020年版，第64页。
[3] 段玉裁：《说文解字注》，上海古籍出版社1981年版，第352页。

大特征。《断温疫方》便指出瘟疫兴起后的惨烈程度："转相染着至灭门，延及外人。"①故有以"徭役"之"役"音训"疫"者，如叶霖《增订伤暑全书》称"疫者，犹徭役之谓。大则一郡一城，小则一村一镇，比户传染"②。在古代典籍中，"疫"的同义词还有"疠""伤寒""温病""时气"等。③在曹丕写作《典论·论文》之前的东汉孝献帝建安年间，多地频繁暴发瘟疫，仅史籍记载者便有建安十二年（公元207年）的南郡"时又疾疫"（《三国志·蜀书·先主传》），建安十三年（公元208年）的赤壁"大疫"（《三国志·魏书·武帝纪》）、荆州"疾疫"（《三国志·魏书·蒋济传》），建安二十年（公元215年）的合肥"疫疾"（《三国志·吴书·甘宁传》）和"是岁大疫"（《后汉书·孝献帝纪》），建安二十二年（公元217年）的居巢"军士大疫"（《三国志·魏书·司马朗传》），等等。④

建安二十二年（公元217年）发生的这场瘟疫给曹魏文坛带来巨大的冲击——"建安七子"中除去孔融（建安十三年[公元208年]被曹操处死）、阮瑀（建安十七年[公元212年]病卒）早逝以外，王粲、徐干、陈琳、应玚、刘桢五人均在这一年去世。被刘勰誉为"七子之冠冕"的王粲在这年春天病逝于随军征

---

① 王焘：《外台秘要》，人民卫生出版社1955年版，第130页。
② 裘庆元辑：《珍本医书集成》，中国医药科技出版社2016年版，第443—444页。
③ 参见张志斌：《中国古代疫病流行年表》，福建科学技术出版社2007年版，第2页。
④ 参见张志斌：《中国古代疫病流行年表》，福建科学技术出版社2007年版，第12—13页。

吴的途中。据《三国志·魏书·司马朗传》所载,"建安二十二年,(司马朗)与夏侯惇、臧霸等征吴。到居巢,军士大疫,朗躬巡视,致医药。遇疾卒,时年四十七"①,所以王粲也有可能是在军中染上瘟疫而亡。随后便是发生在邺城的"干、琳、玚、桢二十二年卒"②。友人的病亡曾给曹丕带来很大的触动。早在五年前,47岁的阮瑀病逝时,曹丕就曾组织文人作了大量悼念文章,如曹丕自己所作《寡妇诗》《寡妇赋》、王粲所作《阮元瑜诔》《寡妇赋》《思友赋》等。在《寡妇赋》序中,曹丕曾言:"陈留阮元瑜,与余有旧,薄命早亡,每感存其遗孤,未尝不怆然伤心,故作斯赋,以叙其妻子悲苦之情。命王粲等并作之。"③这一年春天,40岁的王粲病逝,曹丕同样组织了一场悼念活动。据《世说新语·伤逝》记载:"王仲宣好驴鸣。既葬,文帝临其丧,顾语同游曰:'王好驴鸣,可各作一声以送之。'赴客皆一作驴鸣。"④同年,当陈琳(生年无确考)、47岁的徐干、40岁的应玚、38岁的刘桢"一时俱逝"时,曹丕受到强烈的冲击,已由阮瑀去世时的哀怜孤儿寡母、王粲去世时随性乃至豁达的寄托哀思,转为对生命价值的深入思考。《典论·论文》便是这一思考下的产物。

《三国志·魏书·文帝纪》裴松之注引《魏书》:"帝初在东宫,疫疠大起,时人凋伤,帝深感叹,与素所敬者大理王朗书

---

① 陈寿撰,裴松之注:《三国志》,中华书局1982年版,第468页。
② 陈寿撰,裴松之注:《三国志》,中华书局1982年版,第602页。
③ 严可均辑:《全上古三代秦汉三国六朝文》,中华书局1958年版,第1073页。
④ 余嘉锡:《世说新语笺疏》,中华书局2016年版,第701页。

曰：'生有七尺之形，死唯一棺之土，唯立德扬名，可以不朽，其次莫如著篇籍。疫疠数起，士人凋落，余独何人，能全其寿？'故论撰所著《典论》、诗赋，盖百余篇，集诸儒于肃城门内，讲论大义，侃侃无倦。"①

又《三国志·魏书·王粲传》裴松之注引《魏略》载："二十三年，太子又与质书曰：'……昔年疾疫，亲故多离其灾，徐、陈、应、刘，一时俱逝，痛何可言邪！昔日游处，行则同舆，止则接席，何尝须臾相失！每至觞酌流行，丝竹并奏，酒酣耳热，仰而赋诗。当此之时，忽然不自知乐也。谓百年已分，长共相保，何图数年之间，零落略尽，言之伤心。顷撰其遗文，都为一集。观其姓名，已为鬼录，追思昔游，犹在心目，而此诸子化为粪壤，可复道哉！观古今文人，类不护细行，鲜能以名节自立。而伟长独怀文抱质，恬淡寡欲，有箕山之志，可谓彬彬君子矣。著《中论》二十余篇，成一家之业，辞义典雅，足传于后，此子为不朽矣。德琏常斐然有述作意，才学足以著书，美志不遂，良可痛惜。闲历观诸子之文，对之抆泪，既痛逝者，行自念也。'"②

据以上两封书信可知，曹丕由这场瘟疫造成的死亡，强烈感受到生命的易逝，进而思考人生如何超越死亡实现"不朽"的"大问题"。曹丕思考的起点是《左传》襄公二十四年所载"三

---

① 陈寿撰，裴松之注：《三国志》，中华书局1982年版，第88页。
② 陈寿撰，裴松之注：《三国志》，中华书局1982年版，第608页。

不朽",即"太上有立德,其次有立功,其次有立言。虽久不废,此之谓不朽"。《三国志·魏书·杜恕传》裴松之注引《晋书》载杜预语:"德者非所以企及,立功立言,所庶几也。"[1] "三不朽"中,"立德不朽"难度太大,所以后世往往关注的是"立功不朽"和"立言不朽"。在两者之中,曹丕更重视"立言不朽",他在《与吴质书》里举了两个例子:徐干因著有《中论》,通过"立言"而"成一家之业","足传于后",做到了"不朽";同属"建安七子"的应玚与徐干相较,就因没有"立言"而实在可惜——他本有著述之意,自己的才能也足以"立言",却未及著述便病逝了。所以,曹丕不无歆羡地预测徐干"此子为不朽",也发自内心地慨叹应玚"良可痛惜"。或是有感于此,曹丕将"立言"以"不朽"的思考凝聚成《典论·论文》的结尾部分:

> 盖文章,经国之大业,不朽之盛事。年寿有时而尽,荣乐止乎其身,二者必至之常期,**未若文章之无穷**。是以古之作者,寄身于翰墨,见意于篇籍,**不假良史之辞,不托飞驰之势,而声名自传于后**。故西伯幽而演《易》,周旦显而制《礼》,不以隐约而弗务,不以康乐而加思。夫然则古人贱尺璧而重寸阴,惧乎时之过已。而人多不强力,贫贱则慑于饥寒,富贵则流于逸乐,遂营目前之务,而遗千载之功,日月逝于上,体貌衰于下,忽然与万物迁化,斯志士之大痛也。

---

[1] 陈寿撰,裴松之注:《三国志》,中华书局1982年版,第508页。

融等已逝,唯干著论,成一家言。

——严可均辑:《全上古三代秦汉三国六朝文》,中华书局1958年版

"经国"即"治国",结合前文看,直接关乎治国的"文章"是"琳、瑀之章表书记",是"奏议宜雅,书论宜理,铭诔尚实",是"西伯幽而演《易》,周旦显而制《礼》",也是徐干所著的《中论》。但"粲之《初征》《登楼》《槐赋》《征思》,干之《玄猿》《漏卮》《圆扇》《橘赋》"等"欲丽"的"诗赋",同样能够成为"不朽之盛事",能够使作者突破寿命的限制,超越现世的荣辱,"不假良史之辞,不托飞驰之势,而声名自传于后",因而堪称"千载之功"。钱穆《中国文化与中国文学》指出:"曹丕《典论·论文》,谓:'文章乃经国之大业,不朽之盛事。'当知曹氏前一句,乃以前中国传统文学之共同标则;而后一句,乃属文学价值可以独立自存之一种新觉醒。"[①]正如钱穆先生所言,"不朽之盛事"高度肯定了文学不假借史官记录、不依托权势富贵而独立存在的价值。

二、辞赋小道,壮夫不为

魏王世子曹丕因建安二十二年(公元217年)的瘟疫,提出

---

① 钱穆:《中国文学论丛》,(台北)联经出版事业公司1998年版,第42页。

"文章，经国之大业，不朽之盛事"的思想。在此之前，建安二十一年（公元216年），临淄侯曹植也有一段关于"文学有何用"的论说：

> 今往仆少小所著辞赋一通相与。夫街谈巷说，必有可采；击辕之歌，有应风雅。匹夫之思，未易轻弃也。**辞赋小道，固未足以揄扬大义，彰示来世也**。昔杨子云先朝执戟之臣耳，犹称**壮夫不为**也。吾虽德薄，位为藩侯，犹庶几勠力**上国，流惠下民，建永世之业，流金石之功，岂徒以翰墨为勋绩，辞赋为君子哉**！若吾志不果，吾道不行，亦将采庶官之实录，辨时俗之得失，定仁义之衷，**成一家之言**。虽未能藏之名山，将以传之于同好。此要之白首，岂可以今日论乎？其言之不怍，恃惠子之知我也。
>
> ——严可均辑：《全上古三代秦汉三国六朝文》，中华书局1958年版

在"三不朽"之中，曹植更属意于"立功"，即"勠力上国，流惠下民，建永世之业，流金石之功"。当然，如果"立功"做不到，辄退而求其次以"立言"。但这里的"立言"仍是积极有为、有用于世的，用曹植自己的话讲便是"采庶官之实录，辨时俗之得失，定仁义之衷，成一家之言"。与此相比，狭义的"未足以揄扬大义，彰示来世"的文学创作便是扬雄所说的"雕虫小技"，便是"壮夫不为"的"小道"了。当然，"少小好为文章，

迄至于今二十有五年"的曹植其实很在意自己文字的名声。他会抱怨陈琳把他的嘲讽反当作称赞,"畏后之嗤余";他能认识到"世人之著述,不能无病",所以经常请人"讥弹其文,有不善者,应时改定";他还不肯为丁敬礼润色文章,表面上以"才不能过若人"推辞,却被丁敬礼一眼看穿,被指出其实是担心修改不好而为后人所知。

同样是"不朽",同样是"立言",为何同父同母的兄弟两人会有不同的理解呢?为何明明喜好文学、看重文学的曹植会说"辞赋小道"呢?鲁迅先生《魏晋风度及文章与药及酒之关系》分析得好:"这里有两个原因,第一,子建的文章做得好,一个人大概总是不满意自己所做而羡慕他人所为的,他的文章已经做得好,于是他便敢说文章是小道;第二,子建活动的目标是在于政治方面,政治方面不甚得志,遂说文章是无用了。"[1]且看曹植《薤露行》:"天地无穷极,阴阳转相因。人居一世间,忽若风吹尘。愿得展功勤,输力于明君。怀此王佐才,慷慨独不群。鳞介尊神龙,走兽宗麒麟。虫兽犹知德,何况于士人。孔氏删诗书,王业粲已分。骋我径寸翰,流藻垂华芬。"[2]从中可以看出两点:第一,曹植确实想建功立业;第二,曹植的文章确实作得好,以至于能把建功立业的愿望都写得这么好。曹植如此,曹丕又何尝不是呢?写作《典论·论文》时的曹丕已取得魏王世子

---

[1] 鲁迅:《魏晋风度及文章与药及酒之关系》,《鲁迅全集》第3卷,人民文学出版社2005年版,第526页。

[2] 逯钦立辑校:《先秦汉魏晋南北朝诗》,中华书局1983年版,第422页。

身份，所以对"立功"的渴望，自然不会像公元216年身为临淄侯的曹植那般迫切。公元217年兄弟俩的表现，有点像公元2007年陈奕迅《红玫瑰》(《白玫瑰》普通话版，李焯雄词)唱的那样："得不到的永远在骚动，被偏爱的都有恃无恐。"《文心雕龙·时序》说："文帝以副君之重，妙善辞赋；陈思以公子之豪，下笔琳琅。"借用张爱玲《红玫瑰与白玫瑰》的比喻，建功立业、流惠下民究竟是"心口上的一颗朱砂痣"，还是"墙上的一抹蚊子血"？文学不朽、翰墨功勋究竟是"床前明月光"，还是"衣服上的一粒饭黏子"？"副君"曹丕和"公子"曹植给出了不同的答案。

对读两篇文献，可分析的细节还包括以下两处。

一是，曹丕的观念是公开的宣示，曹植则私下里寄希望于知音。前引《三国志·魏书·文帝纪》裴松之注引《魏书》载，曹丕写成《典论》后，曾"集诸儒于肃城门内，讲论大义，侃侃无倦"[①]。又据《三国志·魏书·文帝纪》裴松之注引胡冲《吴历》："帝以素书所著《典论》及诗赋饷孙权，又以纸写一通与张昭。"[②]这是公开的宣扬。曹植《与杨德祖书》则不无悲观地预想自己可能"立功"未果，甚至连"其次有立言"也只能寄希望于遇到"钟期不失听"式的知音——"虽未能藏之名山，将以传之于同好"。曹植还用了惠子的典故，引杨修以为知己。惠子"郢人失质"的典故出自《庄子·徐无鬼》："庄子送葬，过惠子之

[①] 陈寿撰，裴松之注:《三国志》，中华书局1982年版，第88页。
[②] 陈寿撰，裴松之注:《三国志》，中华书局1982年版，第89页。

墓，顾谓从者曰：'郢人垩慢其鼻端若蝇翼，使匠石斫之。匠石运斤成风，听而斫之，尽垩而鼻不伤，郢人立不失容。宋元君闻之，召匠石曰："尝试为寡人为之。"匠石曰："臣则尝能斫之。虽然，臣之质死久矣。"自夫子之死也，吾无以为质矣，吾无与言之矣。'"①曹植用了匠石的"臣之质死久矣"与"钟期不失听，于今称之"典故，表达"知音不再"的孤独与苍凉。曹丕《与吴质书》也用到了"伯牙绝弦于钟期"这个典故，和"仲尼覆醢于子路"一并，言"徐、陈、应、刘，一时俱逝"后"痛知音之难遇，伤门人之莫逮"的感受。

二是，曹丕和曹植一明一暗都用到了扬雄的论点。曹丕"四科八体"的文体论中说"诗赋欲丽"，是对扬雄《法言·吾子》"诗人之赋丽以则，辞人之赋丽以淫"的改写，只取"丽"而去掉了"则"，而被去掉的"则"便是《诗大序》"发乎情，止乎礼义"的"礼义"。这也是所谓魏晋"文学自觉"时代的一个标志。曹植引用扬雄"壮夫不为"同样出自《法言·吾子》："或问：吾子少而好赋？曰：然。童子雕虫篆刻。俄而曰：壮夫不为也。"杨修不愧是曹植的知音，在《答临淄侯笺》中，他回应："修家子云，老不晓事，强著一书，悔其少作。若此，仲山、周旦之俦，为皆有愆邪！君侯忘圣贤之显迹，述鄙宗之过言，窃以为未之思也。若乃不忘经国之大美，流千载之英声，铭功景钟，书名竹帛，斯自雅量，素所畜也，岂与文章相妨害哉？"②据《三国志·魏书·任城

---

① 郭庆藩：《庄子集释》，中华书局2012年版，第843页。
② 严可均辑：《全上古三代秦汉三国六朝文》，中华书局1958年版，第758页。

陈萧王传》裴松之注引《典略》载，知晓曹植心意的杨修，终因"前后漏泄言教，交关诸侯"为曹操所杀。[1]

对读《典论·论文》与《与杨德祖书》（包括《与吴质书》《答临淄侯笺》）后，我们可以得出以下认识：

其一，在"文学有何用"这个问题上，不同身份、不同立场的人，往往会有不同的看法，更不用说不同时代、不同地域了；

其二，在文学的诸种价值、诸种功能之中，往往会有一个评价主体最为认可的"主导价值"；

其三，曹丕"文章，经国之大业，不朽之盛事"与曹植"辞赋小道，固未足以揄扬大义，彰示来世"代表了两种典型的看法——极言文学之大用与极言文学之无用。中国的文学价值论正在有用与无用之间，在"经国大业"与"雕虫小技"之间。正像中国的文学本体论处于"礼"与"情"之间。

有读者会问，倘若文学有价值，其价值只能是曹丕所说的"立言"以"不朽"吗？显然不是，以《论语·阳货》里面的一段话为例："子曰：'小子何莫学夫《诗》？《诗》，可以兴，可以观，可以群，可以怨，迩之事父，远之事君，多识于鸟兽草木之名。'"朱子曾谓"学《诗》之法，此章尽之"[2]，王夫之亦称"尽矣"[3]。具体来看，这一章如何把《诗》的功能和价值说"尽"。

---

[1] 陈寿撰，裴松之注：《三国志》，中华书局1982年版，第560页。
[2] 朱熹：《四书章句集注》，中华书局2011年版，第166页。
[3] 戴鸿森：《薑斋诗话笺注》，人民文学出版社1981年版，第4页。

《诗》可以兴,无论是孔安国的"引譬连类"①,还是朱熹的"感发志意"②,皆强调《诗》的启发性。在《学而》和《八佾》篇中,孔子曾用"始可与言《诗》已矣"分别称赞子贡和子夏对《诗》义的理解和阐发。子贡"因事及诗",由夫子所言"贫而乐,富而好礼"联想到《诗经·卫风·淇奥》中的"如切如磋,如琢如磨";子夏"因诗及事",从《诗经·卫风·硕人》的"巧笑倩兮,美目盼兮"和今属逸《诗》的"素以为绚兮"中悟出"礼后"的道理。这种培养目标,归根结底是个人向礼乐精神的积极体认,以及礼乐规范下的触类旁通。

《诗》可以观,大至郑玄所言政治性的"观风俗之盛衰",小到朱熹包含人情事理的"考见得失",都揭示了《诗》的认识作用。关于此点,《先进》篇亦有对证。因为南容再三诵读《诗经·大雅·抑》的"白圭之玷,尚可磨也;斯言之玷,不可为也",孔子就将其兄之女嫁给他。从"三复白圭"中推得南容"邦有道,不废;邦无道,免于刑戮"(《论语·公冶长》)的个人品性与未来命运,适可佐证"《诗》可以观"正得失的非凡认知。

《诗》可以群,孔安国称其为"群居相切磋",朱熹解释为"和而不流",两说着眼于《诗》的沟通思想、乐群和合属性。《阳货》称子游宰武城而多"弦歌之声",正是贯彻孔子"君子学道

---

① 何晏集解引孔安国、郑玄之说参见何晏集解,皇侃义疏:《论语义疏》,中华书局2013年版,第455—456页。"观""群""怨"出处亦同此。
② 朱熹:《四书章句集注》,中华书局2011年版,第166页。朱熹注解"观""群""怨"出处同此。

则爱人，小人学道则易使"的方针。此点还被司马迁移用于《史记·孔子世家》。太史公取《论语·卫灵公》"在陈绝粮，从者病，莫能兴"和"子路愠见"之事，还特意在中间加入"孔子讲诵弦歌不衰"的细节，强调《诗》对"君子固穷"品性的塑造。又据《史记·儒林列传》所载，刘邦在垓下战胜项羽后举兵围鲁，"鲁中诸儒尚讲诵习礼乐，弦歌之音不绝"，可证这一传统的深远影响。另外，个体之"兴"也往往能发挥"群"的功用。孔子与子贡、子夏对话时由衷的"始可与言《诗》已矣"和"起予者商也"就是切磋交流，彼此启发而凝聚共识的典型一例。

《诗》可以怨，孔安国"怨刺上政"言其内容，朱熹"怨而不怒"论其程度，而无论态度是积极，还是消极；也不管是发挥怨刺的批判作用，还是防止转怨为怒而使矛盾激化[1]，其实都不离委屈不平之情的宣泄。《八佾》载孔子看到仲孙、叔孙、季孙三家"唱着《雍》来撤除祭品"[2]时，就是通过讽诵《诗经·周颂·雍》中的"相维辟公，天子穆穆"来表达不满之情和讽刺之意。

"兴观群怨"之用意还可联系紧随其后的"子谓伯鱼"章一并理解。在《十三经注疏》中，"兴观群怨"与"子谓伯鱼"本为一章。今见两分法取自皇侃本，而朱熹《论语集注》因之，故影响较大。若从一章整体观之，"兴观群怨"正与"人而不为《周南》

---

[1] 顾易生、蒋凡：《中国文学批评通史·先秦两汉卷》，上海古籍出版社2011年版，第84页。
[2] 杨逢彬：《论语新注新译》，北京大学出版社2018年版，第40页。

《召南》，其犹正墙面而立也与"构成互文关系，从正反两面申说学《诗》的功用与意义。

如前所述，在面向"小子"的师生设问教学中，孔子先言"学《诗》"能够获得的种种"可以"，包括可以兴观群怨，迩之（可以）事父，远之（可以）事君，（可以）多识于鸟兽草木之名。到了后半部分夫子询问伯鱼（孔鲤）时，又从反面强调"不为《诗》"的"不可以"。这种"不可以"用朱子的话讲，便是"正墙面而立"所喻指的"言即其至近之地，而一物无所见，一步不可行"。[①]皇侃还在注疏中指出"子谓伯鱼"亦有前因：《论语·季氏》载伯鱼趋而过庭，孔子得知其尚未学《诗》时，曾有"不学《诗》，无以言"的训诫。由此看来，《诗》之用可谓大矣，不学《诗》者不唯口不能言，还犹如面壁一般视线受阻、前行有碍。

当然，除了"文学何为"，我们亦不应忽视文学的"有所不为"。这些否定性的论说，构成了文学价值论的另一个侧面。

例如，严羽《沧浪诗话·诗辨》反对"以文字为诗""以才学为诗""以议论为诗""以骂詈为诗"："夫诗有别材，非关书也；诗有别趣，非关理也。然非多读书，多穷理，则不能极其至。所谓不涉理路，不落言筌者，上也。诗者，吟咏情性也。盛唐诸人惟在兴趣，羚羊挂角，无迹可求。故其妙处透彻玲珑，不可凑泊，如空中之音，相中之色，水中之月，镜中之象，言有尽而意

---

① 朱熹：《四书章句集注》，中华书局2011年版，第166页。

无穷。近代诸公乃作奇特解会,遂以文字为诗,以才学为诗,以议论为诗。夫岂不工,终非古人之诗也。盖于一唱三叹之音,有所歉焉。且其作多务使事,不问兴致;用字必有来历,押韵必有出处,读之反覆终篇,不知着到何在。其末流甚者,叫噪怒张,殊乖忠厚之风,殆以骂詈为诗。诗而至此,可谓一厄也。"①

又如,吴乔《围炉诗话》卷三认为"史料非诗":"古人咏史,但叙事而不出己意,则史也,非诗也;出己意,发议论,而斧凿铮铮,又落宋人之病。"②

再如,江盈科《雪涛诗评·诗忌》认为"哑谜非诗""堆积非诗"与"凑泊非诗":"凡诗欲雅不欲文,文则为文章矣。凡诗欲畅于众耳众目,若费解费想,便是哑谜,非诗矣。凡诗不能不使故事,然忌堆积,堆积便赘矣。凡诗析看一句,要一句浑沦。合看八句,要八句浑沦。若一句不属一气,一篇不如一句,便凑泊不成诗矣。"③

三、入乎其内,出乎其外

文学有价值,理论亦有价值。"有时理论似乎并不是要解释

---

① 郭绍虞:《沧浪诗话校释》,人民文学出版社1961年版,第26页。
② 郭绍虞:《清诗话续编》,上海古籍出版社1983年版,第558页。
③ 蔡镇楚编:《中国诗话珍本丛书》第12册,北京图书馆出版社2004年版,第763—764页。

什么，它更像是一种活动——一种你或参与或不参与的活动。你有可能被卷入到理论中去，你也有可能教授或学习理论，你还有可能会痛恨或惧怕理论。只不过，所有这些对于理解什么是理论都不会有多大的帮助。"[1] 按照乔纳森·卡勒的理解，理论始于"思考、猜测"，但"必须不是一个显而易见的解释"，"还应该包含一定的错综性"，其主要效果是"批评'常识'"。[2] 鉴于部分读者会把"文学"与"理论"对立，本章还将由文学的价值，论及理论的价值，说明学习理论与阅读文学作品并不冲突，所谓的"只读经典，理论无用"并不正确。

首先，理论并没有排斥作品。第一章曾言"理论来源于实践，知识来源于经验"，文学理论来源的这个实践或经验包括什么呢？按照文学理论的理解，最重要的当然是阅读实践，阅读什么？阅读作品，但除了作品以外，需要阅读的"文学"还包括文学现象和文学事件。阅读经典可能出于作品中有很多平庸乃至低劣之作的考虑，只读经典当然可以节省时间和精力，但这里可能会有以下问题：

经典与作品。只读经典，会不会忽视经典以外的精彩呢？且不说经典本身就是一个历史生成的产物（即经典化）。比如，陶渊明在晋宋不在经典之列，如果后来的苏轼因为只"阅读经典"

---

[1] [美]乔纳森·卡勒:《文学理论入门》，李平译，译林出版社2013年版，第1页。
[2] [美]乔纳森·卡勒:《文学理论入门》，李平译，译林出版社2013年版，第2—4页。

就不去读陶渊明,就不去和陶,那么很遗憾,我们的经典文学阅读书单里将因此而没有陶渊明。再如,《诗经》在先秦是经典,但不是文学经典,第三章《诗大序》就反映了汉儒对《诗经》的看法。由此引发的一个问题是,读经典作品包不包括文学经典以外的其他经典呢,比如文学理论经典?如果"阅读经典"仅仅是"阅读文学经典作品",那在"经典"序列里,要不要去掉《诗经》(如前所述,本来不是文学经典),要不要去掉《斐多篇》,要不要去掉《史记·太史公自序》《史记·屈原贾生列传》等历史经典,要不要去掉同样写得优美、符合审美标准的《文赋》《文心雕龙》《二十四诗品》呢?如果去掉,那当我们面对四季变迁时,语句库里是否就要剔除"春风春鸟,秋月秋蝉,夏云暑雨,冬月祁寒"?就要删去刘勰《文心雕龙·物色》的"春秋代序,阴阳惨舒,物色之动,心亦摇焉"和"岁有其物,物有其容;情以物迁,辞以情发。一叶且或迎意,虫声有足引心。况清风与明月同夜,白日与春林共朝哉"?当我们面临文人相轻的现象时,是调动阅读过的文学经典,从中找寻例证呢?还是脱口而出的那句"文人相轻,自古而然"(《典论·论文》),那句"会己则嗟讽,异我则沮弃,各执一隅之解,欲拟万端之变:所谓东向而望,不见西墙也"(《文心雕龙·知音》)更经济、更贴切呢?其实,不光是"文人相轻",学科、方向、流派也往往相轻。顾彬说中国当代文学是垃圾,写旧体诗的说新诗是垃圾,写新诗的说旧体诗词是古董;长于理论思辨的瞧不起从事文献整理的,嫌他没思想;从事文献实证的瞧不起理论思辨的,说他没功力;

实证里面的量化研究嫌弃传统的质性研究落伍跟不上"大数据时代"的"数字人文"和"新文科",质性研究则批评量化研究"非文学""不务正业"。放到古代也是,"汉学具有根柢,讲学者以浅陋轻之,不足服汉儒也。宋学具有精微,读书者以空疏薄之,亦不足服宋儒也。消融门户之见而各取所长,则私心袪而公理出,公理出而经义明矣"(《四库全书总目提要·经部总叙》)。当我们制造经典作品与理论的对立时,恰恰忘了自己早已陷入这种作品中心主义、作品与理论二元对立思维而不自知,更危险的是,只有通过必要的反思才能发现问题之所在,那么不读理论便会继续"乐在其中"而不自知。

文学作品与文学现象、文学事件。且不说只读经典,退一步,单说只读作品,会不会忽视同样丰富的文学现象和文学事件呢?理论也好,作品也罢,都以现实为出发点。但是,有些事情、经验、感受只停留在现象层面,不会进入作品,更不会进入经典的序列。想想看,"山川异域,风月同天"固然在《全唐诗》里,但只去读《全唐诗》而不联系围绕着它的"事件",它便只是一首平淡的诗,平淡到未入选《唐诗三百首》,也少见于非僧人、非扬州地方、非中日交流的诗歌选本中。从1979年到2019年,四十年来中国文学理论研究的一大贡献就是破除了以文学为主要(甚至唯一)研究对象的局限,开始关注社会生活中的各种文艺现象,它与破除文艺对政治的依附,破除文学批评对西方理论的依附,破除本土与本民族的限制而参与探讨全世界的文艺问题,破除社会历史批评的窠臼而运用方法日益多元,共同更新了我们对"文学"的认识。[①]可现在,为何要在好不容易的破除之后又退回去呢?

其次,经典是什么?经典是可以反复读的,是有思想的,是有深度的。卡尔维诺说,经典是初读就似曾相识,像重温,而每次重读又都能像初读那样会有新发现。前半句说的是基本价值(共同感),后半句说的是特殊价值(复义性)。在经典的种种定义之中,一个最基本的依据是,经典是能言人之所欲言且能言好言尽。阅读是个人化的,但个人的阅读要不要交流?如果需要交流的话,要不要遵守"阐释"的规则,要不要找到并融入"阐释共同体"?有人说,不要交流,我可以自说自话,不需要别人认可。那么,还会有公认的经典吗?胡适说,历史是任人打扮的小姑娘。莎士比亚说,一千个读者眼中有一千个哈姆莱特。但问题是,我们每个人都能随意打扮哈姆莱特吗?我们每个人都能从《哈姆莱特》中发现"俄狄浦斯情结"吗?当我们在谈论《哈姆莱特》时,因为弗洛伊德是理论家,而且还是不纯粹的文学理论家,就不去读他的文学精神分析理论,会错过什么?至少是别人跟我们说起"作家与白日梦"时,我们会琢磨半天,甚至误认为说的是作家都喜欢白天睡觉。这就涉及另一个问题:阅读之后的理解与表达,不管是个人的鉴赏还是公开的批评,如果想让读者或听众知道自己在说什么,就必须遵守文学的"语法",

---

[①] 张颖:《温故与开新——"改革开放四十年中国文艺理论建设暨〈文艺研究〉创刊四十周年学术研讨会"综述》,《文艺研究》2020年第1期。

使用文学的"词汇",对"文学"说话,说属于"文学"的话。如果说每个人的阅读、每个人对文学的言说是"言语",那么"文学理论"便是"语言"。行行有道,文学的行话是什么,是张口就来的"太刺激了""哈姆莱特真磨唧""奥菲利亚好惨""我就是喜欢克劳狄斯"?还是使用"情节、冲突、悲剧"这些术语?运用"恋母情结"与复仇的"延宕"这些视角?回到第一章的那句话,理论是看法、观点、知识的体系化。单纯的个人的阅读体验,可以不讲体系化、理论性,但至少要使用基本的词汇。有人批评"民科",指出其最大的问题就是没有遵循或者说尊重学术共同体的范式,没有使用通用的语言,没有对"科学"说话,说属于"科学"的话,而是试图另起炉灶。如果撇开文学理论术语、概念、范畴、命题,不管文学理论观念、流派,不站在前人相关思考与言说基础上的排他式阅读,读完之后,何以交流?谈《哈姆莱特》,当听到"延宕"不懂时,是赶紧去了解精神分析学说,还是继续视而不见、听而不闻呢?

最后,阅读经典是基本功,这是我们需要做到的底线,而理论是进阶,是思想的财富和思维的工具。先说阅读。读作品,读文学作品,读文学经典作品,当然很好,也很愉快,也很有成就感,还能读出许多心得感受,是多数人的"舒适圈"。但文学作为专业,给予我们的优势就在前人的经验积累以及这种积累的系统传授之中。这种传授给我们指路,向我们推荐,对我们言说,用有效的方式让我们在自己的"看待"之外,了解还有哪些其他的"看待",以及更重要的,如何去看待这些"看待"。文学理论是一种看待文学的方式,每个人都会用不同的方式看待某一部经典,但反思性地看待"我们看待文学的方式",恐怕不是所有人都能做到的,而这正是文学理论的意义和价值之所在。因之,我们需要训练的阅读技能至少有两种:一是赏析式的,从作品中感受真善美,这可以通过广泛阅读文学经典作品实现;但同时也不要忽视了理性分析和发现问题式的阅读。在深感《诗大序》《诗品序》《典论·论文》"枯燥"之时,有没有静下心来,思考《诗大序》上下关系中的言路畅达问题呢?体会《诗品序》中审美的觉醒和情感的洋溢呢?又能否反问标举"只读经典"来污名化文学理论的行为,是不是犯了《典论·论文》开篇提到"文人相轻,自古而然"的毛病呢?

因为拒斥理论,面对"乡土中国",我们会错过"差序格局"这样形象且精当的概括;因为拒斥理论,面对流量明星事件,我们很可能不知道理论家约翰·费斯克早就在《理解大众文化》里分析了这种现象,并且名之曰"粉都";因为拒斥理论,面对新冠肺炎疫情,抛开麦克尼尔的理论著作《瘟疫与人》,只依靠自己去重头阅读《鼠疫》《瘟疫年纪事》《霍乱时期的爱情》,恐怕很难悟出瘟疫事件中除了病毒的"微寄生",还有同样可怕的"巨寄生"……

文学研究不是个人化、即兴的赏析,而是面向文学这个共同体"对文学说话,说属于文学的话",为了有效交流思想和传递观念,我们要讲属于阐释共同体的"语言",而不能是完全个人化的"言语";我们要遵守文学专业的"语法",运用文学的

"词汇",进行文学知识的"生产"与"再生产"。所以,我们要站在前人的肩膀上,不要再重复那些人云亦云"正确的废话",而是要"知其然,知其所以然"。为了知识的"生产"与"再生产",我们要在无数前辈的阅读经验中寻求创新与突破。顾炎武说,要去研究与言说那些"真问题",那些"古人之所未及就,后世之所不可无"的知识。在这个过程中,理论便是上述经验的凝练,便是最有效的入口。尤其是理论中的概念、范畴、术语、命题这些关键词,它们是帮助我们打开古今中外一扇扇基于个人阅读经验的意义世界大门的钥匙。理论是经验的体系化与抽象化,能帮助我们以简驭繁,用高效的方式开阔眼界,了解我们思考的问题、我们阅读的感受有没有被前人思考过、言说过,进而在理论的体系中衡量我们思考的问题、我们阅读的感受能否成为"后世之所不可无"的真问题。既然如此,我们又为何要舍近求远,不顾无数比我们更刻苦、更有天赋的前辈苦思冥想后的总结,无视历史的"大浪淘沙"与"吹尽狂沙始到金",再自己去"仰山铸铜,煮海为盐"呢?

庄子说:"吾生也有涯,而知也无涯!"明明有那么多、那么好的前人对同一个或近似问题的系统思考与精当回答,而我们就因为"理论没用"这样一个不负责任的全称判断而弃之不顾,可不可惜?了解中国,我们可以读《人生》,读《平凡的世界》,也可以读《乡土中国》,它们同为经典,各有侧重,奈何非得厚此薄彼?阅读文学作品,我们可以渐渐形成对于"何谓文学"的个人认识,却很难形成对"何谓阐释"的系统反思;可以尝试不同的观看文学的方式,却很难跳出来反观和反思这种"观看文学的方式"。因为不读理论,我们便不会知晓那些提纲挈领的整体把握,那些单刀直入的深入剖析,那些纵横捭阖的勾连贯通,那些豁然开朗,那些点石成金,那些精彩绝伦,那些意犹未尽……

特里·伊格尔顿曾言:"敌视理论通常意味着对他人理论的反对和对自己理论的健忘。"[①]在理论的大山面前,我们尽可以无视它、回避它,甚至污名化它,但它作为无数前辈经验与智慧的凝聚,就屹立在那里,不是不增不减,反而会层层累积越来越高。我们可以咬咬牙,攻坚克难,攀登它,把它踩在脚下,再用理论看作品、看现象、看事件,"会当凌绝顶,一览众山小"。当然,我们也可以刚到山脚下就啐一口,掉个头,绕过它,并且在感受中、在记忆里抹黑它,视它为畏途、为怪物、为垃圾。但不得不承认,我们终究还是没有征服它。孟子说:"人病舍其田而芸人之田。"(《孟子·尽心下》)阅读经典,仅仅是一项基本的人文素养,那是我们可以休憩,别人也可以游玩的公共草坪,而不是在接受专业训练后要去开垦的责任田。

一言以蔽之,文学价值论要回答的问题是"文学有何用"以及接下来的"文学何为",就像文学本体论要回答"文学是什么"一样。我们学习文学理论,首先需要具备《中国文学理论》中

---

① [英]特里·伊格尔顿:《二十世纪西方文学理论》,伍晓明译,北京大学出版社2018年版,第11页。

"一言以蔽之"的透视和俯瞰能力，只有这样才能从根本处把握该专题下的种种面向、种种分支、种种说法。举例说明，文学价值论专题下涉及曹丕的"文章，经国之大业，不朽之盛事"、曹植的"辞赋小道，固未足以揄扬大义，彰示来世"这两种针锋相对的认识，此外还有孔子的"《诗》，可以兴，可以观，可以群，可以怨，迩之事父，远之事君，多识于鸟兽草木之名"等人文、伦理、审美、文化、交往、科学、商业等价值，以及认识、教育、娱乐、凝聚、益智、心理补偿等功能。上述或是针锋相对，或是五彩缤纷的论说，其实都是对"文学有何用"以及"文学何为"的不同角度的回答。这种提纲挈领和以简驭繁的方法，将有助于我们从根本处了解价值论、本体论、创作论等围绕什么展开，减少对理论的陌生感和畏惧感。

学习文学理论，需要训练"入乎其内，出乎其外"的能力。什么是"入乎其内"呢？就是要尽可能详细地知晓该专题的理论体系、基本观点以及相关的概念、术语、范畴、命题，争取"知其然，知其所以然"。但任何一本教材或著作讲到的都有限，所以还需要结合兴趣，抓住疑惑和惊奇，去阅读、去思考、去发问、去交流、去实践。在此基础上，进入第二步"出乎其外"，也就是不时地跳出既有的种种说法，从逻辑上反思、从现象上反问这些说法各自抑或全部有没有错误和不足之处。例如，在文学本体论部分，我们通过对"文学事件"的介绍，反思了"本质主义"思维的不足，指出尚未有一个本体论能够涵盖文学的所有特征，故此，我们倡导由"本质"回到"共相"，由静态的名词性或形容词性的"定义"回到鲜活的动词性的"阐释"。在文学价值论部分，我们一同回到曹氏兄弟的社会语境与情感心态，探寻价值论的前因后果，发现价值论与本体论的相关且相似，即价值论会因评价主体在性情、爱好、身份、追求上的差异而不同。鉴于既有的价值论多关注文学能做什么，我们在知晓文学"有所为"的同时，也应认识到文学的"有所不为"。这种"一言以蔽之"和"入乎其内，出乎其外"的思维能力，其实已经超越了具体的知识、课程乃至专业。相较于掌握文学理论的基本体系，本书更希望读者能有意识地培养与训练反思性、批判性看待文学、看待其他知识，直至看待生活、看待世界的能力。

第四章
创作论：放言遣辞，良多变矣

创作过程关联作者与作品两个元素。《中国文学理论》关注的是创作技巧层面："根据文学的技巧概念，文学是一种技艺，正像他种技艺，例如木工，唯一不同的是，它是以语言，而不是以物质为材料。这种技巧概念与表现概念类似的地方，在于两者主要着重在艺术过程的第二阶段；而与表现概念不同的地方是，它认为写作过程不是自然表现的过程，而是精心构成的过程。"[①]在该部分，刘若愚举了沈约《宋书·谢灵运传》、刘勰《文心雕龙·总术》，以及高启、李东阳、李梦阳、唐顺之、李渔、王士禛、翁方纲、刘大櫆、姚鼐等人的观点，并未提及陆机《文赋》。这多半因为作者认为"对表现理论的发展具有重大贡献的，是陆机的《文赋》"[②]，故主要在表现论中分析《文赋》。但是，作

---

① [美]刘若愚：《中国文学理论》，杜国清译，江苏教育出版社2006年版，第133页。
② [美]刘若愚：《中国文学理论》，杜国清译，江苏教育出版社2006年版，第105页。

为中国文学理论中第一篇创作论专篇,《文赋》谈及作文缘起、酝酿构思、谋篇布局、行文乐趣、文体风格、词句搭配、文章弊病等问题,虽然略显杂乱,却触及了创作论的几个关键问题,如文学创作过程中的创作动因、艺术构思、语言呈现,文学创作心理机制中的直觉、情感、想象、理解,等等。[①]

一、操斧伐柯,取则不远

创作论是关于文学创作知识的系统化总结。为什么要选《文赋》作为创作论的细读篇目呢?讲本体论时,本书选取《诗大序》和《诗品序》是因为二者分别代表了"礼"与"情",存在明显的互文关系,主要是《诗品序》对《诗大序》的改写;讲价值论时,之所以对读《典论·论文》和《与杨德祖书》,既是因为二者分别代表了两种针锋相对的观点——文章是"经国大业"与文章是"雕虫小技",还因曹丕和曹植是同父同母的兄弟,他们之间的分歧足以说明价值论的多样。本章选取细读的代表篇目是陆机《文赋》,正好可以照应上一章对理论和作品、经典的讨论:陆机既是文学家("太康之英""潘江陆海"),又是文学理论家(章学诚《文史通义·文德》即认为"刘勰氏出,本陆机氏

---

① 以上内容参见《文学理论》编写组编:《文学理论》,高等教育出版社2020年版,第76—95页。

说而昌论'文心'"①);他所写的《文赋》,既是文学经典(赋中名篇),又是文学理论的经典。作为现存第一篇创作论专篇,陆机《文赋》论得好、论得有特色、论得有影响,正如程千帆先生《文论要诠》所言:"盖单篇持论,综核文术,简要精确,伊古以来,未有及此篇者也。"②

中国有"诗必诗人论之"的说法,而陆机"论作文之利害所由"便深植于自己文学创作的经验。陆机的文学成就,可从当时张华"伐吴之役,利获二俊"的赞誉,时人"二陆入洛,三张减价"的感叹,以及其后不久南朝的相关记载中窥见一斑:

钟嵘《诗品序》:"太康中,三张、二陆、两潘、一左,勃尔俱兴,踵武前王,风流未沫,亦文章之中兴也。"③

钟嵘《诗品序》:"陈思为建安之杰,公干、仲宣为辅;陆机为太康之英,安仁、景阳为辅。"④

钟嵘《诗品·晋黄门郎潘岳诗》:"其源出于仲宣。《翰林》叹其翩翩奕奕,如翔禽之有羽毛,衣被之有绡縠,犹浅于陆机。谢混云:'潘诗烂若舒锦,无处不佳;陆文如披沙简金,往往见宝。'嵘谓:益寿轻华,故以潘胜;《翰林》笃论,故叹陆为深。余常言:陆才如海,潘才如江。"⑤

---

① 章学诚:《文史通义》,上海古籍出版社2015年版,第85页。
② 程千帆:《文论要诠》,载张少康:《文赋集释》,人民文学出版社2002年版,第275页。
③ 曹旭:《诗品集注》,上海古籍出版社2011年版,第24—25页。
④ 曹旭:《诗品集注》,上海古籍出版社2011年版,第34页。
⑤ 曹旭:《诗品集注》,上海古籍出版社2011年版,第174页。

陆云《与兄平原书》第三五书曰:"其人(崔君苗)推能兄文不可言,作文百余卷,不肯出之。视仲宣赋集,《初征》《登楼》,前耶甚佳,其余平平,不得言情处。此贤文正自欲不茂,不审兄呼尔不? 真玄亦云:'兄文当作宣辈,宣得此巍巍耳!'"①

刘义庆《世说新语·言语》:"陆机诣王武子,武子前置数斛羊酪,指以示陆曰:'卿江东何以敌此?'陆云:'有千里莼羹,但未下盐豉耳。'"刘辰翁评之曰:"最得占对之妙,言外谓下盐豉后,(其味美)尚未止此。第语深约,可以意得,难以俊赏耳。"②

不唯如此,陆机《文赋》还展现了以"诗文评"为特色的中国古代文论的三大特色。蒋寅《在中国发现批评史——清代诗学研究与中国文学理论、批评传统的再认识》指出"中国古代文学理论和批评的独异之处主要有三点:一是象喻性的言说方式,二是丰富的审美味觉概念,三是多样化的批评文体"③。依次来看:

《文赋》里的象喻性言说。近取诸身,远取诸物,以形象化的意象来言说文学创作的道理,如说文思利钝的"沉辞怫悦,

---

① 陆云撰,黄葵点校:《陆云集》,中华书局1988年版,第146页。
② 蒋凡、李笑野、白振奎:《全评新注世说新语》,人民文学出版社2009年版,第89—90页。
③ 蒋寅:《在中国发现批评史——清代诗学研究与中国文学理论、批评传统的再认识》,《文艺研究》2017年第10期。

若游鱼衔钩而出重渊之深；浮藻联翩，若翰鸟缨缴而坠曾云之峻"①，说文词创新的"谢朝华于已披，启夕秀于未振"，说意主辞辅关系的"辞程才以效伎，意司契而为匠"……而最为集中的是"应和悲雅艳"部分的以"乐"喻"文"："或托言于短韵，对穷迹而孤兴。俯寂寞而无友，仰寥廓而莫承。譬偏弦之独张，含清唱而靡应。或寄辞于瘁音，徒靡言而弗华。混妍蚩而成体，累良质而为瑕。象下管之偏疾，故虽应而不和。或遗理以存异，徒寻虚以逐微。言寡情而鲜爱，辞浮漂而不归。犹弦幺而徽急，故虽和而不悲。或奔放以谐合，务嘈囋而妖冶。徒悦目而偶俗，固声高而曲下。寤《防露》与《桑间》，又虽悲而不雅。或清虚以婉约，每除烦而去滥。阙大羹之遗味，同朱弦之清泛。虽一唱而三叹，固既雅而不艳。"

《文赋》里的审美味觉概念。味觉的获得包括"闻"与"尝"。在《文赋》中，"闻"到的"味"有，谈作文可乐的"播芳蕤之馥馥"；"尝"到的"味"有，谈读书积累的"倾群言之沥液，漱六艺之芳润"，谈"雅而不艳"的"阙大羹之遗味，同朱弦之清泛"。

《文赋》独具特色的批评文体。以赋的形式论文，体现了"操斧伐柯，取则不远"的自信。唐大圆《文赋注》："赋乃韵文之至者也。欲辨文之利病中失，惟赋能备。是故依文为赋，读赋而文理自见；借赋论文，诵文而赋旨愈显。士衡所云'操斧伐柯，

---

① 以下《文赋》引文均据张少康《文赋集释》，人民文学出版社2002年版。

取则不远'者,殆谓是与。杜子美云:'陆机二十作《文赋》。'年仅至冠,而能文理密察如是,则今之青年读之,宜可以愧而知勉矣。"[1] "操斧伐柯"的意思是,以手中斧头的木柄为准则去选取木材。在这里,陆机是用赋的形式来谈怎么写文(包括赋)的创作经验。当然,如果聚焦于赋体,以"论赋赋"称之,就更贴切了。中国文学批评史上不乏用文学作品的形式来谈论文学理论者,如用诗的形式来谈诗学的"论诗诗",用词的形式来谈词学的"论词词",再如《二十四诗品》论典雅:"玉壶买春,赏雨茅屋。坐中佳士,左右修竹。白云初晴,幽鸟相逐。眠琴绿阴,上有飞瀑。落花无言,人淡如菊。书之岁华,其曰可读。"其内容与形式,理论与作品本身融合为一体。中国古代文学理论的文体非常丰富,如序跋体《诗大序》,著述体《典论·论文》,书信体《与杨德祖书》,此外还有选本、摘句、诗格、诗话、评点、诗品、主客图、宗派图、点将录、纪事、句图、位业图,等等。

二、体物浏亮,巧而碎乱

在初步了解《文赋》后,我们开始细读,通过几个问题来深入了解陆机的创作论。

---

[1] 张少康:《文赋集释》,人民文学出版社2002年版,第272页。

文　赋

余每观才士之所作,窃有以得其用心。夫放言遣辞,良多变矣。妍蚩好恶,可得而言。每自属文,尤见其情。恒患意不称物,文不逮意。盖非知之难,能之难也。故作《文赋》,以述先士之盛藻,因论作文之利害所由,他日殆可谓曲尽其妙。至于操斧伐柯,虽取则不远;若夫随手之变,良难以辞逮。盖所能言者,具于此云。

伫中区以玄览,颐情志于《典》《坟》。遵四时以叹逝,瞻万物而思纷。悲落叶于劲秋,喜柔条于芳春。心懔懔以怀霜,志眇眇而临云。咏世德之骏烈,诵先人之清芬。游文章之林府,嘉丽藻之彬彬。慨投篇而援笔,聊宣之乎斯文。——**作文缘起**

其始也,皆收视反听,耽思傍讯,精骛八极,心游万仞。其致也,情瞳昽而弥鲜,物昭晰而互进。倾群言之沥液,漱六艺之芳润。浮天渊以安流,濯下泉而潜浸。于是沉辞怫悦,若游鱼衔钩而出重渊之深;浮藻联翩,若翰鸟缨缴而坠曾云之峻。收百世之阙文,采千载之遗韵。谢朝华于已披,启夕秀于未振。观古今于须臾,抚四海于一瞬。——**酝酿构思**

然后选义按部,考辞就班。抱景者咸叩,怀响者毕弹。或因枝以振叶,或沿波而讨源。或本隐以之显,或求易而得难。或虎变而兽扰,或龙见而鸟澜。或妥帖而易施,或岨峿而不安。罄澄心以凝思,眇众虑而为言。笼天地于形内,挫万物于笔端。始踯躅于燥吻,终流离于濡翰。理扶质以立干,文垂条而结繁。信情貌之不差,故每变而在颜。思涉乐其必笑,方言哀而已叹。或操

舰以率尔，或含毫而邈然。——**谋篇布局**

伊兹事之可乐，固圣贤之所钦。课虚无以责有，叩寂寞而求音。函绵邈于尺素，吐滂沛乎寸心。言恢之而弥广，思按之而逾深。播芳蕤之馥馥，发青条之森森。粲风飞而猋竖，郁云起乎翰林。——**行文乐趣**

体有万殊，物无一量。纷纭挥霍，形难为状。辞程才以效伎，意司契而为匠。在有无而僶俛，当浅深而不让。虽离方而遁圆，期穷形而尽相。故夫夸目者尚奢，惬心者贵当。言穷者无隘，论达者唯旷。诗缘情而绮靡，赋体物而浏亮。碑披文以相质，诔缠绵而凄怆。铭博约而温润，箴顿挫而清壮。颂优游以彬蔚，论精微而朗畅。奏平彻以闲雅，说炜晔而谲诳。虽区分之在兹，亦禁邪而制放。要辞达而理举，故无取乎冗长。——**文体风格**

其为物也多姿，其为体也屡迁。其会意也尚巧，其遣言也贵妍。暨音声之迭代，若五色之相宣。虽逝止之无常，故崎锜而难便。苟达变而识次，犹开流以纳泉。如失机而后会，恒操末以续颠。谬玄黄之秩叙，故淟涊而不鲜。

或仰逼于先条，或俯侵于后章。或辞害而理比，或言顺而义妨。离之则双美，合之则两伤。考殿最于锱铢，定去留于毫芒。苟铨衡之所裁，固应绳其必当。——**词句搭配**

或文繁理富，而意不指适。极无两致，尽不可益。立片言而居要，乃一篇之警策。虽众辞之有条，必待兹而效绩。亮功多而累寡，故取足而不易。——**片言居要**

或藻思绮合，清丽千眠。炳若缛绣，凄若繁弦。必所拟之不殊，乃暗合乎曩篇。虽杼轴于予怀，怵他人之我先。苟伤廉而愆义，亦虽爱而必捐。——**贵在独创**

或苕发颖竖，离众绝致。形不可逐，响难为系。块孤立而特峙，非常音之所纬。心牢落而无偶，意徘徊而不能掩。石韫玉而山辉，水怀珠而川媚。彼榛楛之勿翦，亦蒙荣于集翠。缀《下里》于《白雪》，吾亦济夫所伟。——**奇朴照应**

或托言于短韵，对穷迹而孤兴。俯寂寞而无友，仰寥廓而莫承。譬偏弦之独张，含清唱而靡应。

或寄辞于瘁音，徒靡言而弗华。混妍蚩而成体，累良质而为瑕。象下管之偏疾，故虽应而不和。

或遗理以存异，徒寻虚以逐微。言寡情而鲜爱，辞浮漂而不归。犹弦幺而徽急，故虽和而不悲。

或奔放以谐合，务嘈囋而妖冶。徒悦目而偶俗，固声高而曲下。寤《防露》与《桑间》，又虽悲而不雅。

或清虚以婉约，每除烦而去滥。阙大羹之遗味，同朱弦之清泛。虽一唱而三叹，固既雅而不艳。——**文章弊病**

若夫丰约之裁，俯仰之形，因宜适变，曲有微情。或言拙而喻巧，或理朴而辞轻。或袭故而弥新，或沿浊而更清。或览之而必察，或妍之而后精。譬犹舞者赴节以投袂，歌者应弦而遣声。是盖轮扁所不得言，故亦非华说之所能精。——**文律难言**

普辞条与文律，良余膺之所服。练世情之常尤，识前修之所淑。虽浚发于巧心，或受嗤于拙目。彼琼敷与玉藻，若中原之有蒇。同橐籥之罔穷，与天地乎并育。虽纷蔼于此世，嗟不盈于予掬。患挈瓶之屡空，病昌言之难属。故踸踔于短垣，放庸音以足曲。恒遗恨以终篇，岂怀盈而自足。惧蒙尘于叩缶，顾取笑乎鸣玉。——**呼应序文**

若夫应感之会，通塞之纪，来不可遏，去不可止。藏若景灭，行犹响起。方天机之骏利，夫何纷而不理。思风发于胸臆，言泉流于唇齿。纷葳蕤以馺遝，唯豪素之所拟。文徽徽以溢目，音泠泠而盈耳。及其六情底滞，志往神留，兀若枯木，豁若涸流。揽营魂以探赜，顿精爽于自求。理翳翳而愈伏，思乙乙其若抽。是以或竭情而多悔，或率意而寡尤。虽兹物之在我，非余力之所勠。故时抚空怀而自惋，吾未识夫开塞之所由。——**灵感利钝**

伊兹文之为用，固众理之所因。恢万里而无阂，通亿载而为津。俯贻则于来叶，仰观象乎古人。济文武于将坠，宣风声于不泯。途无远而不弥，理无微而弗纶。配沾润于云雨，象变化乎鬼神。被金石而德广，流管弦而日新。——**文章功用**

第一个问题：从文体上看，陆机说"诗缘情而绮靡，赋体物而浏亮"，那作为赋的《文赋》"浏亮"吗？

要回答这个问题，首先应明确何谓"浏亮"。李善《文选注》将其释为"清明"，不过如果将"浏亮"视为联绵词的话（"流亮""嘹亮""寥亮"），其义便是形容声音的高远嘹亮，同时还与"绮靡"类似，兼及声貌两端。那么《文赋》的音韵够不够嘹亮呢？不妨读一读《文赋》中的"或"字句——如"或因枝以振叶，或沿波而讨源。或本隐以之显，或求易而得难。或虎变而兽扰，或龙见而鸟澜。或妥帖而易施，或岨峿而不安"，文体论中"意而辞"的排比句——如"诗缘情而绮靡，赋体物而浏亮。碑披文以相质，诔缠绵而凄怆。铭博约而温润，箴顿挫而清壮。颂优游以彬蔚，论精微而朗畅。奏平彻以闲雅，说炜晔而谲诳"，"应和悲雅艳"的顶针段落，以及大量的"以一字领全下句，读时当作一顿"——如"粲，风飞而猋竖；郁，云起乎翰林""俯，寂寞而无友；仰，寥廓而莫承""思，风发于胸臆；言，泉流于唇齿"。[①]据此可见，《文赋》符合"赋体物而浏亮"的要求。

第二个问题：从创作上看，作为文学作品的《文赋》是否符合作为文学理论的《文赋》的相关要求？由此引发一系列的小问题：

（一）既然陆机批评"立片言而居要，乃一篇之警策。虽众辞之有条，必待兹而效绩"，那么，《文赋》的"一篇之警策"何在，"众辞"是否围绕着"片言"展开？

哪个是《文赋》的主旨句呢？是赋序中的"余每观才士之所作，窃有以得其用心"，是第二段的"慨投篇而援笔，聊宣之乎斯文"，还是倒数第三段呼应赋序的"普辞条与文律，良余膺之所服。练世情之常尤，识前修之所淑"？似乎很难找到能够统

[①] 程千帆：《文论要诠》，载张少康：《文赋集释》，人民文学出版社2002年版，第94页。

领全篇的"片言而居要"或"一篇之警策"。如果非要找出一个,那么"故作《文赋》,以述先士之盛藻,因论作文之利害所由,他日殆可谓曲尽其妙"庶几近之,即"陆机此赋的目的不是确定一个题目的本质,为之提供定义或结构,而是穷尽一个领域"。①

(二)既然陆机批评"文繁理富,而意不指适",主张"极无两致,尽不可益",那么《文赋》的主旨是唯一的,还是游移的?刘勰为何会批评"陆赋巧而碎乱"(《文心雕龙·序志》)?

通观全赋,陆机主要是"述先士之盛藻,因论作文之利害所由",其中涉及作文缘起("伫中区以玄览,颐情志于《典》《坟》"段)、构思("其始也,皆收视反听,耽思傍讯"段)、谋篇布局("然后选义按部,考辞就班"段)、搭配("或仰逼于先条,或俯侵于后章"段)、片言居要("或文繁理富,而意不指适"段)、独创("或藻思绮合,清丽千眠"段)、奇朴照应("或苕发颖竖,离众绝致"段)、文病("应和悲雅艳"诸段)、灵感("若夫应感之会,通塞之纪,来不可遏,去不可止"段),其间又穿插了行文乐趣("伊兹事之可乐"段)、文体风格("体有万殊,物无一量"段)、文章功用("伊兹文之为用,固众理之所因"段),以及呼应序文对"随手之变,良难以辞逮"和"非知之难,能之难"感慨的两段("若夫丰约之裁,俯仰之形,因宜适变,曲有微情"段和"普辞条与文律,良余膺之所服"段)。可以得出什

---

① [美]宇文所安:《中国文学思想读本:原典·英译·解说》,王柏华、陶庆梅译,生活·读书·新知三联书店 2019 年版,第 91 页。

么结论呢？首先，《文赋》不是一篇纯粹的创作论，其中穿插了本体论、价值论、作品论等内容。当然，这是以今观古，用今天的"文学理论八论"来看《文赋》，有点苛求。但是，《文赋》将灵感论放在倒数第二段，既处在两段呼应序文的感慨和自谦之后，又处在文用论之前，确实有些别扭。——这是布局上的"碎乱"。

《文赋》巧在以"赋"论"文"。比如文病论的"应和悲雅艳"诸段，方竑《文赋绎意》引杨铸秋语："应字、和字、悲字、雅字、艳字，一层深一层，文之能事已毕。不悲谓感人不深也。雅而必艳，斯能华妙。"①作为一种"话语机器"（借宇文所安分析《文心雕龙》语），赋讲究对偶，有言对、事对、正对、反对，这种形式有助于我们理解语义。虽然陆机说"文不逮意"，但"赋"这种特定的"文"有助于"逮意"。例如"或虎变而兽扰，或龙见而鸟澜"，其中的"扰"训为"驯"，便可依据"澜"的反对得出。"言穷者无隘，论达者唯旷"，言辞寡少者却"无隘"不好理解，依据"唯"之正对，便可将"无"理解为无意义的助词，即言辞寡少者显得局促。再如"或本隐以之显，或求易而得难"，一般认为前半句引自《史记·司马相如传》"《春秋》推见至隐，《易》本隐之以显"，但也有注家主张应依据五臣注《文选》本的"或本隐以末显，或求易而得难"，正好说"有时本旨虽然隐约，但因作者善于表现，文辞反倒晓畅；有时欲表现浅易的意旨，但因

---

① 张少康：《文赋集释》，人民文学出版社2002年版，第187页。

作者不善传达，倒使文章难懂"。①

但是，"赋"这种文体需要考虑对偶，而把对偶当成一种自动性的"语法"（即宇文所安所言"话语机器"），便会与陆机的本意有所偏离。也就是说，《文赋》中有两个"创作者"：一个是主导创作的陆机，一个则是"赋"这种文体的语法，两者之间有时未必吻合。

举一个开篇的例子。陆机结合自身创作（属文）经历谈体会，得出"恒患意不称物，文不逮意。盖非知之难，能之难也"的认识。紧随其后，陆机沿用了"文不逮意"的判断（除了开篇第一段谈到"遵四时以叹逝，瞻万物而思纷"，此后陆机便舍去了并列的"意不称物"），来说明自己在《文赋》中对创作过程的思考和表述，也是"良难以辞逮"。类似的说法，可见诸序的结尾"若夫随手之变，良难以辞逮。盖所能言者，具于此云"，以及谈文章剪裁和照应之法的"若夫丰约之裁，俯仰之形，因宜适变，曲有微情……是盖轮扁所不得言，故亦非华说之所能精"。最早的"意不称物，文不逮意"是陆机创作时的感受，所以由"物"到"意"到"文"。后面的"良难以辞逮""轮扁所不得言"则是陆机论创作（创作关于创作的文章）时的感受。所以在这部分，具体的"物"便被舍去了，因为陆机关注的是那些抽象的"意"能否用"文"来精尽。换言之，陆机在"恒患意不称

---

① 李壮鹰主编：《中华古文论释林·魏晋南北朝卷》，北京大学出版社2011年版，第68页。

物,文不逮意。盖非知之难,能之难也"里想要重点谈的是"文不逮意。盖非知之难,能之难也",但因赋的语法需要"文不逮意"有一个对偶项,陆机才从"言—象—意"的传统知识结构中拈出"意不称物",与"文不逮意"构成一则"正对"。而为了照顾这个"物",陆机又在正文第一段谈及"伫中区以玄览"和"遵四时以叹逝,瞻万物而思纷。悲落叶于劲秋,喜柔条于芳春。心懔懔以怀霜,志眇眇而临云"。这里有"物"却并没有"意不称物"的问题,为了与"物"搭配,陆机又涉及"学"的问题,也就是"伫中区以玄览,颐情志于《典》《坟》"。可见,作为文体的"赋"为了对偶,带来旁生枝节的问题,造成作者主旨与文体语法之间不统一的"碎乱"。关于《文赋》中两个创作者的问题,我们将在下章作家论部分加深理解。

综上,作为中国文学理论中第一篇创作论专篇,陆机《文赋》依次谈了作文缘起、酝酿构思、谋篇布局、行文乐趣、文体风格、词句搭配、片言居要、贵在独创、奇朴照应、文章弊病、文律难言、灵感利钝、文章功用等问题。除去内容,《文赋》以赋论文的形式还呈现了中国古代文学理论和批评区别于西方文学理论的三点独异之处:惯用象喻性言说,常见审美味觉概念以及多样化的批评文体。当然,如果我们以理论家陆机在《文赋》中的要求来反观文学家陆机的《文赋》创作,从身体力行、以子之矛攻子之盾、理论联系实践等层面反思陆机宣称的"操斧伐柯"时,还会有如下发现:其一,从文体上看,作为赋的《文赋》确实符合陆机对"赋体物而浏亮"的要求;其二,从创作上看,作为文学作品的《文赋》和作为文学理论的《文赋》之间存在一些"裂隙"。比如,《文赋》要求"立片言而居要,乃一篇之警策。难众辞之有条,必待兹而效绩",但《文赋》本身似乎缺少统摄性的"一篇之警策",部分段落的论述("众辞")也似乎游离于创作论的逻辑主线之外,最明显的便是最后四段——先是呼应赋序的感慨和自谦,继之以灵感论,终篇于文用论。难怪刘勰《文心雕龙·序志》会说"陆赋巧而碎乱"。

第五章
作家论：诗之为技，较尔可知

虽然刘若愚《中国文学理论》并未单论作者，但第一阶段（宇宙⇌作家）的形上论与决定论、第二阶段（作家⇌作品）的表现论与技巧论中处处皆有作者的影子。本章将围绕"怎样认识和评价作家"这个核心问题，以钟嵘《诗品》全书为例[①]，分析"文学四要素"中的作者。作家论是各位读者比较熟悉的一个话题，因为每个人都能列举出一批耳熟能详的作家，也能或多或少地谈论其风格、贡献、优劣乃至奇闻逸事。以钟嵘《诗品》为例讲作家论会相对熟悉，毕竟在第二章本体论中，分析过《诗品序》与《诗大序》的承衍关系；而上一章创作论，也涉及作家论的部分内容。在此基础上，本章将承接上一章对陆机《文赋》中"两个创作者"的讨论，进入钟嵘《诗品》的作家论。《诗品序》云："昔九品论人，《七略》裁士，校以宾实，

---

① 如《绪论》所言，《中国文学理论》整本书只征引钟嵘《诗品》"气之动物，物之感人；故摇荡性情，形诸舞咏"一句，与《诗品》在中国文学批评史中的重要地位不符。

诚多未值。至若诗之为技，较尔可知，以类推之，殆均博弈。"有论者指出："'诗之为技'观念的确立，意味着另一种诗歌评论标准的建立。"①这一建立在以"技"相"较"基础上的新标准，正是作家论的题中之意。

一、意不称物，文不逮意

作家论是关于作家（或曰作者）的理论，其核心论题是如何看待作家或更具普遍意义的作者。需要明确的是，作家论中的作者并不是一个孤立存在的概念，而是与作品（从命名上看，作者是作品的创作者）、读者（就对待立义而言，作者是相对于读者的存在）、世界（作者是鲜活于世界中的人，且中国自古便有"知人论世"的传统）密切相关的存在。所以，本章的思路是，将作者放在"文学四要素"中，结合具体案例，依次了解作品创作时的作者（以陆机《文赋》中的"两个创作者"为例），作品序列中的作者（以钟嵘《诗品》的"第作者之甲乙，而溯厥师承"为例），读者眼中的作者（以《宋征士陶潜诗》及陶渊明的接受史为例）和生活在世界中的作者（以《汉都尉李陵诗》的"知人论世"为例）。这种多维视野下的作家论，将有助于我们了解文学理论中那个鲜活生动的"作者"——他/她/它（话语机器）

---

① 胡大雷：《〈诗品〉编纂研究》，广西师范大学出版社2013年版，第73页。

既是主体性的，秉持自身的"才气学习"[①]或"才胆识力"[②]等素质，主导文学的创作；又是客体性的，一旦完成作品后，便成为一个为读者所选择、所接受、所建构的意义载体，在不同时代呈现不同的面貌。

先看作品创作时的作者。顾名思义，作者是作品的创作者。上章细读的《文赋》作者是陆机，本章细读的《诗品》作者是钟嵘，他们出于某个创作动因（陆机想"论作文之利害所由"，钟嵘则是有感于当时论诗"准的无依"），经过艺术构思和语言呈现，分别创作出赋体的《文赋》和诗话体的《诗品》。需要追问的是，一部作品从构思到完成，只存在作为生命体的"作者"这个传统意义上的唯一创作者吗？

对于这个问题，上一章提到《文赋》中有陆机和赋两个"创作者"。因为赋这种骈文，要求作者在创作时遵守"高下相须，自然成对"（《文心雕龙·丽辞》）的语法要求，作为一种自动性的"话语机器"[③]，也在无形中参与了作品的创作。只不过，多数情况下，作者的本意能够同文体的规范保持一致，甚至是相得益彰。但也有少数情况，作者本意与文体规范之间出现了偏离，

---

① 刘勰《文心雕龙·体性》："才有庸俊，气有刚柔，学有浅深，习有雅郑，并情性所铄，陶染所凝。"其中，"才、气"为先天禀赋，"学、习"由后天养成。
② 叶燮《原诗》："大凡人无才，则心思不出；无胆，则笔墨畏缩；无识，则不能取舍；无力，则不能自成一家。"其中，"识"为核心，"才、胆、力"皆围绕着"识"。
③ [美]宇文所安：《刘勰与话语机器》，《他山的石头记——宇文所安自选集》，田晓菲译，江苏人民出版社2006年版，第98—112页。

"似乎有两个作者在争夺对文本的控制"①。比如上一章最后举出"意不称物,文不逮意"——"若夫随手之变,良难以辞逮"——"伫中区以玄览,颐情志于《典》《坟》"——"是盖轮扁所不得言,故亦非华说之所能精"的语义脉络。就整篇而言,作者陆机一再担心的是"文不逮意"的问题,后面"良难以辞逮"和"轮扁所不得言"等处的呼应可为证。但是,作为"话语机器"的赋要求对偶,于是,陆机在赋序部分为了与"文不逮意"构成对偶而生发出"意不称物"的论题,在开篇第一段为了照应"意不称物"中的"物"而生发出"伫中区以玄览"的论述("遵四时以叹逝,瞻万物而思纷。悲落叶于劲秋,喜柔条于芳春。心懔懔以怀霜,志眇眇而临云"),又为了与"伫中区以玄览"对偶而生发出"颐情志于《典》《坟》"的论述("咏世德之骏烈,诵先人之清芬。游文章之林府,嘉丽藻之彬彬")。简言之,为了避免赋体的"事或孤立,莫与相偶,是夔之一足,跉踔而行"(《文心雕龙·丽辞》),作者陆机写作《文赋》时不得不顾及赋体的对偶要求,通过"言对""事对""正对""反对"来"经营"(刘勰语)《文赋》的语言,遂由"文"与"意"的主干衍生出"物"与"意"的枝杈,又由"物"的枝杈衍生出"学"的枝杈,最终使得整篇文章在主旨以外枝蔓丛生、旁逸斜出。

不只是我们注意到《文赋》的问题,稍晚于陆机的另外两位

---

① [美]宇文所安:《刘勰与话语机器》,《他山的石头记——宇文所安自选集》,田晓菲译,江苏人民出版社 2006 年版,第 112 页。

文论家亦批评过《文赋》。钟嵘《诗品序》批评陆机《文赋》"通而无贬",刘勰《文心雕龙·序志》批评"陆赋巧而碎乱"。当我们细读《文赋》后便会发现,陆机确曾论述过文章弊病("应和悲雅艳"段落),并非"无贬",只是相对于钟嵘的褒贬而言,《文赋》的犀利程度和针对性没有那么强罢了。相较而言,刘勰指出的"碎乱"则是一针见血。虽然刘勰未明言陆赋"碎乱"在何处,但我们不妨说,《文赋》中"两个创作者"所造成的作者主旨与文体要求之间的游离,正是形成"碎乱"的一个主要原因。

当然,不只是骈文才有"话语机器",任何一种文体都会从"语法"层面规范作者的创作。以陆机《文赋》所谓"缠绵而凄怆"之"诔"为例。谈到"诔"的文体生成,高承《事物纪原》称:"周制,大夫已上有谥,士则有诔。是诔起于周也。《礼·檀弓》:'鲁庄公及宋战,县贲父死之,公诔之。'士之有诔,自此始也。"[①] 又,郝经《续后汉书·文章总叙》谓:"诔者,哀死而累其行,以定谥之文也,自周有之。"[②] 作为文体的"诔",最初可能源于"哀死"之情。可一旦形成特定的体裁,便不再是所有"哀死"之情的表达都符合"诔"的语体要求。吴讷《文章辨体》就区分了"诔"与"哀"体的不同:"大抵诔则多叙世业,故今率仿魏、晋,以四言为句;哀辞则寓伤悼之情,而有长短句及楚体不同。作者不可不知。"[③] 由此,在创作中,依据是否符合语体要求便有

[①] 高承撰,李果订:《事物纪原》,中华书局1989年版,第62页。
[②] 郝经:《续后汉书》,齐鲁书社2000年版,第866页。
[③] 凌郁之:《文章辨体序题疏证》,人民文学出版社2016年版,第275页。

了"得体"与"乖体"之别；在此基础上，后代作家还有"效体"与"破体"两个方向的选择。可以想象的是，作家在写作"诔"与"哀"等文体时，即便未有真情实感，也会自觉带入文体所需的"哀死"之情。倘若带入不好，便会因"为赋新词强说愁"，而受到"为文造情"的批评。在话语机器（音乐乐器）对作品（音乐乐曲）的影响方面，文学与音乐具有一定的相似性。比如，吹洞箫要遵循洞箫的吐气和指法，就像写赋要遵循对偶规则一样。当熟悉的旋律被不同风格的乐器演奏时，便会有不一样的体验。当然，不只是乐器可以影响乐曲，乐曲也可以反过来改变人们对乐器的印象。豪迈大气的曲风也会改变洞箫"如怨如慕，如泣如诉"的风格。所以，无论是乐曲还是文学，"似乎有两个作者在争夺对文本的控制"①——一个是作家或作曲家的创造，另一个则是文体或乐器的传统。

二、三品升降，差非定制

作品的作者（of），除了作品创作时"两个创作者"的离合，还需留意作品序列中的"这一个作者"与"其他作者"的关系。在钟嵘《诗品》中，"这一个作者"通过"其他作者"来定位，有

---

① ［美］宇文所安：《刘勰与话语机器》，《他山的石头记——宇文所安自选集》，田晓菲译，江苏人民出版社2006年版，第112页。

"第甲乙"和"溯师承"两种主要的方式。

所谓"第甲乙",有宏观和微观之分。"第甲乙"在宏观层面表现为《诗品》的上中下"三品升降"和"一品之中,略以世代为先后,不以优劣为诠次"。当然,同品之中(尤其是上品)亦暗含优劣之顺序,比如汉之古诗(一般认为是东汉末年所作)位列西汉李陵、班婕妤之前,魏之曹植(192—232)位于刘桢(179—217)、王粲(177—217)之前,晋之陆机(261—303)在潘岳(247—300)、张协(?—约307)、左思(约250—305)之前,显然不是或至少不全是"以世代为先后",反倒是符合钟嵘《诗品序》中"故知陈思为建安之杰,公干、仲宣为辅;陆机为太康之英,安仁、景阳为辅"的整体判断。"第甲乙"在微观层面还显现为作者之间的优劣比较。如《诗品》评曹植"公干升堂,思王入室,景阳、潘、陆,自可坐于廊庑之间矣",评刘桢"然自陈思已下,桢称独步",评王粲"在曹、刘间别构一体。方陈思不足,比魏文有余",评陆机"气少于公干,文劣于仲宣",评潘岳"余常言:陆才如海,潘才如江",评张协"雄于潘岳,靡于太冲",评左思"虽浅于陆机,而深于潘岳"。

所谓"溯师承",指的是钟嵘以"诗骚传统"(《国风》《小雅》《楚辞》)为基点,建立起的"(其体)源出于""祖袭""宪章"之谱系。如上品之中,古诗"源出于《国风》",刘桢"源出于'古诗'",左思"源出于公干(刘桢)";曹植"源出于《国风》",陆机、谢灵运"源出于陈思(曹植)";李陵"源出于《楚辞》",班婕妤、王粲"源出于李陵",潘岳、张协"源出于仲宣(王粲)";

阮籍"源出于《小雅》"。钟嵘《诗品》所论一百二十三位诗人[①]（上品十二，中品三十九，下品七十二），可追溯师承者有三十六人。[②]

需要注意的是，无论是"第甲乙"还是"溯师承"，作品序列中"这一个作者"与"其他作者"的优劣和承衍关系，往往是见仁见智的。比如，《诗品》评潘岳时便提到："《翰林》叹其翩翩奕奕，如翔禽之有羽毛，衣被之有绡縠，犹浅于陆机。谢混云：'潘诗烂若舒锦，无处不佳；陆文如披沙简金，往往见宝。'嵘谓：益寿轻华，故以潘胜；《翰林》笃论，故叹陆为深。余常言：陆才如海，潘才如江。"对于陆机和潘岳孰优孰劣，李充和谢混的观点便截然相反。又如，钟嵘《诗品》推许刘桢"自陈思已下，桢称独步"，评价王粲"在曹、刘间别构一体，方陈思不足，比魏文有余"，认为刘桢优于王粲。但是刘勰《文心雕龙·才略》却认为"仲宣溢才，捷而能密，文多兼善，辞少瑕累，摘其诗赋，则七子之冠冕乎"。在刘桢与王粲孰优孰劣这个问题上，钟嵘与刘勰的观点也不一致。

常言道："文无第一，武无第二。"作者成就的高低很难用一个普遍认可的尺度来衡量，不像武艺可以直接决出胜负。一来，钟嵘自己在"中品"里有所犹豫，如评张华"今置之甲科疑弱，抑之中品恨少，在季、孟之间矣"，评郭泰机、顾恺之、谢世

[①] 对于《诗品》所论诗人数，学界有不同的计算方法。这里采用一百二十三人说，参见曹旭：《诗品集注》，上海古籍出版社2011年版，第14—15页。
[②] 曹旭：《诗品集注》，上海古籍出版社2011年版，第33页。

基、顾迈、戴凯五人"吾许其进,则鲍照、江淹,未足逮止;越居中品,佥曰宜哉",评沈约"虽文不至,其功丽,亦一时之选也……今剪除淫杂,收其精要,允为中品之第矣"。二来,后来者不乏就钟嵘"三品升降"提出异议者,如王世贞《艺苑卮言》:"迈、凯、昉、约滥居中品,至魏文不列乎上,曹公屈第乎下,尤为不公,少损连城之价。"[1]又如王士禛《渔洋诗话》卷下:"乃以刘桢与陈思并称,以为文章之圣。夫桢之视植,岂但斥鷃之与鲲鹏耶?又置曹孟德下品,而桢与王粲反居上品。他如上品之陆机、潘岳,宜在中品。中品之刘琨、郭璞、陶潜、鲍照、谢朓、江淹,下品之魏武,宜在上品。下品之徐干、谢庄、王融、帛道猷、汤惠休,宜在中品。而位置颠错,黑白淆讹,千秋定论,谓之何哉?"[2]

所以,作品序列中"这一个作者"与"其他作者"的优劣和承衍关系还会涉及读者眼中的作者,或曰对于读者而言的作者。

三、方申变裁,请寄知者

钟嵘自称"至斯三品升降,差非定制,方申变裁,请寄知者尔",也许有自谦的成分,但这一说法涉及接受史上的历时性

---

[1] 罗仲鼎:《艺苑卮言校注》,人民文学出版社2021年版,第205页。
[2] 王夫之等:《清诗话》,上海古籍出版社1978年版,第203—204页。

问题。对于读者而言的作者（to），不光是共时层面的见仁见智，还涉及历时层面的作家接受史。《诗品》经常被批评的一点便是"三品升降"中置陶渊明于中品，列曹操于下品。尽管钟嵘自陈"预此宗流者，便称才子。至斯三品升降，差非定制，方申变裁，请寄知者尔"，但结合中国文学史来看，陶渊明和曹操确有被低估之嫌。

且看陶渊明的接受史。《诗品》评"宋征士陶潜诗"云："其源出于应璩，又协左思风力。文体省静，殆无长语。笃意真古，辞兴婉惬。每观其文，想其人德。世叹其质直。至如'欢言酌春酒''日暮天无云'，风华清靡，岂直为田家语耶？古今隐逸诗人之宗也。"于此，钟嵘肯定了陶渊明诗"隐逸"的一面，也指出陶渊明诗"质直"的不足。尽管钟嵘举出陶诗中也有"风华清靡"[①]的部分，但是"世叹其质直"也属实。《宋书》《晋书》《南史》皆列陶渊明于《隐逸传》而非《文学传》，阳休之《陶集序录》谓其"辞采虽未优"[②]。杜甫《遣兴五首》亦主"质直"之说："陶潜避俗翁，未必能达道。观其著诗集，颇亦恨枯槁。"[③] 直到苏

[①] 如《读山海经》："孟夏草木长，绕屋树扶疏。众鸟欣有托，吾亦爱吾庐。既耕亦已种，时还读我书。穷巷隔深辙，颇回故人车。欢言酌春酒，摘我园中蔬。微雨从东来，好风与之俱。泛览周王传，流观山海图。俯仰终宇宙，不乐复何如。"又如《拟古》："日暮天无云，春风扇微和。佳人美清夜，达曙酣且歌。歌竟长叹息，持此感人多。皎皎云间月，灼灼叶中华。岂无一时好，不久当如何！"
[②] 袁行霈：《陶渊明集笺注》，中华书局2003年版，第614页。
[③] 仇兆鳌：《杜诗详注》，中华书局1979年版，第563页。

轼揭示陶诗"绚烂之极归于平淡"的特质，这一印象才得以扭转："渊明作诗不多，然其诗质而实绮，癯而实腴。自曹、刘、鲍、谢、李、杜诸人皆莫及也。"①

钟优民《陶学发展史·后记》曾感慨："歌德说过：莎士比亚是说不完的。我同样要说：陶渊明也是说不完的。"②莎士比亚为何是说不完的呢？因为读者可以从不同角度来看待他："作为社会学家的恩格斯对莎士比亚戏剧的意义判断是'五光十色的市民社会'，作为心理学家的E.钟斯对莎士比亚戏剧的意义判断是'恋母情结'，作为文学人类学家的G.墨雷对莎士比亚戏剧意义的判断则是'原始宗教仪式'。"③"关于《哈姆莱特》主体的研究，从人类学角度将其释义为一种远古献祭仪式的再现、从心理学角度将其释义为'恋母情结'借白日梦方式升华、从社会学角度将其释义为资产阶级上升时期的历史性悲剧，当然也可以从美学角度将其释义为自由意志与世俗世界的普遍冲突。"④不同的读者，可以从不同的角度，读出不同的莎士比亚或《哈姆莱特》。与之类似，不同时代的读者，读出了不同的陶渊明。此即郭绍虞《陶集考辨》的概括："历来论陶之语，每如盲人扪象各得一端，罕有能举其全者，即因蔽于时代所薰习，或个性有专诣，故立论

---

① 苏辙：《子瞻和陶渊明诗集引》，《苏辙集》，中华书局1990年版，第1110页。
② 钟优民：《陶学发展史》，吉林教育出版社2000年版，第576页。
③ 冯黎明：《学科互涉与文学研究方法论革命》，秀威资讯科技股份有限公司2014年版，第58页。
④ 冯黎明：《学科互涉与文学研究方法论革命》，秀威资讯科技股份有限公司2014年版，第194页。

亦互有偏胜耳。由时代薰习言，如唐人视为酒徒或隐士，宋人视为道学家，明人视为忠臣烈士，清人视为学者，而近人且有称为劳农者。"①

四、每观其文，想其人德

作者，除了是作品的作者、对于读者而言的作者，还是世界中的作者。世界中的作者（in），契合了中国文学理论"知人论世"的传统，其依据是：作者归根结底还是人，人生活在世界上。《诗品》评陶渊明时曾云："每观其文，想其人德。"萧统《陶渊明集序》亦谓："余爱嗜其文，不能释手，尚想其德，恨不同时。"②由作者而及作者的人品、时代和史事，其传统可追溯至《孟子·万章下》："孟子谓万章曰：'一乡之善士，斯友一乡之善士；一国之善士，斯友一国之善士；天下之善士，斯友天下之善士。以友天下之善士为未足，又尚论古之人。颂其诗，读其书，不知其人，可乎？是以论其世也。是尚友也。'"

《诗品》评李陵即是典型一例"知人论世"："其源出于《楚辞》。文多凄怆，怨者之流。陵，名家子，有殊才，生命不谐，声颓身丧。使陵不遭辛苦，其文亦何能至此！"所谓"名家子"，指的是李陵先人李信，为秦代大将；其祖父李广、叔父李敢，皆为

---

① 郭绍虞：《照隅室古典文学论集》，上海古籍出版社1983年版，第306—307页。
② 袁行霈：《陶渊明集笺注》，中华书局2003年版，第614页。

汉代名将。那么，钟嵘又为何称李陵为"怨者之流""生命不谐，声颓身丧"呢？因为李陵战败投降匈奴，司马迁曾为李陵辩护而受刑，《史记·李将军列传》载"自是之后，李氏名败，而陇西之士居门下者皆用为耻焉"。其间原委，《汉书·李广传》有如下补笔："陵在匈奴岁余，上遣因杅将军公孙敖将兵深入匈奴迎陵。敖军无功还，曰：'捕得生口，言李陵教单于为兵以备汉军，故臣无所得。'上闻，于是族陵家，母弟妻子皆伏诛。陇西士大夫以李氏为愧。"这种知人论世的批评方法，也照应了《诗品序》对诗歌生成的认识："若乃春风春鸟，秋月秋蝉，夏云暑雨，冬月祁寒，斯四候之感诸诗者也。嘉会寄诗以亲，离群托诗以怨。至于楚臣去境，汉妾辞宫，或骨横朔野，或魂逐飞蓬，或负戈外戍，杀气雄边；塞客衣单，孀闺泪尽；又士有解佩出朝，一去忘返；女有扬蛾入宠，再盼倾国：凡斯种种，感荡心灵，非陈诗何以展其义，非长歌何以释其情？故曰：'《诗》可以群，可以怨。'使穷贱易安，幽居靡闷，莫尚于诗矣。故词人作者，罔不爱好。"与此前论述相较，钟嵘在物感心动的基础上增加了社会性的因素，这与具体批评时的"知人论世"一致。

综上，从命名的意义上讲，作者是作品的创作者，既包括文学创作时的"两个创作者"，又涉及作品序列中"这一个作者"与"其他作者"之间的关系，于是便有了钟嵘《诗品》式的"第甲乙"和"溯师承"——此乃作家论中的同异比较。从对待立意的层面看，作者是相对于且依存于读者的存在。同一个作者，在不同群体、不同时代乃至不同性情的读者眼中，往往不同。钟嵘推许刘桢,认为"自陈思已下,桢称独步"(《诗品》),而刘勰则推许王粲,称"摘其诗赋,则七子之冠冕"(《文心雕龙·才略》),这是同时代批评家的不同看法。陶渊明接受史上的"唐人视为酒徒或隐士,宋人视为道学家,明人视为忠臣烈士,清人视为学者,而近人且有称为劳农者"(郭绍虞《陶集考辨》),则属于不同时代批评家的不同看法(这里以朝代为意义单元,取其大端,忽略同一朝代内部的不同看法)——此乃作家论中的接受史。当然,作者归根结底还是人,是生活在世界上的人。故此,作家论还常常遵循"知人论世"的原则,"每观其文,想其人德"(《诗品》),由读其文想见其为人,进而联系作者的身世经历揣摩其悲欢离合——此乃作家论中的历史批评。总之,作家论中的作者并不是孤立自足的概念,而是与作品、读者、世界密切相关的存在。

第六章
作品论：定体则无，大体须有

与作家论一样，刘若愚《中国文学理论》亦未单论作品，只是在技巧论分析"格"时提及形式（form）之"体"与风格（style）之"体"，但第二阶段（作家⇌作品）的表现论与技巧论、第三阶段（作品⇌读者）的审美论中皆涉及作品问题。本章承续创作论和作家论对两个"体"的讨论，遵循从"人之体"到"文之体"的顺序，由汉末魏晋人物品评对"人之体"的形神观照，进入"文之体"的"三义"（风格、体裁、语体）与"二维"（外在形体姿容和内在的精神气质，大致对应体裁之"体"和风格之"体"）。于风格之"体"而言，旧题司空图所作《二十四诗品》[1]及"诸诗、文、赋、词品"归纳出雄浑、冲淡、纤秾、沉着等相

---

[1] 《中国文学理论》在形上理论部分引用《二十四诗品》："在每一首诗中，他以具体的意象表现出诗的'情调'（mood）或'境界'（world），而整组的诗可以看成对各种不同诗之风格的描写。然而，其中具有一贯的基本诗观，而且经常提到诗人对自然之道的领悟。"（杜国清译，江苏教育出版社2006年版，第51页）其中"风格"正是本章作品论议题之一。

近、相反以及相互补救的不同诗文风格或曰"精神气质"。于体裁之"体"而言，吴讷《文章辨体》及此后徐师曾《文体明辨》、许学夷《诗源辨体》、贺复徵《文章辨体汇选》等归纳出古歌谣辞、古赋、乐府、古诗、谕告等不同的诗文体裁或曰"形体姿容"。以"体"来论作品是有效的，从曹丕、陆机、刘勰、钟嵘，经司空图、吴讷，一直到当下，离开风格与体裁，将很难言说作品。从这种意义讲，可谓"苟失其体，吾何以观"。但与此同时，风格、体裁之"体"各自的名与实、数与量、同与异以及两者之间的离与合，又是错综复杂且因时、因地而变的，难以用科学的定义或统计一言道尽，据此而言又是"定体则无，大体须有"。

一、形神二分，体有三义

在20世纪60年代的接受美学和读者反应批评兴起、20世纪80年代西方文论"向外转"（相对于此前的"向内转"而言）之前，文学理论关注的主轴是"作者—作品"，试图从作者层面来寻求作品意义的来源及依据。从文学活动的构成看，"文学理论八论"中的创作论、作家论和作品论便是"作者—作品"主轴相关知识的体系化。作家进行创作，创作出作品，从理论的层面进行总结便有了创作论、作家论和作品论，三者构成一个统一体。在此背景下，创作论与作家论中所存在的那"两个创作者"，同样是观照作品论如何将个人阅读经验进行体系化的有效视角。创作时与作品中的"作者"(广义)有两个,一个是显性的、作为生命体的作者(狭义),另一个则是隐性的文体传统。换言之,从"体"的层面来看创作和作者,有作为生命体的作者及其创作,亦有作为文体的"作者"及其创作,两者能够却并不总是相得益彰。当文体的惯性与作者的意图出现偏差时,我们便能够发现文本的"裂隙",如陆赋论"物—意—言"时的"巧而碎乱",为了骈俪而像树木一样不断生出枝杈。上章借助古代的哀诔说明,文体虽然是隐性的,不像作为生命体的作者那样发挥主导作用,却依旧制约着作品。倘若控制变量,用不同的文体来呈现同一作者的同一部作品,便可让这种潜在的制约与规范从幕后走向前台。但在传统的创作论和作家论视域下,我们往往更关注作为生命体的作者,而相应忽视了作为"话语机器"的文体。当然说"忽视"也不完全正确,因为文体的问题一般会放到作品论中来专门论述。本章即专论"文学四要素"中的"作品"。

我们可以从语言、形象(及其理想形态)、意蕴、体裁等方面来认识文学作品,由此涉及象征(暗示性、哲理性、荒诞性、多义性)、意境(情景交融、虚实相生、韵味无穷)、典型(典型环境中的典型人物)、意蕴(审美意蕴、历史意蕴、哲学意蕴)等概念[1]、术语[2]、范畴[3]、命题[4]。大致说来,作品论主要从"说什

---

[1] 概念是从感性到理性的提炼,具有内涵与外延,如"文学"。
[2] 术语具有学科性,如"意境"一般用于美学、文学学科,而很少用于科学。
[3] 范畴在概念的基础上凸显本质属性与普遍联系。
[4] 命题表达判断,如"小说中的人物塑造需要有典型环境中的典型人物"。

么"与"怎么说"入手。布封《论风格——在法兰西学士院为他举行的入院典礼上的演说》有言:

> 只有写得好的作品才是能够传世的:作品里包含的知识之多,事实之奇,乃至发现之新颖,都不能成为不朽的确实保证;如果包含这些知识、事实与发现的作品只谈论些琐屑对象,如果他们写得无风致,无天才,毫不高雅,那么,它们就会是湮没无闻的,因为,知识、事实与发现都很容易脱离作品而转入别人手里,它们经更巧妙的手笔一写,甚至于还会比原作还要出色些哩。这些东西都是身外物,风格却就是本人。①

艾布拉姆斯亦曰:"(文体)指散文或韵文里语言的表达方式,是说话者或作者在作品中如何说话的方式。"②布封所谓"写得好"即艾布拉姆斯关注的"表达方式"。

当然,正如作家论中的作者并不是孤立自足的概念,而是与作品、读者、世界密切相关的存在一样,作品论关注的是作者创作的、读者阅读的和存在于世界中的作品:

> 正是因为体裁像一种制度那样存在着,所以它们所起的

---

① [法]布封:《论风格——在法兰西学士院为他举行的入院典礼上的演说》,范希衡译,《译文》1957年第9期。
② [美]艾布拉姆斯:《欧美文学学术语辞典》,朱金鹏、朱荔译,北京大学出版社1990年版,第354页。

作用，对读者来说，犹如"期待域"，而对作者来说则如同"写作范例"。这实际上是体裁历史存在（或者，如果愿意的话，可以说是以体裁为对象的元话语论述）的两个方面。一方面，作者根据现存的体裁系统（这并不意味着与该系统保持一致）写作，这一点他们可以在文本中或文本之外，甚至在两者之间，即在书的封面上表现出来；这种表现显然不是证明写作范例之存在的唯一手段。另一方面，读者按照体裁系统阅读，他们对该系统的了解来自文学批评、学校、图书发行系统，或者只是听说而已；不过他们不一定非对该体裁系统了如指掌不可。[1]

同一部作品，对读者来说是"期待域"，对作者来说则如同"写作范例"。前面说文学创作时与文学作品中有两个"体"——生命体和文体，因而，也可以从"体"的角度来认识作品。

《说文解字·骨部》："体，总十二属也。从骨，豊声。"段玉裁注解"十二属"："首之属有三：曰顶，曰面，曰颐。身之属三：曰肩，曰脊，曰尻。手之属三：曰厷，曰臂，曰手。足之属三：曰股，曰胫，曰足。"[2] 人有"体"，除了外在的形体，还有内在的精神气质。据《世说新语·容止》前五条可知魏晋时期人物品评对"体"的关注：

---

[1] ［法］托多罗夫：《巴赫金、对话理论及其他》，蒋子华、张萍译，百花文艺出版社2001年版，第28—29页。

[2] 段玉裁：《说文解字注》，上海古籍出版社1981年版，第166页。

魏武将见匈奴使，自以**形陋**，不足雄远国，使崔季珪代，帝自捉刀立床头。既毕，令间谍问曰："魏王何如？"匈奴使答曰："魏王**雅望**非常，然床头捉刀人，此乃**英雄**也。"魏武闻之，追杀此使。

何平叔**美姿仪，面至白**；魏明帝疑其傅粉。正夏月，与热汤饼。既啖，大汗出，以朱衣自拭，色转**皎然**。

魏明帝使后弟毛曾与夏侯玄共坐，时人谓"**蒹葭倚玉树**"。

时人目"夏侯太初**朗朗如日月之入怀**，李安国**颓唐如玉山之将崩**"。

嵇康**身长七尺八寸，风姿特秀**。见者叹曰："萧萧肃肃，爽朗清举。"或云："肃肃如松下风，高而徐引。"山公曰："嵇叔夜之为人也，岩岩若孤松之独立；其醉也，傀俄若玉山之将崩。"①

《世说新语·容止》中既有外在的"形陋""美姿仪"，亦有内在的"英雄"气势和"岩岩若孤松之独立"的韵致。这类从东汉一直到魏晋时期的人物品评，也影响到了诗文品评。钟嵘《诗

---

① 余嘉锡：《世说新语笺疏》，中华书局2016年版，第669—672页。

品序》曾言《诗品》受到班固《汉书·古今人表》的启发:"昔九品论人,《七略》裁士,校以宾实,诚多未值。至若诗之为技,较尔可知,以类推之,殆均博弈。"[1]当然,更为直接的还是《诗品》的象喻式评点,如评谢灵运"丽曲新声,络绎奔发。譬犹青松之拔灌木,白玉之映尘沙,未足贬其高洁也",评潘(岳)陆(机)优劣时所引李充语"如翔禽之有羽毛,衣被之有绡縠"以及谢混语"潘诗烂若舒锦,无处不佳;陆文如披沙简金,往往见宝",评颜(延之)谢(灵运)优劣时所引汤惠休语"谢诗如芙蓉出水,颜诗如错彩镂金"。上述《诗品》评文之说与《世说新语·容止》论人之语在意象的使用上非常相似,皆从内之精神气质和外之形体姿容,来品论人之"体"与文之"体"。

观人之"体",有外在的形体姿容和内在的精神气质。同理,观文之"体",亦有内外之分。语言、形象、体裁等是文学的外在形体姿态,而意蕴以及象征、意境等形象的理想形态,则近似于文学的内在精神气质。那么,作品论是如何结合异彩纷呈的创作实践,从哪些方面来论作品之"体"呢?

如前两章所述,创作论和作家论中的"体"有生命体与文体两种。本章作品论视域中的"体"则有三义:风格之"体"("体貌"或"体性")、体裁之"体"("体制"或"体式")和语体之"体"("体势"或"语势")。[2]不妨结合"貌""性""制""式""势"

---

[1] 以下《诗品》引文均据曹旭《诗品集注》,上海古籍出版社2011年版。
[2] 徐复观《中国文学精神》还提出"体要"(以事义为主,出自文学的实用性,通过法则以形成其形相)之义,但未被广泛认可。

这几个字的字义来看：同人一样，文章也有各自的"相貌"和"性格"，是为风格之"体"；虽然文章各不相同，却也有一定的"规则"和"样式"，此乃体裁之"体"；文章依据不同的场合，会呈现出大致的"趋势"，即语体之"体"。什么是语体呢？《现代汉语词典》的解释为："语言为适应不同的交际需要（内容、目的、对象、场合、方式等）而形成的具有不同风格特点的表达形式。通常分为口语语体和书面语体。"① 口语语体中，谈话语体和演讲语体不同；书面语体中，法律语体、事务语体、科技语体、政论语体、新闻语体、网络语体和文艺语体也各不相同。作品三"体"之中，语体因与词汇、句式、修辞、语境等密切相关，多被纳入语言学的范畴，而文学理论重点关注的是风格之"体"（Style）与体裁之"体"（Genre）。

对于作品的风格和体裁，我们用此前细读过的《典论·论文》和《文赋》为例解释。《典论·论文》中有关于文体的"四科八体"之说："夫文本同而末异，盖奏议宜雅，书论宜理，铭诔尚实，诗赋欲丽。"曹丕谈到的"奏、议、书、论、铭、诔、诗、赋"是体裁之"体"，"雅、理、实、丽"是风格之"体"。陆机《文赋》在"四科八体"的基础上进一步扩充："诗缘情而绮靡，赋体物而浏亮。碑披文以相质，诔缠绵而凄怆。铭博约而温润，箴顿挫而清壮。颂优游以彬蔚，论精微而朗畅。奏平彻以闲雅，说炜晔

---

① 中国社会科学院语言研究所词典编辑室编：《现代汉语词典》，商务印书馆2012年版，第1591页。

而谲诳。"同样地,"诗、赋、碑、诔、铭、箴、颂、论、奏、说"为体裁,"绮靡、浏亮、相质、凄怆、温润、清壮、彬蔚、朗畅、闲雅、谲诳"为风格。当然,曹丕和陆机都只是给出了自己的归纳,而没有专题论析不同的风格和体裁。此后的钟嵘,在《诗品》中品论不同诗人的风格,并且在《诗品序》中辨析了四言诗与五言诗:"夫四言,文约意广,取效《风》《骚》,便可多得。每苦文繁而意少,故世罕习焉。五言居文词之要,是众作之有滋味者也,故云会于流俗。岂不以指事造形,穷情写物,最为详切者邪!"另一位重要的文论家刘勰在《文心雕龙》"论文叙笔"或曰文体论部分(从《明诗》到《书记》)以专篇的形式,系统梳理了诗、乐府、赋、颂赞、祝盟、铭箴、诔碑、哀吊、杂文、谐隐、史传、诸子、论说、诏策、檄移、封禅、章表、奏启、议对、书记等不同的体裁。为何说是系统梳理呢?按照《文心雕龙·序志》所言,刘勰的体裁专论有其自觉的方法论意识:"若乃论文叙笔,则囿别区分,原始以表末,释名以章义,选文以定篇,敷理以举统。"以上是刘勰论体裁之"体"。此外,刘勰还在《体性》篇将各式各样的风格凝练为"八体":"若总其归涂,则数穷八体:一曰典雅,二曰远奥,三曰精约,四曰显附,五曰繁缛,六曰壮丽,七曰新奇,八曰轻靡。"并且指出其两两对应关系:"雅与奇反,奥与显殊,繁与约舛,壮与轻乖,文辞根叶,苑囿其中矣。"从曹丕《典论·论文》,到陆机《文赋》、钟嵘《诗品》(专论五言诗),再到刘勰《文心雕龙》,魏晋南北朝时期的文论家从不同的角度、用不同的方法来分析作品,都或多或少地谈及风格与体裁的问题。这也可以佐证，风格与体裁确实是作品论中的"大问题"，古人谈作品很难绕开这两个"体"而另辟蹊径。

既然那么多的文论家都谈了风格和体裁，本章为什么只选取唐司空图《二十四诗品》和明吴讷《文章辨体序题》来细读呢？主要是因为两者具有代表性，旧题司空图《诗品》①在论作品风格之"体"上具有典范性，其后有顾翰《续诗品》、曾纪泽《演司空表圣诗品二十四首》、马荣祖《文颂》、许奉恩《文品》、魏谦升《二十四赋品》、郭麐《词品》、杨夔生《续词品》，以及最为著名的袁枚《续诗品》（还包括受到袁枚影响的江顺诒《续词品》）。吴讷《文章辨体序题》②则在论作品体裁之"体"上具有承前启后性。吴讷在《文章辨体凡例》的"文献综述"部分指出昭明《文选》、姚铉《唐文粹》、吕祖谦《宋文鉴》、真德秀《文章正宗》、苏天爵《元文类》之不足："然《文粹》《文鉴》《文类》惟载一代之作；《文选》编次无序，如第一卷古赋以《两都》为首，而《离骚》反置于后，甚至扬雄《美新》、曹操《九锡文》亦皆收载，不足为法。独《文章正宗》义例精密，其类目有四：曰辞命，曰议论，曰叙事，曰诗赋。古今文辞，固无出此四类之外者。然

---

① 司空图作《诗品》有争议，但无确凿证据之前，还是遵从旧说。为了与钟嵘《诗品》区别，司空图所作《诗品》又称《二十四诗品》。
② 其实是《文章辨体》分体总集每体的序，吴讷自称这些文字为"序题"，也正是因为这个原因，《文章辨体序题》替代了早期的《文章辨体序说》作为单行本书名。

每类之中，众体并出，欲识体而卒难寻考。"①在论乐府、论赋部分，《文章辨体序题》多参照郭茂倩《乐府诗集》和祝尧《古赋辨体》。吴讷《文章辨体》问世后，徐师曾《文体明辨》、许学夷《诗源辨体》、贺复徵《文章辨体汇选》则深受其影响。

二、风格之体，不主一格

司空图《二十四诗品》以四言诗的形式描摹了雄浑、冲淡、纤秾、沉着、高古、典雅、洗炼、劲健、绮丽、自然、含蓄、豪放、精神、缜密、疏野、清奇、委曲、实境、悲慨、形容、超诣、飘逸、旷达、流动等二十四种诗歌风格。作品风格不好把握，其难度有二：一是从具体的文学作品中归纳出普遍性的风格，二是用语言来描述抽象的风格。曹丕、陆机等人只是归纳"有什么风格"而未曾描述"每一种风格具体是什么"，刘勰《文心雕龙·体性》从创作手法和作者取向入手："典雅者，镕式经诰，方轨儒门者也；远奥者，馥采典文，经理玄宗者也；精约者，核字省句，剖析毫厘者也；显附者，辞直义畅，切理厌心者也；繁缛者，博喻酿采，炜烨枝派者也；壮丽者，高论宏裁，卓烁异采者也；新奇者，摈古竞今，危侧趣诡者也；轻靡者，浮文弱植，缥

---

① 以下《文章辨体序题》引文均据凌郁之《文章辨体序题疏证》，人民文学出版社2016年版。

缈附俗者也。"司空图的《二十四诗品》承续了钟嵘《诗品》中的象喻言说方式，尤其注重运用标志性的意象来描摹诗歌风格。如《雄浑》品之"荒荒油云，寥寥长风"[1]，《冲淡》品之"犹之惠风，荏苒在衣""脱有形似，握手已违"，《纤秾》品之"采采流水，蓬蓬远春。窈窕深谷，时见美人。碧桃满树，风日水滨。柳阴路曲，流莺比邻。乘之愈往，识之愈真。如将不尽，与古为新"，《典雅》品之"玉壶买春，赏雨茅屋。坐中佳士，左右修竹。白云初晴，幽鸟相逐。眠琴绿阴，上有飞瀑。落花无言，人淡如菊。书之岁华，其曰可读"，等等。当然，这种象喻言说，也只是宽泛说明"什么是某种风格"，而没有给出"某种风格是什么"的精确界定。

《四库全书总目》评价《二十四诗品》："各以韵语十二句体貌之。所列诸体毕备，不主一格。"[2]这里的"体貌"不是名词性的风格，而是动词性的把握与呈现。结合《二十四诗品》来看，司空图用如画般的语言，"体貌"出各种风格，使其如在眼前。

阅读《二十四诗品》，需要注意形与神、分与合、过与救的问题。

首先，对于《二十四诗品》中的象喻言说应该"取神不取形"。杨廷芝《诗品浅解凡例》讲得好："《诗品》取神不取形，切不可拘于字面。如'金樽酒满'句，只言其不期绮丽而自绮

---

[1] 以下《二十四诗品》引文均据郭绍虞《诗品集解》，人民文学出版社1963年版。
[2] 永瑢等：《四库全书总目》，中华书局1965年版，第1781页。

丽,非必有樽有酒,若认以为真,则与起手'始轻黄金'上下矛盾矣。如'手把芙蓉''后引凤凰'等句,单论字面,意旨何属,就题寻绎,不过一言其心貌俱古,一即楚狂歌凤之意。又如'萧萧落叶,漏雨苍苔',若滞于景象,则古人无限精神如何传得出。此类甚多,在识其义而推广之耳。"[①]此三句中的四例分别取自《绮丽》《高古》《豪放》《悲慨》四品:

《绮丽》:"神存富贵,**始轻黄金**。浓尽必枯,淡者屡深。雾余水畔,红杏在林。月明华屋,画桥碧阴。**金樽酒满**,伴客弹琴。取之自足,良殚美襟。"

《高古》:"畸人乘真,**手把芙蓉**。泛彼浩劫,窅然空踪。月出东斗,好风相从。太华夜碧,人闻清钟。虚伫神素,脱然畦封。黄唐在独,落落玄宗。"

《豪放》:"观花匪禁,吞吐大荒。由道返气,处得以狂。天风浪浪,海山苍苍。真力弥满,万象在旁。前招三辰,**后引凤凰**。晓策六鳌,濯足扶桑。"

《悲慨》:"大风卷水,林木为摧。适苦欲死,招憩不来。百岁如流,富贵冷灰。大道日丧,若为雄才。壮士拂剑,浩然弥哀。**萧萧落叶,漏雨苍苔**。"

所以,同一个意象在不同的语境下,参与描摹的是不同的

[①] 郭绍虞:《诗品集解》,人民文学出版社1963年版,第64页。

风格。比如，落花、茅屋、雨、酒，在《典雅》中是"玉壶买春，赏雨茅屋。坐中佳士，左右修竹。白云初晴，幽鸟相逐。眠琴绿阴，上有飞瀑。落花无言，人淡如菊。书之岁华，其曰可读"，在《旷达》中则是"生者百岁，相去几何。欢乐苦短，忧愁实多。何如尊酒，日往烟梦。花覆茅檐，疏雨相过。倒酒既尽，杖藜行歌。孰不有古，南山峨峨"，每品都需要结合上下文来把握整体的风格。

其次，对于每一品，还需要注意两个字的分合关系。对此，杨廷芝《诗品浅解凡例》亦有提醒："分之随处皆圆，合之全体一理，不将二字分看，只以为海概好话，恐不免于误会。惟分训合训，顺其自然，于当分诠者分之，不得分诠者浑之，晓然于所以分，亦自晓然于所以合。"①且看杨廷芝的分诠："大力无敌为雄，元气未分曰浑。""纤以纹理细腻言，秾以色泽润厚言。""高则俯视一切，古则抗怀千载。"这里有没有不可分的例外呢？杨廷芝《诗品浅解跋》云："除'自然'外，无一章不有分笔。如形容不可分，而风云花草山海就形言，变态精神波澜嶙峋就容言，仍不分而分。实境不可分，'如逢'四句先实后境，'一客'四句先境后实，亦不分而分。"②"俯拾即是，不取诸邻。俱道适往，着手成春。如逢花开，如瞻岁新。真与不夺，强得易贫。幽人空山，过雨采苹。薄言情悟，悠悠天均。"《自然》一品是"自然而然"的

---

① 郭绍虞：《诗品集解》，人民文学出版社1963年版，第64页。
② 郭绍虞：《诗品集解》，人民文学出版社1963年版，第61页。

风格，无法将"自"与"然"二分。"绝伫灵素，少回清真。如觅水影，如写阳春。风云变态，花草精神。海之波澜，山之嶙峋。俱似大道，妙契同尘。离形得似，庶几斯人。"《形容》品中"风云""花草""海""山"为"形"，"变态""精神""波澜""嶙峋"则系"形之容"。

最后，须知《二十四诗品》两品前后之间存在一定的照应关系。杨振纲发现《二十四诗品》"本属错举，原无次第。然细按之，却有脉络可寻"①。"雄浑"之后为何是"冲淡"？"雄浑矣，又恐雄过于猛，浑流为浊。惟猛惟浊，诗之弃也，故进之以冲淡。"为何以"纤秾"承接"冲淡"？"冲淡矣，又恐绝无彩色，流入枯槁一路，则冲而漠，淡而厌矣，何以夺人心目，故进之以纤秾。""纤秾"之后是"沉着"："纤则易至于冗，秾则或伤于肥，此轻浮之弊所由滋也，故进之以沉着。"②如此环环相扣，不断用后续的风格补救前一品有可能的"过犹不及"。尽管《二十四诗品》作者原意未必如此，但如此理解依旧可以成立，至少契合了中国古代文论谈风格时"A而不B"的传统。如《尚书·尧典》"直而温，宽而栗，刚而无虐，简而无傲"，陆机《文赋》"虽应而不和""虽和而不悲""虽悲而不雅""虽雅而不艳"，即在论说某一点时不忘其"过"与"不及"，不断地加以补救。

司空图《二十四诗品》谈的是诗之风格，其后续作、演补，

---

① 郭绍虞：《诗品集解》，人民文学出版社1963年版，第68页。
② 分别见于郭绍虞：《诗品集解》，人民文学出版社1963年版，第5、7、9页。

或曰"诸二十四诗品"又有两大推进：一是由风格论上溯至创作论，袁枚《续诗品》以"崇意""精思""博习""相题""选材""用笔""理气""布格"等创作要目续之，便是"惜其只标妙境，未写苦心"[①]；二是由诗品拓展到文品（许奉恩《文品》）、赋品（魏谦升《二十四赋品》）、词品（郭麔《词品》、杨夔生《续词品》），等等。

三、体裁之体，自为一类

这里提到的诗、文、赋、词皆是我们熟悉的文体（体裁之"体"）。专门研究体裁之"体"，建立文章体裁的秩序，除了前面提及曹丕、陆机、刘勰等人的"文论辨体"以外，还有"总集辨体"传统，亦即吴讷在《文章辨体凡例》里列举的昭明《文选》、姚铉《唐文粹》、吕祖谦《宋文鉴》、真德秀《文章正宗》、苏天爵《元文类》，等等，《文章辨体》亦属此类。吴讷有感于此前"总集辨体"的不足，确立凡例为"故今所编，始于古歌谣辞，终于祭文，每类自为一类，各以时世为先后，共为五十卷。仍宋先儒成说，足以鄙意，著为序题，录于每类之首，庶几少见制作之意云"。是书分为内集和外集，将文章体裁分为古歌谣辞、古赋、乐府、古诗、谕告、玺书、批答、诏、册、制、诰、制策、表、

---

① 郭绍虞：《续诗品注》，人民文学出版社1963年版，第145页。

露布……连珠、判、律赋、律诗、排律、绝句、联句诗、杂体诗、近代词曲等五十余种。在今人看来，吴讷以及曹丕、陆机、刘勰等人所归纳的很多文体，要么已经名存实亡，退出了历史舞台（例如玺书）；要么延续至今，却不再被视为文学（例如论）。

就体裁生成而言，我们可以从行为、载体和情感心境三种命名方式追溯文体缘起。

以行为观之，古代文体命名多从"言"或"口"部。例如，在《尚书》"六体"中，"谟""训""诰""誓"四体皆从"言"部，"命"体从"口"部。《周礼·春官·宗伯》载"大祝作六辞"之"一曰祠，二曰命，三曰诰，四曰会，五曰祷，六曰诔"，亦有"命""诰""诔"之三辞从"言"或"口"部。它们或是古代君主对臣子的讲话（诰），或为军旅中表示决心或申明纪律的言辞（誓），皆系不同主体在不同场合的言说行为，以及由此形成的言辞类型。即便是《周礼》"六辞"中不从"言"或"口"部的三例，也或多或少与言说行为有关。《周礼》郑玄注指出，"祠"乃"交接之辞"，"会"是"会同盟誓之辞"，"祷"为"贺庆言福祚之辞"。[①]诸如此类的言说（动词）被用来指称相应的言辞（名词），进而约定俗成创生了相应的文体。[②]

以载体观之，古代文体命名还多从"竹""木""糸""石"等部。例如，"简""策""篇""笺""簿"等命名与竹简有关。另

[①] 阮元校刻：《十三经注疏》，中华书局1980年版，第809页。
[②] 参见郭英德：《中国古代文体学论稿》，北京大学出版社2005年版，第29页。

有"册""典"亦与"竹"相关：甲骨文"册"象编串起来以供书写的竹简[①]，其古文字体"从册从竹"；前述《尚书》"六体"中唯一不从"言"或"口"部的"典"，按照许慎的解释，其字形"从册在丌上"，而古文亦"从典从竹"。[②] 此外，"札""檄""案"等文体命名与"木"有关，另有"牍""牒"从"半木"之"片"；"纪""绪""续""绝"等文体命名从表"丝"之"糸"；"碑""碣"则与"石"有关。[③]

如果着眼于情感心境，我们还能在中国古代文体中发现为数不少的"心"部字，如"情""志""怀""悲""悼""怨""愁""感""悲""失意""谢恩""忿恚"。以文体释名观之，人之喜、怒、哀、乐皆可成为特定文体生成的情感动力。欢喜悦怿，遂有畅、乐、谐、说；悲伤感慨，则为操、吟、碑、叹、别、弄；警惕恭慎者，自成铭、戒、赦、牍；有所感触者，亦生辞、思、怀、意。

在此背景下，了解中国古代的文章体裁，除了知晓其历史本真以外，还需注意中国古代体式与体制蕴藏的如下观念：

其一，现在常见的文学体裁分类法，无论是叙事文学（含神话、史诗、小说、寓言、叙事诗等）、抒情文学（抒情诗、抒情散文）、戏剧文学（剧本）的"三分法"，还是诗歌、小说、散文、戏剧文学（剧本）的"四分法"，都是对西方文论的移植。从曹丕、陆机、刘勰一直到吴讷、徐师曾，中国古代文人眼中的文学

---

① 谷衍奎编：《汉字源流字典》，语文出版社2008年版，第183页。
② 段玉裁：《说文解字注》，上海古籍出版社1981年版，第200页。
③ 参见吴承学：《中国早期文字与文体观念》，《文学评论》2016年第6期。

体裁与"三分法"和"四分法"体系有很大不同。如果要对各式各样的古代文体进行大的归类,不是"三分""四分",而是"二分"更合适——刘勰《文心雕龙·总术》所谓:"今之常言,有文有笔,以为无韵者笔也,有韵者文也。"当然,这种分类面对后起的小说、戏曲可能力有不逮。这便涉及文体尊卑、雅俗、正变等问题。

其二,为何吴讷《文章辨体》一书分内集和外集,将连珠、判、律赋、律诗、排律、绝句、联句诗、杂体诗、近代词曲纳入外集呢?其《文章辨体凡例》言:"四六为古文之变,律赋为古赋之变,律诗杂体为古诗之变,词曲为古乐府之变。西山《文章正宗》凡变体文辞,皆不收录。东莱《文鉴》则并载焉,今遵其意。复辑四六对偶及律诗、歌曲共五卷,名曰《外集》,附于五十卷之后,以备众体,且以著文辞世变云。"在中国古代传统文章体裁观念中,在诗文正宗的文体秩序中,词、戏曲、小说比较卑微且边缘化。一种新文体诞生伊始,往往被既有的文体秩序视为卑、俗、变的另类,而从边缘化到被接纳,往往需要一个过程,这与我们现在对待网络文学的态度转变有些相似。

其三,除了通过"假文以辨体,非立体而选文"(徐师曾《文体明辨序》)归纳出文章体裁的基本特征,中国古代文体学还在"辨体"的基础上,谈论"得体"与"失体"、"正体"与"变体"、"尊体"与"破体"等问题。

其四,作品论中的体裁之"体"也好,风格之"体"也罢,都只是历史性的归纳,很难完全客观化地一网打尽,也就是说,尽管有"诸二十四诗、文、赋、词品",有"文论辨体"和"总集辨体",但我们依旧难以穷尽所有的"体",对每一"体"的归纳概括也很难令所有人满意。对于风格之"体",司空图《诗品》将其归纳为二十四种;对于体裁之"体",吴讷《文章辨体序题》论说五十余种。顾翰《补诗品》为《诗品》补上"哀怨""激烈""明秀"等,我们也能为《文章辨体》补入小说、戏剧以及网络文学、视频弹幕等新孕育出的体裁。

其五,体裁与风格的关系是多重的。一方面,某些风格能够超越体裁而存在,成为诗、文、赋、词的公有之"品",如含蓄、飞动、委曲等;另一方面,体裁之"体"常常与风格之"体"对应,形成约定俗成的"诗赋欲丽"或"诗缘情而绮靡,赋体物而浏亮"等命题。但体裁与风格的对应关系却并不是唯一的。例如,赋有"诗人之赋丽以则,辞人之赋丽以淫"的区分,词亦有婉约、豪放、清空等不同的风格,形成了不同的流派。

以"体"论作品,可以用两句话作为总结。第一句话是明代文体学家徐师曾所言:"苟失其体,吾何以观?"[1]第二句话是金代王若虚在一段问答中的结论:"或问:'文章有体乎?'曰:'无。'又问:'无体乎?'曰:'有。''然则果何如?'曰:'定体则无,大体须有。'"[2]从曹丕、陆机、钟嵘、刘勰到吴讷、徐师曾、贺复徵,无论是文论家的"文论辨体"还是文体学家的"总集辨体",

---

[1] 徐师曾:《文体明辨序说》,人民文学出版社1982年版,第78页。
[2] 胡传志、李定乾:《滹南遗老集校注》,辽海出版社2006年版,第422页。

中国传统文学需要借助"体"来观照作品。很难想象没有风格、体裁、语体之"体",如何观看、如何言说作品,故有此反问句:"苟失其体,吾何以观?"考虑到文体(包括风格和体裁)秩序中,固然有"得体""正体""尊体"的共识,却同样存在"失体""变体""破体"的例外。因此,我们难以从"定体"的层面对风格、体裁进行精确的归纳抑或界定,能够认识与言说的能且只能是风格、体裁的"大体",此之谓"定体则无,大体须有"。

借由"定体则无,大体须有"这句颇具禅味或曰辩证性的话,我们可以把创作论、作家论中的两个"体"(生命体和文体)和作品论中的两个"体"(风格和体裁)联结起来:创作是生命体作者与文体话语机器博弈的过程——作为生命体的作者主导创作,当其自觉或不自觉地认可、服从、遵循文体传统时,便彰显出"得体""正体""尊体"的意义,而当其尝试创新、突破传统时,便常常会触发"失体""变体""破体"的问题。文学贵在创新,故"定体"不可常有;但文学的创新毕竟要以传统为基础,故"大体"不可全无。

第七章
接受论：文情难鉴，谁曰易分

在刘若愚的体系中，接受环节属于第三阶段（作品⇄读者）的审美论："当批评家从作家的观点讨论文学而规范出作文的法则，他可以说是在阐扬技巧理论；而当他描述一件文学作品的美以及它给予读者的乐趣，那么他的理论可以被称为审美理论。"[①] 刘若愚在审美论部分主要引用了《文心雕龙·情采》对"文、质""形文、声文、情文"的分析作为例证，着眼于审美接受的过程。与之相较，未进入刘若愚视野的《文心雕龙·知音》，更倾向于对接受规律的整体把握，属于中国文学接受理论中不可或缺的篇目。本章以此为基础，先以苏轼、辛弃疾、李清照的接受情况为例，概论西方文论中接受美学与读者反应批评以及文学接受论的相关知识（如期待视野、填补、未定点、否定、二度创作、经典化、理想的读者）；再分别以《文心雕龙·知音》

---

① ［美］刘若愚：《中国文学理论》，杜国清译，江苏教育出版社2006年版，第150页。

和《读第五才子书法》为例，了解文学接受的规律性与差异性；最后将接受理论归还给阅读实践，在金圣叹的"读法"以外简论更具普遍意义的选书、读书、评书之法。

一、知多偏好，人莫圆该

在诗品归纳、文论辨体、总集辨体所建立的作品秩序中，风格与体裁相互配合形成大致的对应关系，此即《文心雕龙·定势》所谓的"循体而成势"：

> 章表奏议，则准的乎典雅；赋颂歌诗，则羽仪乎清丽；符檄书移，则楷式于明断；史论序注，则师范于核要；箴铭碑诔，则体制于弘深；连珠七辞，则从事于巧艳：此循体而成势，随变而立功者也。[1]

当然，同一种体裁可能分化出多种风格，形成不同的流派，如词之豪放、婉约、清空骚雅，赋之"丽以则"和"丽以淫"。即便是在"博观"的基础上，面对"体"之刚柔、本末、尊卑、奇正、正变、雅俗种种情况，读者难免会有不同的偏好。用刘勰《文心

---

[1] 以下《文心雕龙》引文均据范文澜《文心雕龙注》，人民文学出版社1958年版。

雕龙·知音》的话讲，便是：

> 夫篇章杂沓，质文交加，知多偏好，人莫圆该。慷慨者逆声而击节，酝籍者见密而高蹈，浮慧者观绮而跃心，爱奇者闻诡而惊听。会己则嗟讽，异我则沮弃，各执一隅之解，欲拟万端之变：所谓东向而望，不见西墙也。

这就涉及读者与作品的关系，亦即本章介绍的接受论。

按照接受美学与读者反应批评的观点，我们对文学作品的接受始于"期待视野"，即读者基于个人既有阅读经验而形成的对所阅读作品的心理预期，如文体、形象、意蕴等层面的期待；作品作为一种"召唤结构"，具有诸多"不定点"，等待读者不断地"填补"（其间也会遇到"否定"）进而被理解。在这一过程中，作家原先设定的"隐含读者"变成现实中的读者，潜在的物质性文本亦转化成现实中为读者所阅读的作品。

就一般意义上的文学接受而言，整个过程大致可以分为阅读前的准备（一定的语言能力、生活体验、文学艺术修养以及审美、娱乐、求知、受教、借鉴、批评等不同的接受动机）、阅读过程中的审美感受、审美评价（一般读者的审美评价和批评家的审美评价）三个阶段。[1]同时，需要注意的是"文学接受活动

---

[1]《文学理论》编写组编：《文学理论》，高等教育出版社2020年版，第180—187页。

并不仅仅是对作品原义的还原，而且是在作家创作文学作品的基础上进行的新一轮创造性活动"（这种"二度创造"主要是在心理层面，它包括不限于"还原"作者本意的个体感悟、人际交流、生活追求及学习借鉴等）。[①]对一部作品的接受，会形成所谓的接受史，其间容纳了差异性和共通性（如作家论中提到的陶渊明的时代印象，唐代之酒徒或隐士、明代之忠臣烈士便表现出不同时代陶诗接受的差异性，在同一朝代内部又具有共通性），参与一部作品通往经典的经典化过程。相较于接受美学与读者反应批评，文学接受论是在作者（作家）、创作、作品、读者（批评家）的坐标系中谈阅读、理解和欣赏，以及对具体接受的归纳、提炼和升华。

例如，谈起苏轼、辛弃疾、李清照，我们最初的"期待视野"很可能停留在中小学语文课本中《作者简介》部分所言的旷达、豪放、婉约等印象，在此基础上结合个人的阅读体验"填补"东坡之旷达、稼轩之豪放、易安之婉约等细节或曰"未定点"。在读过余秋雨《苏东坡突围》、梁衡《把栏杆拍遍》《乱世中的美神》、艾朗诺《才女之累：李清照及其接受史》等文章或著作以后，又会在阅读经验中"填补"苏轼何以旷达、如何突围，辛弃疾豪放背后的孤独、苍凉，以及李清照漂泊的一生等作者在诗词中未明言、读者此前亦不曾关注的方面。这种"填补"

---

① 《文学理论》编写组编：《文学理论》，高等教育出版社2020年版，第187—190页。

也有可能会遭遇某种受挫或"否定",就像随着了解的深入,我们会发现苏轼的旷达并非想当然的生来如此、辛弃疾的豪放实有难言之隐、李清照的婉约亦浸透着少为人知的苍凉那样,借由"否定"修正此前的"填补"。当然,余秋雨、梁衡、艾朗诺在创作之前,先是作为读者来接受苏轼、辛弃疾和李清照,然后才有感而发、有为而作,属于接受过程中的"二度创作"。《苏东坡突围》《把栏杆拍遍》《乱世中的美神》《才女之累》等理解与诠释,又会在一定程度上推动苏东坡、辛稼轩、李易安在当代的继续经典化。余秋雨、梁衡写作文化散文,艾朗诺写作论文时的"理想读者"是读书人(当然,艾朗诺的"理想读者"可能是更专业的文史研究者),与之相较,实验纪录片《在下东坡,一个吃货》《英雄就此出关》《此花不与群花比》的"理想读者"则是更为年轻的"网络原住民"。相应地,我们通过《在下东坡,一个吃货》《英雄就此出关》《此花不与群花比》建立的接受,也必然会与直接阅读苏轼、辛弃疾、李清照的诗词作品,间接阅读《苏东坡突围》《把栏杆拍遍》《乱世中的美神》《才女之累》有所不同,而这正体现了接受的时代性。

下面以《文心雕龙·知音》为例,看文学接受的规律性和有限性。"知音"是中国传统文学接受论的关键词,其背后的典故与武汉颇有渊源——武汉有知音号、《知音》杂志、钟家村、琴断口、古琴台、琴台大剧院,武汉市蔡甸区一度有意更名为知音区。《列子·汤问》载:"伯牙善鼓琴,钟子期善听。伯牙鼓琴,志在登高山。钟子期曰:'善哉!峨峨兮若泰山!'志在流水,钟子期曰：'善哉！洋洋兮若江河！'伯牙所念，钟子期必得之。"①古往今来的作家，常常寄希望于自己能遇到知音。此即刘勰《文心雕龙·知音》开篇的慨叹："知音其难哉！音实难知，知实难逢，逢其知音，千载其一乎！"前面举例中的苏轼、辛弃疾、李清照皆曾有类似的感慨。

苏轼《卜算子·黄州定慧院寓居作》："缺月挂疏桐，漏断人初静。时见幽人独往来，缥缈孤鸿影。惊起却回头，有恨无人省。拣尽寒枝不肯栖，寂寞沙洲冷。"②

辛弃疾《水龙吟·登建康赏心亭》："楚天千里清秋，水随天去秋无际。遥岑远目，献愁供恨，玉簪螺髻。落日楼头，断鸿声里，江南游子。把吴钩看了，栏杆拍遍，无人会，登临意。"③

李清照《声声慢》："寻寻觅觅，冷冷清清，凄凄惨惨戚戚。乍暖还寒时候，最难将息。三杯两盏淡酒，怎敌他、晚来风急？雁过也，正伤心，却是旧时相识。满地黄花堆积，憔悴损，如今有谁堪摘？守着窗儿，独自怎生得黑？梧桐更兼细雨，到黄昏、点点滴滴。这次第，怎一个愁字了得！"④

但刘勰并未局限在经验层面的描述，而是尝试围绕"知音"这个论题，发现问题，分析原因，找寻方法。据此，便有了始于"知音其难哉"而终于"知音君子，其垂意焉"的《文心雕

---

① 杨伯峻：《列子集释》，中华书局1979年版，第178页。
② 邹同庆、王宗堂：《苏轼词编年校注》，中华书局2007年版，第275页。
③ 辛更儒：《辛弃疾集编年笺注》，中华书局2015年版，第559页。
④ 黄墨谷：《重辑李清照集》，中华书局2009年版，第34页。

龙·知音》篇：

知音其难哉！音实难知，知实难逢，逢其知音，千载其一乎！夫古来知音，多贱同而思古，所谓日进前而不御，遥闻声而相思也。昔《储说》始出，《子虚》初成，秦皇汉武，恨不同时。既同时矣，则韩囚而马轻，岂不明鉴同时之贱哉？至于班固傅毅，文在伯仲，而固嗤毅云下笔不能自休。及陈思论才，亦深排孔璋；敬礼请润色，叹以为美谈；季绪好诋诃，方之于田巴，意亦见矣。故魏文称文人相轻，非虚谈也。至如君卿唇舌，而谬欲论文，乃称史迁著书，咨东方朔；于是桓谭之徒，相顾嗤笑，彼实博徒，轻言负诮，况乎文士，可妄谈哉！故鉴照洞明，而贵古贱今者，二主是也；才实鸿懿，而崇己抑人者，班曹是也；学不逮文，而信伪迷真者，楼护是也；酱瓿之议，岂多叹哉！

夫麟凤与麏雉悬绝，珠玉与砾石超殊，白日垂其照，青眸写其形。然鲁臣以麟为麏，楚人以雉为凤，魏氏以夜光为怪石，宋客以燕砾为宝珠。形器易征，谬乃若是；文情难鉴，谁曰易分？

夫篇章杂沓，质文交加，知多偏好，人莫圆该。慷慨者逆声而击节，酝籍者见密而高蹈，浮慧者观绮而跃心，爱奇者闻诡而惊听。会己则嗟讽，异我则沮弃，各执一隅之解，欲拟万端之变：所谓东向而望，不见西墙也。

凡操千曲而后晓声，观千剑而后识器；故圆照之象，务先博观。阅乔岳以形培塿，酌沧波以喻畎浍，无私于轻重，不偏于憎爱，然后能平理若衡，照辞如镜矣。是以将阅文情，先标六观：一观位体，二观置辞，三观通变，四观奇正，五观事义，六观宫商，斯术既形，则优劣见矣。

夫缀文者情动而辞发，观文者披文以入情，沿波讨源，虽幽必显。世远莫见其面，觇文辄见其心。岂成篇之足深，患识照之自浅耳。夫志在山水，琴表其情，况形之笔端，理将焉匿？故心之照理，譬目之照形，目瞭则形无不分，心敏则理无不达。然而俗监之迷者，深废浅售，此庄周所以笑《折杨》，宋玉所以伤《白雪》也！昔屈平有言，文质疏内，众不知余之异采，见异唯知音耳。扬雄自称心好沉博绝丽之文，其事浮浅，亦可知矣。夫唯深识鉴奥，必欢然内怿，譬春台之熙众人，乐饵之止过客。盖闻兰为国香，服媚弥芬；书亦国华，玩泽方美：知音君子，其垂意焉。

赞曰：洪钟万钧，夔旷所定。良书盈箧，妙鉴乃订。流郑淫人，无或失听。独有此律，不谬蹊径。

苏格拉底说"美是难的"，刘勰说"知音是难的"。在文章第一段，刘勰从"音实难知"和"知实难逢"两方面解释了为什么"知音是难的"（"知音其难哉"）。在刘勰看来，"音实难知，知实难逢"不是同义重复，也不能仅仅被视作骈文这种"话语机器"对"知音"的对偶式拆解，因为结合刘勰此后的论述来看，"故鉴照洞明，而贵古贱今者，二主是也；才实鸿懿，而崇己抑人者,班曹是也;学不逮文,而信伪迷真者,楼护是也"侧重于言说"知实难逢";紧随其后"形器易征,谬乃若是;文情难鉴,谁曰易分"这个反问句,主要讲的是"音实难知"。

第二和第三段,针对"音实难知,知实难逢"的问题,刘勰分析其原因在于"知多偏好,人莫圆该",并举例说明"慷慨者逆声而击节,酝籍者见密而高蹈,浮慧者观绮而跃心,爱奇者闻诡而惊听"。但这种"偏好"是有问题的,因而刘勰倡导"圆照之象,务先博观"。那么如何具体来操作呢?

在第四和第五段中,刘勰由表及里依次提出"六观"之法、"披文入情"之法(其依据是"缀文者情动而辞发""觇文辄见其心")和"深识鉴奥"之效果。结合"文学理论八论"来看,"六观"之"位体"和"奇正"是作品论中的体裁和风格,"通变"要求读者具有文学史的眼光,"置辞""事义""宫商"关注的则是作品的语言问题;"披文入情"延续了"诗缘情"的认识,以"情"为内在沟通作者、作品、读者的可靠线索。最后,刘勰指出,当体会到"欢然内怿""玩泽(绎)方美"之后,"知音"便不再是难的,也不再令人失望了。

这里还需要注意"知音"的有限性。虽然我们意识到"博观"的必要性,也能总结出"六观"与"披文入情"之法,但是"操千曲而后晓声,观千剑而后识器""阅乔岳以形培塿,酌沧波以喻畎浍,无私于轻重,不偏于憎爱,然后能平理若衡,照辞如镜矣"毕竟只是理想的情况。在阅读实践中,读者恐怕很难完全克服"贵古贱今""崇己抑人""信伪迷真"以及"会己则嗟讽,异我则沮弃，各执一隅之解，欲拟万端之变"等情感定势或思维陷阱。从文学接受的方法论讲，有"一观位体，二观置辞，三观通变，四观奇正，五观事义，六观宫商"等普遍性的通用方法，"独有此律，不谬蹊径"。不过，它们并非文学接受的"公式"抑或"定律"。虽然文学接受论中有理论家总结、归纳出的一般规律和普遍方法，但更重要的应是作为读者的我们在具体阅读实践中所掌握的"活法"。如果说"规律"是对古往今来种种阅读体验"出乎其外"的总结，是"不识庐山真面目，只缘身在此山中"层面的宏观思考，那么，"活法"便是聚焦到具体阅读过程中的"入乎其内"，是在"横看成岭侧成峰，远近高低总不同"中找到自己阅读时的适宜角度。文学接受在共通性的基础上还存在差异性，同样地，文学接受的方法也有其差异性和具体性。这也是在《文心雕龙·知音》之后，再来细读《读第五才子书法》的用意之所在。

二、许多文法，看得出来

在进入《读第五才子书法》之前，不妨思考以下三个问题：

第一，《中国历代文论选新编》说明部分认为"这篇《读第五才子书法》虽说是谈论如何阅读《水浒》的问题，其实是一篇对《水浒》创作经验的总结，属于创作论"[①]。对于金圣叹的《读

---

① 邬国平编著：《中国历代文论选新编·明清卷》，上海教育出版社2007年版，第232页。

第五才子书法》属于创作论，还是接受论，你怎么看？

第二，本章讲接受论，为何要以刘勰《文心雕龙·知音》和金圣叹《读第五才子书法》为案例？或者说如此安排的用意是什么？两个文本分别是从什么方面谈接受？

第三，通过阅读推荐书目，我们或多或少知晓了接受美学和读者反应批评，那么，接受论可以和接受美学或读者反应批评画等号吗？

要回答第一个问题，还需要回到"文学四要素"和"文学理论八论"的体系之中。上章提到，以作者为中心，以"作者—作品"为主轴，创作论、作家论与作品论构成一个小型的体系——作家从事创作，创作出作品。同理，以作品为中心，前后各延长至作者的创作和读者的接受，则创作论、作家论、作品论、接受论、批评论亦构成一个中型的体系——作者（作家）创作出作品，作品为读者（批评家）所接受或批评。在"作者（作家）及其创作—作品—读者（批评家）及其接受（批评）"的序列中，以作品为参照，从作者到作品是"溯游从之"，用《文心雕龙·知音》的话讲便是"缀文者情动而辞发"；从读者到作品则是"溯洄从之"，用《文心雕龙·知音》的话讲便是"观文者披文以入情"。所以，我们既可以说《读第五才子书法》是金圣叹经由《水浒》上溯至施耐庵的创作，揣摩作者用心而总结出的创作规律（属于创作论），又可以说"读法"就是阅读作品《水浒》时，读者金圣叹自己的心得体会（属于接受论）。

关于第二个问题，不妨由两首诗切入。一首是北宋苏轼的《题西林壁》:"横看成岭侧成峰,远近高低总不同。不识庐山真面目,只缘身在此山中。"[1]另一首是南宋朱熹的《观书有感》:"半亩方塘一鉴开,天光云影共徘徊。问渠那得清如许?为有源头活水来。"[2]朱熹的《观书有感》,以塘水之所以清澈是因为有活水注入这一自然现象为喻,揭示了一个道理——只有不断读书、不停思考才能保持生命的活泼灵动。结合诗题来看,这首哲理诗传达了朱熹"观书"后的感受。与之类似,苏轼的《题西林壁》借"观山"来谈哲理(考虑到诗题中的"西林寺",还有看破尘世的佛理意味)。不妨把苏轼的"观山有感"引入到"观书"或"读书"的论题中:"横看成岭侧成峰,远近高低总不同"是"身在此山中",是"入乎其内"的各种具体视角及其看待后的发现;"不识庐山真面目,只缘身在此山中"则是超越各种具体视角后"出乎其外"的省视,以及"看待的看待"或"发现的发现"。如果说文学接受论是对文学作品的阅读、理解和欣赏,那么在接受论中,就必然有各种具体的接受,即对文学作品的具体阅读、具体理解和具体欣赏,形成"横看成岭侧成峰,远近高低总不同"的接受景观;同时亦应有超越具体阅读、具体理解和具体欣赏的普遍认识,揭示诸如"不识庐山真面目,只缘身在此山中"式的规律,形成对具体接受(阅读、理解和欣赏)的接受(归纳、提炼和升华)。以接受论的两个层面验之,如果说金圣叹《读第

---

[1] 王文浩辑注:《苏轼诗集》,中华书局1982年版,第1219页。
[2] 吴之振、吕留良、吴自牧选,管庭芬、蒋光煦补:《宋诗钞》,中华书局1986年版,第1658页。

五才子书法》属于实践性更强的"接受的具体性",彰显了接受的个人化和差异性,那么刘勰《文心雕龙·知音》则属于理论性更强的"接受的规律性",揭示了接受的一般性及其局限。两者缺一不可,唯有将实践层面"接受的具体性"作为源头活水,理论层面"接受的规律性"才能保持"清如许"的透彻和灵动。

第三个问题可以给出明确的回答——本书所讲的"文学理论八论"中的接受论并不能简单同西方文论中的接受美学与读者反应批评画等号。上章提到在20世纪60年代接受美学与读者反应批评兴起以前,文学理论关注的主轴是"作者—作品",试图从作者层面来寻求作品意义的来源及依据。西方文论中的接受美学与读者反应批评,正是对此前"作者—作品"主轴的反拨,聚焦读者在作品意义生成中的关键性作用。西方文论流派常常具有非此即彼的论辩性和破而后立的针对性,如新批评的"意图谬误"(维姆萨特)、结构主义的"作者已死"(罗兰·巴特)都试图否定作者对作品意义的解释权,从而建立起以文本(语言)为中心的理论体系。针对以文本(语言)为中心的研究路数,接受美学与读者反应批评通过凸显"不定点""隐含读者""召唤结构""解释团体""期待视野"等概念,指出作品的客观性、独立性、自足性是一种"假象",因为作品意义生成离不开读者的体验和参与。从"作者中心"到"文本中心",再到"读者中心",同样具有"只见树木,不见森林"和"东向而望,不见西墙"的问题,比如接受美学认为文学史就是文学作品的接受史(或曰文学史是文学接受的效果史),这就忽视了文学史的另一个重要维度——文学作品的创作史,而且从逻辑顺序上讲,文学作品应该先有创作史才有接受史。如前所述,本章谈论的文学接受论,涉及接受美学和读者反应批评中的部分概念,但更重要的是以中国传统的"知音"论为核心,既在实践层面了解"读法"所代表的"接受的具体性",又注重理论层面"接受的规律性",在描述文学接受规律性、有限性的同时,还会关注其具体性与差异性。

与《文心雕龙·知音》相比,金圣叹的《读第五才子书法》具有强烈的个人色彩。诸如"《三国》人物事体说话太多了,笔下拖不动,蜇不转,分明如官府传话奴才,只是把小人声口替得这句出来,其实何曾自敢添减一字。《西游》又太无脚地了,只是逐段捏捏撮撮,譬如大年夜放烟火一阵一阵过,中间全没贯串,便使人读之,处处可往"[①],"《水浒》胜似《史记》","《水浒传》写一百八个人性格,真是一百八样。若别一部书,任他写一千个人也只是一样,便只写得两个人也只是一样",以及"李逵是上上人物,写得真是一片天真烂漫到底。看他意思,便是山泊中一百七人,无一个入得他眼。《孟子》'富贵不能淫,贫贱不能移,威武能不能屈',正是他好批语",等等,都只是金圣叹个人的判断,为了凸显《水浒》之好,有时不免言过其实。像"《水浒》胜似《史记》"的判断,恐怕就不会为所有人接受。

---

① 以下《读第五才子书法》及金圣叹批点引文均据《金圣叹批评本水浒传》,岳麓书社2006年版。

但这种个人化的"读法",连及序、回前总评、夹批、眉批等形式,确实能提醒读者留意到很多细节(与新批评细读关注反讽、悖论、含混、张力类似)。金圣叹在《读第五才子书法》篇末提出的"旧时《水浒传》,子弟读了,便晓得许多闲事。此本虽是点阅得粗略,子弟读了,便晓得许多文法。不惟晓得《水浒传》中有许多文法,他便将《国策》《史记》等书,中间但有若干文法,也都看得出来"。这些"文法"有金圣叹归纳的倒插法、夹叙法、草蛇灰线法、大落墨法、绵针泥刺法、背面铺粉法、弄引法、獭尾法、正犯法、略犯法、极不省法、极省法、欲合故纵法、横云断山法、鸾胶续弦法,等等。亦有此后毛宗岗《读三国志法》归纳的追本穷源之妙,巧收幻结之妙,以宾衬主之妙,同树异枝、同枝异叶、同叶异花、同花异果之妙,星移斗转、雨覆风翻之妙,横云断岭、横桥锁溪之妙,将雪见霰、将雨闻雷之妙,浪后波纹、雨后霢霂之妙,寒冰破热、凉风扫尘之妙,笙箫夹鼓、琴瑟间钟之妙,隔年下种、先时伏着之妙,添丝补锦、移针匀绣之妙,近山浓抹、远树轻描之妙,奇峰对插、锦屏对峙之妙,等等。这里举两个具体的例子,看金圣叹如何"细读"。

第一个例子是"草蛇灰线法"。在《横海郡柴进留宾　景阳冈武松打虎》一回,金圣叹以夹批的形式标示文中出现十八次的"哨棒"(此乃"草蛇灰线"比喻中作为线索的"蛇"),尤其在第十六处哨棒"原来打急了,正打在枯树上,把那条哨棒折做两截,只拿得一半在手里",下一夹批"半日勤写哨棒,只道仗他打虎,到此忽然开除,令人瞠目噤口,不复敢读下去。哨棒折了,方显出徒手打虎异样神威来,只是读者心胆堕矣"。伴随着金圣叹逐一标示的前十五处哨棒,我们看到行文不断暗示读者武松可以用哨棒来打虎,但到第十六处这种蓄势却突然断开。唯其如此,才能反衬出武松徒手打虎的英勇。当然,这种对武松徒手打虎是不得已而为之的解释,也更符合常理。

第二个例子是"獭尾法"。《张都监血溅鸳鸯楼 武行者夜走蜈蚣岭》一回写武松连杀张都监家十五人之后,"把棒一拄,立在濠堑边。月明之下看水时,只有一二尺深",金圣叹夹批曰:"楼上月,此月也,濠边月,亦此月也。然而楼上之月,何其惨毒,濠边之月,何其幽凉。武松在楼上时,月亦在楼上,初不知濠边月色何如。武松来濠边时,月亦在濠边,竟不记楼上月明何似。都监一家看月之时,濠边月里并无一个,武松濠边立月之际,张家月下更无一人。嗟乎!一月普照万方,万方不齐苦乐。月影只争转眼,转眼生死无常。前路茫茫,世间魆魆,读书至此,不知后人又何以为情也!"用《读第五才子书法》的话讲,施耐庵之所以写濠边月,乃是"一段大文字后,不好寂然便住,更作余波演漾之"。金圣叹归纳命名的"獭尾法",与毛宗岗《读三国志法》中的"浪后波纹、雨后霡霂之妙"近似。毛宗岗认为《三国》中"昭烈三顾草庐之后,又有刘琦三请诸葛一段文字以映带之;武侯出师一段大文之后,又有姜维伐魏一段文字以荡漾之"[1],这类"文后必有余势"的写法,就像浪后余波荡漾一样。

---

[1] 《毛宗岗批评本三国演义》,岳麓书社2006年版,第8页。

当然，准确地讲，写完武松连杀十五人之后再写濠边月，与写完刘备三顾茅庐之后再写刘琦三请诸葛亮还是不一样。同为"余波荡漾"，前者关注的不是事件层面的"余波"，而是一张一弛后"荡漾"的感觉。所以，从这种意义讲，《水浒》的"獭尾法"在节奏的调控上，还有点像毛宗岗《读三国志法》中概括的"将雪见霰、将雨闻雷之妙"，即"将有一段正文在后，必先有一段闲文以为之引；将有一段大文在后，必先有一段小文以为之端"。于此，毛宗岗举的例子是"将叙赤壁纵火一段大文，先写博望、新野两段小文以启之。将叙六出祁山一段大文，先写七擒孟获一段小文以启之"①。金圣叹"獭尾法"的这种效果，似有综合毛宗岗"浪后波纹、雨后霡霂"之"后"与"将雪见霰、将雨闻雷"之"闲"的意味。

以上两例"具体的接受"至少有两个特点：一是，都建立在"细读"的基础上，如金圣叹提示武松打虎过程中出现十八次的"哨棒"，比对血溅鸳鸯楼时前后三次不同的"月色"；二是，金圣叹的"读法"尤其关注读者的心理感受，如武松遇见老虎却突然打折哨棒和武松杀完十五人后看见濠边的月色时，前者"只是读者心胆堕矣"，后者"读书至此，不知后人又何以为情也"，皆注意"文法"和"读法"背后的接受心理。还需要说明的是，"文法"与"读法"所揭示的未必就是作者的本意，这里可能存在读者接受过程中的"误读"。但难以避免的"误读"也并非全

---

① 《毛宗岗批评本三国演义》，岳麓书社 2006 年版，第 7—8 页。

部有害,比如"创造性的误读"就被允许,否则谈《水浒》的阅读感受,便很可能千篇一律。总之,在读者接受层面,同一部作品的"横看成岭侧成峰,远近高低总不同"不但难以避免,而且很有必要。

归根结底,阅读接受首先是个人化的,这种个人化的阅读、理解、欣赏以其"横看成岭侧成峰,远近高低总不同"的样态,形成具体的文学接受(一般性)和文学批评(专业化),进而为抽象化与普遍意义上接受论提供"源头活水"。据此而言,无论是本章的接受论,还是下一章的批评论,都要建立在有效阅读的基础上。离开了实践层面的具体阅读,接受论、批评论会变成无本之木、无源之水。

有句话说"知道很多道理,却依旧过不好这一生",我们读书时也常常面临"知道很多道理,却依旧读不懂这本书"的问题。从文学作品阅读到学术阅读之间有一个过渡,在过渡的初始阶段感到不适应很正常。这种不适感源自我们迈出了"舒适圈",需要尽快适应新的环境。当然,没有适用于所有人的阅读"万能钥匙",每个人都需要通过不断训练找到属于自己的那把"钥匙",进而摸索出阅读不同类型作品时的不同方法,以便"一把钥匙开一把锁"。我们所说的文学接受,以及接下来涉及的文学批评,均建立在有效阅读的基础上。"临渊羡鱼,不如退而结网",学术著作的阅读能力不会突然降临,关键还是要付诸行动。这里只能提供一些关于选书、读书和评书的大体方法作为参考。

尽管"开卷有益",但现在可以获得的书太多了,我们必须做出选择,为想读的和必读的书预留时间和精力。基于兴趣的阅读是按图索骥的过程,通过书与书之间的互文关系,不断扩充自己的书单,在这一过程中,自己的知识树也在不断生长。对于必读但暂时不想读的书,不妨这样理解——必读书目,是某门课程、某个专业、某个领域内无法绕开的基础性文献,暂时不感兴趣或许只是因为没有意识到它的重要性,抑或没有领略到它的魅力。除了经过时间洗礼的公认经典,我们如何从当下层出不穷的新书里发现和挑选呢?可以根据口碑,包括出版社[①]、书评榜单[②]、书评推荐[③]。此外,还可以参考大众性更强的"豆瓣读书"评分。

在如何读书这个问题上,恐怕很难有一个适用于所有人的"公式"。这里也只能简要介绍三个方面。一是"问题的循环"。

[①] 例如,出版古典作品类的中华书局、上海古籍出版社,出版现当代作品类的人民文学出版社、作家出版社,出版外国文学作品类的上海译文出版社、译林出版社;学术类与教材类,可重点关注人民出版社、中国社会科学出版社、高等教育出版社、生活·读书·新知三联书店、商务印书馆"汉译世界学术名著丛书""中华现代学术名著丛书"、社科文献出版社"甲骨文系列丛书"、北京大学出版社"名家通识讲座书系"、广西师范大学出版社"理想国译丛",等等。

[②] 例如,《中国图书评论》月度"中国好书"、《中华读书报》"月度好书榜"、中国出版集团新近出版重点图书的"中版好书榜",等等。

[③] 例如,生活·读书·新知三联书店《读书》、中国图书评论学会《中国图书评论》、上海三联书店《书城》、光明日报社《博览群书》、中南出版传媒集团《书屋》,等等。

阅读学术著作时，要注意找寻作者的"问题意识"，即作者为何要写作这本书，是为了解决什么问题。在此基础上，由作者问题意识出发，提炼核心论点，梳理行文思路，最后再来评价作者是否有效解决了自己曾经发现的问题，又留下了哪些不足之处以及新的问题。这种从问题到问题的循环，有助于训练学术思维。二是"阐释的循环"。这里借用阐释学的概念，提醒读者留意阅读时整体与部分的关系——阅读某一部分，需要有整体视野，在整体中把握部分；但整体的理解又有赖于每一部分的理解，于是整体与部分形成彼此依赖的循环。由此触及阅读时厚与薄、正文本与副文本两组关系。所谓"厚与薄"，指的是既要把厚书读薄，借助读书笔记、思维导图、书评、复述等方式提炼要义；又要把薄书读厚，由一部书、一个章节、一句话、一条引用延伸开来，不断沿着文本与知识的互文关系拓展自己的知识树。所谓"副文本"，指的是不属于著作正文的序跋（包括前言、后记、译者序、导读等）、附录、脚注、封面、广告、腰封，等等。它们从不同层面辅助、补充了正文。阅读学术著作时，不宜忽视上述"副文本"。三是"语言的循环"。我们的接受始于阅读语言文字，但不应仅仅停留于此，而是要从"看"到"说"或"写"，从输入到输出，从思想与情感的接受者、消费者转化为生产者。单纯的阅读是轻松的，但也容易肤浅，而复述、评论将有助于加深个人的印象，亦有助于触发新意。

在此基础上，可留意培养三种阅读能力。一是"读完一本书的能力"，即完整阅读一本书的正文本与副文本，完整阅读一本书中自己感兴趣与不感兴趣的部分,完整阅读一本书中自己读得懂和感到困难的部分。曾国藩曾言:"困时切莫间断,熬过此关,便可少进。再进再困,再熬再奋,自有亨通精进之日。不特习字,凡事皆有极困极难之时,打得通的,便是好汉。"① 阅读学术著作时,总是跳过去或绕过去,不打"遭遇战",便很难迈入不感兴趣或有困难的未知领域。读到自己不感兴趣或有困难的部分,遇到了"瓶颈期",可用曾国藩的话自励。二是"读透一本书的能力",即选取部分经典反复阅读,读得深入透彻,形成自己知识树的根系或主干。这必然要花一番功夫,如朱熹所言"须是一棒一条痕!一掴一掌血!看人文字,要当如此,岂可忽略"②。但付出如此时间精力是值得的,远胜过泛泛而读,此即苏轼曾言"卑意欲少年为学者,每一书,皆作数过尽之……此虽迂钝,而他日学成,八面受敌,与涉猎者不可同日而语也"③。三是"读通一类书的能力",即在"一本书"的基础上触类旁通,在知识树的主干上延伸出不同的具体的问题域,逐渐摸索出属于自己的方法。只有做到了读通一类书,才能如刘熙载所言在该领域"阐前人所已发,扩前人所未发"④。

综上,本章对接受论的讲解从三个问题入手。第一个问题"金圣叹的《读第五才子书法》属于创作论,还是接受论",意在

---

① 梁启超编著:《曾文正公嘉言钞》,上海古籍出版社2018年版,第87页。
② 黎靖德编:《朱子语类》,中华书局1986年版,第164页。
③ 茅维编:《苏轼文集》,中华书局1986年版,第1822页。
④ 袁津琥:《艺概注稿》,中华书局2009年版,第168页。

将创作论与接受论之间的隔阂打通——在作者（及其创作）—作品—读者（及其接受）的序列中，既可以由作品"溯洄从之"揣摩作者的创作，又可以据作品"溯游从之"谈论自己的心得。自前者观之，可认为《读第五才子书法》"其实是一篇对《水浒》创作经验的总结，属于创作论"；据后者而言，金圣叹谈的确实是自己"如何阅读《水浒》的问题"。第二个问题"为何要以刘勰《文心雕龙·知音》和金圣叹《读第五才子书法》为案例"，意在从"理论来源于实践"的层面，揭示文学接受论的两大板块"接受的具体性"（《读第五才子书法》）和"接受的规律性"（《文心雕龙·知音》），前者是具体的阅读、理解和欣赏，后者则是对具体阅读、理解、欣赏经验的归纳、提炼、升华。第三个问题"接受论可以和接受美学或读者反应批评画等号吗"，意在说明两者的不同——接受美学和读者反应批评建立在从作者中心到文本中心再到读者中心的论争思潮之中，要为读者寻求理论的中心位置，而接受论则隶属于"文学四要素"和"文学理论八论"的体系，谈的是"文学四要素"中的读者和"作者（及其创作）—作品—读者（及其接受）"序列中的接受，并且兼顾接受的具体性和规律性两端。

第八章
批评论：讨论瑕瑜，别裁真伪

在《中国文学理论》附录的《中西文学理论综合初探》一文中，刘若愚曾言："作为一个向西洋读者介绍中国传统文学的解释者，我一向认为中国的文学批评（Chinese literary criticism）与对中国文学的批评（the criticism of Chinese literature）之间的关系是一个至关重要的难题，而且一直致力于中国和西洋的批评概念、方法和标准的综合。"[1]这里涉及中西"文学批评"的传统，若要讲清楚其中的先后、同异、交互关系，便要关注批评论。与接受论相似，本章"批评论：讨论瑕瑜，别裁真伪"，同样从三个问题切入：第一，"批评"是什么意思？古今中西语境下的"批评"有何不同？第二，什么是"批评论"？在文学研究中，既然倡导文学理论、文学批评和文学史三分，为何还要在文学理论中论批评？文学批评论与此前的文学接受论、此后的文学通变

---

[1] ［美］刘若愚:《中国文学理论》，杜国清译，江苏教育出版社2006年版，第211页。

论有无关系？第三，以《四库总目提要集部叙》和《诗文评的发展》作为本章细读材料的用意何在？

一、释名章义，原始表末

我们可以采用倒序法回答以上三大问题。本章参照刘勰《文心雕龙·序志》总结的"原始以表末，释名以章义，选文以定篇，敷理以举统"四个方面认识批评论。其中，"释名以章义"部分，重点回答什么是"批评"以及什么是"批评论"两大问题；"原始以表末"部分，借助细读篇目《四库总目提要集部叙》和《诗文评的发展》了解中国文学传统中批评论的源与流，以及"文学批评"和"诗文评"的同与异。

（一）"批评"与"批评论"

先看"批评"。我们需要区分作为文学术语的"批评"和日常语言中的"批评"：日常语言中的"批评"往往是就缺点和错误提出意见，但文学理论中的"批评"并不囿于"缺点和错误"。也就是说，文学批评并不只是针对文学作品的瑕疵或过失，也不意味着只能是提意见或说不好的话。相反，中国文学传统中的"批评"是一个包含优劣得失的双向评判。在1927年出版的国内第一部《中国文学批评史》中，陈钟凡先生曾将"批评"的内涵归纳为五点："指正，一也。赞美，二也。判断，三也。比较及分类,四也。鉴赏,五也。"① 不唯如此,中国文学传统中的"批评"还指具体的批点(批)和评注(评),如上章《读第五才子书法》就出自《金圣叹批评本水浒传》,其中的回前总评、眉批、夹批正是"批评"。在文学领域内,"批评"(Criticism)源自英语单词criticize,"一是彰显criticizes(具体批评)的个别性和经验性,二是强调由具体批评总结出来理论乃-ism(内蕴时空局限性和个人主观性)"②,据此区别于"理论"(Theory)或德国传统中的"科学"(Wissenschaft)。考虑到"文学批评"这个译法容易引起误会,曾有学者提出用"文学评论"这个译法取代"文学批评"。

再来看"批评论"。顾名思义,"批评论"是对于"文学批评"的整体把握。前面在学习接受论时曾提及创作论、作家论、作品论、接受论、批评论构成一个中型的体系,其中作家之于作者有如批评之于接受——作家是更具有经典性的作者,批评是更专业或更具学理性的接受。这是在"文学四要素"或"文学理论八论"的框架内定位批评论。那么,这种定位是否与韦勒克、沃伦对"文学理论""文学批评"和"文学史"的区分相矛盾呢?我们可以援引韦勒克的一段话来说明:"文学批评和文学史二者均致力于说明一部作品、一个作者、一段时期或一国文学的个性。但这种说明只有基于一种文学理论,并采用通行的术语,才有

---

① 陈钟凡:《中国文学批评史》,江苏文艺出版社2008年版,第5页。
② 张法:《文学理论:已有的和应有的》,《文艺争鸣》2019年第9期。

成功的可能。文学理论,是一种方法论上的工具(an organon of methods),是今天的文学研究所急需的。"[1]本章"文学批评论"其实是"文学批评理论"的简称,是对具体的"文学批评"的理论性把握。理论在这里具有方法论的性质,是对具体批评的归纳、提炼和升华。普遍性的"批评论"之于具体的"批评"就像"接受的规律性"之于"接受的具体性"。如果说批评论是文学批评的文学理论观照,那么同理可知,下一章通变论也具有文学史兼文学理论的意味。我们可以对文学批评和文学史予以文学理论的观照。这种理论的观照不仅是有效的,而且是必要的,这也是本书最后两章专论批评论和通变论的用意之所在。

(二)"诗文评"与"文学批评"

前面提到"文学批评"是个译名,除了有学者提出用"文学评论"取代"文学批评",还有更激烈的观点,如杜书瀛认为"我们不应再套用西方的学术名称和学科称谓硬是把'文学批评'加在我们古代诗学文论的头上,郑重其事地还给它本来就有的一个称呼:'诗文评';'中国文学批评史',也应该叫做'"诗文评"史'"[2]。杜先生指出,外来的当下的"文学批评"与本土的古代的"诗文评"具有异质性。但现代以来,始于1927年陈钟凡《中

---

[1] [美]勒内·韦勒克、[美]奥斯汀·沃伦:《文学理论》,刘象愚等译,浙江人民出版社2017年版,第7页。
[2] 杜书瀛:《从"诗文评"到"文艺学"——中国三千年诗学文论发展历程的别样解读》,中国社会科学出版社2013年版,第19页。

国文学批评史》出版，国内学界纷纷采用"文学批评"这个译名来反观"诗文评"传统，"以远西学说，持较诸夏"①，据此推出一系列名曰"中国文学批评（史）""中国古代文学理论（史）""中国古代文学理论批评（史）"的成果，进而建立起"中国文学批评史"这个隶属于古代文学或文艺学之下的学科方向。

"文学批评"与"诗文评"的对应有利有弊。"利"的一面在于迅速提升了"诗文评"的地位，推动了学科的建立与发展。正如朱自清先生在《诗文评的发展》中所说的那样，"但它究竟还在附庸地位，若没有'文学批评'这个新意念、新名字输入，若不是一般人已经能够郑重的接受这个新意念，目下还谈不到任何中国文学批评史的"②。中国文学批评史学科创始期有奠定基础的"三大家"——郭绍虞、罗根泽、朱东润，他们分别撰写了具有里程碑意义的中国文学批评史。《诗文评的发展》便是朱自清为罗根泽《中国文学批评史》和朱东润《中国文学批评史大纲》所作的书评，而在另一篇专论郭绍虞《中国文学批评史》的书评中，朱自清还表达了对以"文学批评"代"诗文评"的隐忧："'文学批评'一语，不用说是舶来的。现在学术界的趋势，往往以西方观念（如'文学批评'）为范围去选择中国的问题；姑无论

---

① 陈钟凡：《中国文学批评史》，江苏文艺出版社2008年版，第4页。
② 朱自清：《诗文评的发展——评罗根泽〈周秦两汉文学批评史〉、〈魏晋六朝文学批评史〉、〈隋唐文学批评史〉（以上〈中国文学批评史〉第一、二、三分册，商务印书馆出版）与朱东润〈中国文学批评史大纲〉（开明书店出版）》，《朱自清古典文学论文集》，上海古籍出版社1981年版，第544页。

将来是好是坏,这已经是不可避免的事实。"[①]那么,中国古代的"诗文评"传统是什么?它与西方现代意义上的"文学批评"有何不同?若要回答这个问题,还要从中国本土的文学传统说起。

中国古代目录学最常见的分类法是"四部",即经、史、子、集四分。像《典论·论文》《文心雕龙》《诗品》这类涉及文学批评的著作在集大成的《四库全书》中被归入集部"诗文评类",在"词曲类"之前,"楚辞""别集""总集"之后。这也代表了中国传统知识界对"文学批评"或"诗文评"的一个定位。且看《四库总目提要·集部·诗文评类》小叙:

> 文章莫盛于两汉,浑浑灏灏,文成法立,无格律之可拘。建安、黄初,体裁渐备,故论文之说出焉,《典论》其首也。其勒为一书传于今者,则断自刘勰、钟嵘。勰究文体之源流,而评其工拙;嵘第作者之甲乙,而溯厥师承,为例各殊。至皎然《诗式》,备陈法律;孟棨《本事诗》,旁采故实;刘攽《中山诗话》,欧阳修《六一诗话》,又体兼说部。后所论著,不出此五例中矣。宋明两代,均好为议论,所撰尤繁。虽宋人务求深解,多穿凿之词,明人喜作高谈,多虚憍之论。然汰除糟粕,采撷菁英,每足以考证旧闻,触发新意。《隋志》附总集之内,《唐书》以下则并于集部之末,别

[①] 朱自清:《评郭绍虞〈中国文学批评史〉上卷》,《清华学报》1934年第9卷第4期。

立此门。岂非以其讨论瑕瑜，别裁真伪，博参广考，亦有裨于文章欤？

——永瑢等：《四库全书总目》，中华书局 1965 年版

这段文字简述了"诗文评"的源流，极为精彩。我们可以从以下几个方面领会其中要义。先看最后两句。"《隋志》附总集之内，《唐书》以下则并于集部之末，别立此门。岂非以其讨论瑕瑜，别裁真伪，博参广考，亦有裨于文章欤？"四库馆臣概括"诗文评"类著作的价值是"讨论瑕瑜，别裁真伪，博参广考，亦有裨于文章"，并以此解释"诗文评"从寄存在总集到单列为集部附庸再到独立成为单一门类的原因。《文心雕龙》《诗品》等著作，在《隋书·经籍志》（唐魏征等撰）、《旧唐书·经籍志》（后晋刘昫等撰）中只是被列入"总集"，未有单独的名目；到了《新唐书·艺文志》（北宋欧阳修等撰）、《崇文总目》（北宋王尧臣等撰）才被纳入"文史"类，而南宋郑樵《通志·艺文略》则进一步将《文心雕龙》和《诗品》分别归入"文类"下的"文史"和"诗评"两小类；至明焦竑《国史经籍志》才给予其"诗文评"之名，但仍是属于集部的"附属"而非独立的"类"；直到《四库总目提要》才使得"诗文评"与"楚辞""别集""总集""词曲"并列为集部下的小类。也就是说，即便是《国史经籍志》《四库总目提要》设立"诗文评"这个独立的类别，也只是"集部的尾巴"（朱自清语），其重要性没有今天这么大。

再看四库馆臣归纳出的"五例"——"究源流，评工拙"的《文心雕龙》、"第甲乙，溯师承"的《诗品》、"备陈法律"的《诗式》、"旁采故实"的《本事诗》、"体兼说部"的《中山诗话》和《六一诗话》，分别代表了"诗文评"的五类样态。当然，"后世论著，不出此五例中矣"的判断有些绝对，我们可以举出一些"例外"，比如金圣叹的"评点"、陆机《文赋》、旧题司空图《二十四诗品》之类依托于文学作品，抑或本身便可被视为文学作品的"文学批评"就不属于以上五例，也未被安置在"诗文评类"。但不得不说，这"五例"确实有高度的概括性：既有历史层面的观照（"究源流"之发生、"旁采故实"之语境、"备陈法律"之规律），又有文化视野上的拓展（"体兼说部"），还有个人阅读经验的展示（"评工拙""第甲乙""溯师承"）。如果说"经"是观念的凝练，"史"是世事的总结，"子"是知识的汇集，"集"是情感的赠答，那么"集部·诗文评"的小体系中同样容纳了"经史子集"的观念、世事、知识和情感四个维度，最终将个人的阅读经验置于思想语境（经）、历史观照（史）和文化视野（子）之中。"诗文评"的这种"你中有我，我中有你"知识形态不同于"文学批评"的不断剥离（如"情"与"知""意"的剥离，"美"与"真""善"的剥离，"文学批评"与"文学理论""文学史"的剥离）。根源于此，中国古代的"诗文评"与西方现代的"文学批评"形成了不同的成果样态："中国'诗文评'，最突出的意思是'品评''品说''鉴赏''赏析''玩味''玩索'，其'感性'（感受、感悟）特色更浓厚些"，而"西方'文学批评'则重在'评论''评价''评说''评析''裁判',其'理性'特色更浓一些"。①

二、选文定篇,敷理举统

如前所述,本章借鉴刘勰"原始以表末,释名以章义,选文以定篇,敷理以举统"的方法认识批评论。"选文以定篇"部分,我们选取弗莱《耶鲁大学公开课:文学理论》中提及的《拖车托尼》,以此为例演示西方文论中的几种批评方法;"敷理以举统"部分,从更为抽象的层面,论析文学批评的阐释性与针对性、文学阐释的有效性及其限度。其中,会涉及自然科学探究与人文学科阐释之别,作为阐释的批评与日常语言之别,批评中的"锋芒"与"折中"之别等话题。据此,我们可以从中与西、古与今、理论与实践等不同维度,较为全面地认识文学批评论,从而回答本章开篇的三个问题。

(一)"文学批评实践"与"文学批评理论"

了解中国的"诗文评"传统以后,再来看西方文论中作为方法的"文学批评"。我们现在学习西方文论,会接触新批评、形

---

① 杜书瀛:《从"诗文评"到"文艺学"——中国三千年诗学文论发展历程的别样解读》,中国社会科学出版社2013年版,第28—29页。

式主义、精神分析、接受美学与读者反应批评、新历史主义、女性主义等理论流派。其中涉及历时与共时、理论与实践两组关系：其一，这些建立在作者、作品、读者、世界等不同维度上的文学理论，本是充满论辩性的历时性生成，只是最终汇聚在文论史中显现为共时性的存在；其二，这些建立在大量概念、术语、范畴、命题基础上的文学理论，其实先是具体的文学批评实践，随后才从批评实践中归纳、提炼、升华出相应的理论，形成相应的流派。学习"文学批评论"——在"文学理论"的视域内看"文学批评"，需要知晓这种"共时性"和"理论性"。伊瑟尔、布鲁克斯、什克洛夫斯基、普罗普、弗洛伊德、哈罗德·布鲁姆、姚斯、斯蒂芬·格林布拉特、安·道格拉斯、斯坦利·费希等理论家曾根据批评实践，提出"期待视野""反讽""陌生化""民间故事形态学""本我、自我、超我""误读""理解、阐释、应用""新历史主义""美国文化的'女性化'""阐释的共同体"等术语或命题，进而形成相应的理论。我们在学习理论之后，则要保持由"理论"回归"批评"的能力。因为"只有不断经由实践检验和修正的理论才具有不断丰富的创造力量，也才能葆其对实践的指导地位"[1]。这也就是弗莱在课上讲的"假如你能用理论分析《拖车托尼》，你就能够用理论分析任何文本"[2]。且

---

[1] 邢建昌：《理论是什么——文学理论反思研究》，人民出版社2011年版，第52页。
[2] ［美］保罗·H.弗莱：《耶鲁大学公开课：文学理论》，吕黎译，北京联合出版公司2017年版，第2页。

第八章 | 批评论：讨论瑕瑜，别裁真伪

看 *Tony the Tow Truck*（《拖车托尼》）：

I am Tony the Tow Truck.（我是拖车托尼。）

I live in a little yellow garage.（我住在黄色的小车库里。）

I help cars that are stuck.（我帮助抛锚的小汽车。）

I tow them to my garage.（我把它们拖到我的车库。）

I like my job.（我喜欢我的工作。）

One day I am stuck.（一天我抛锚了。）

Who will help Tony the Tow Truck?（谁会帮助拖车托尼呢？）

"I cannot help you," says Neato the Car. "I don't want to get dirty."（"我不能帮你，"小汽车尼托说，"我不想被弄脏。"）

"I cannot help you." says Speedy the Car. "I am too busy."（"我不能帮你，"小汽车斯皮迪说，"我太忙了。"）

I am very sad.（我非常伤心。）

Then a little car pulls up.（这时一辆小汽车停下来了。）

It is my friend, Bumpy.（这是我的朋友班皮。）

Bumpy gives me a push.（班皮推了我一把。）

He pushes and pushes and—I'm on my way.（他推了又推，终于——我上路了。）

"Thank you, Bumpy," I call back.（"谢谢你，班皮。"我回头喊。）

"You're welcome," says Bumpy.（"不客气。"班皮说。）

Now that's what I call a friend.（我把这样的叫作朋友。）①

弗莱提示，这则配图的儿童故事每页一行，至少有三处"期待"：一是当拖车托尼自己抛锚时，"谁会帮助拖车托尼呢？"二是当尼托、斯皮迪先后拒绝托尼以后，"这时一辆小汽车停下来了"，它要干什么？肯不肯帮忙？三是班皮帮助托尼之后，作为儿童故事的《拖车托尼》道德寓意何在？——"通过这些方法，《拖车托尼》可以以一种能够阐明沃尔夫冈·伊瑟尔所谓的'阅读行为'的方式加以解读。"② 我们能够借由"期待视野""否定""先见"等接受美学和读者反应批评的视角对《拖车托尼》进行解释和评价。

拖车托尼的工作是"帮助抛锚的小汽车"，可有一天自己却抛锚了，需要别人来推自己，"这很有反讽意味，通过布鲁克斯的术语，我们可以很容易看清这种情况"。③依照新批评对语言、修辞的关注，《拖车托尼》中除了弗莱指出的"反讽"，还内含"张力"（在拖与拉、帮与不帮之间）、"悖论"（拖车托尼帮助抛锚小汽车的办法是"拖"到自己的车库，而小汽车班皮帮助抛锚的拖车托尼的办法却是"推"它上路）、"含混"（多义性，如 Neato 既是小

---

① 译文参见［美］保罗·H. 弗莱:《耶鲁大学公开课：文学理论》，吕黎译，北京联合出版公司2017年版，第52—54页。
② ［美］保罗·H. 弗莱:《耶鲁大学公开课：文学理论》，吕黎译，北京联合出版公司2017年版，第54页。
③ ［美］保罗·H. 弗莱:《耶鲁大学公开课：文学理论》，吕黎译，北京联合出版公司2017年版，第85页。

汽车尼托的名字，又指向 neat 整洁；Speedy 有高速之义，Bumpy 有颠簸之义；但 Tony 却有时兴的、昂贵的之义，显然与托尼处境不同）。Tony 之名似乎是为了与 Tow 和 Truck 形成"三个一组"。

《拖车托尼》中有很多"三个一组"的现象，例如 *Tony the Tow Truck* 中的三个"T"，托尼抛锚后先后遇到三辆小汽车尼托、斯皮迪和班尼（爱整洁的、忙碌的、热心肠的等人格化小汽车显然是"陌生化"的手法），发生了三段结构相似的对话。这种重复可通过艾亨鲍姆引用奥西普·布里克"诗歌里的重复等同于民间故事里的反复"，与弗莱未明言的普罗普《民间故事形态学》关联起来。形态学关注的是故事的形式，例如普罗普就从民间故事中依据行动功能归纳出 7 类人物[1]和 31 个功能[2]。《拖车托尼》是一种典型的"一而再，再而三"的叙事结构，托尼抛锚后一次求救不成，二次求救未果，直到第三次才成功。中国古典小说中也有诸如此类的"三顾茅庐""三打祝家庄""三打白骨精""三进大观园"[3]，等等。

如果不分行阅读《拖车托尼》，便会发现故事前半部分便以

---

[1] 例如，反面人物或加害者（这里指未施以援手者）——尼托和斯皮迪、赠予者——空缺、相助者——班皮、被寻求者——空缺抑或是抛锚的小汽车、差遣者——空缺抑或是车库老板、主人公——托尼、假主人公——空缺。
[2] 例如，"主人公遇难得救""主人公结婚并登上王位"，这类功能在不同的民间故事中反复出现，如我们熟悉的"从此王子和公主过上了幸福生活"。
[3] 就成功与否而言，"三顾茅庐""三打祝家庄""三打白骨精""三进大观园"与《拖车托尼》的第三次才成功略有不同，但也是"一而再，再而三"的结构。

"我……"开头(包括尼托和斯皮迪),最后的"我"则嵌入句子之中。弗莱提出,"在《超越快乐原则》的语境下,我们可以把这个故事重新命名为《通向成熟的颠簸(班皮)之路》"[①]。以精神分析学说验之,托尼摆脱"自恋""利己"的成长还有从"本我"到"自我"和"超我",以及由"快乐原则"走向"现实原则"("推荐的是相互尊重,却不是与整洁和繁忙相关的属性")的意味。当然,我们还可以继续发挥,尼托之整洁、斯皮迪之繁忙又是否代表了中产和白领阶层代代相传的"集体无意识"呢?《拖车托尼》还涉及拉康的"客体小a"和"大他者"概念。"对拉康而言,《拖车托尼》代表着意识退而求其次接受了客体小a",指的是托尼起初潜意识中的欲望对象本是整洁(尼托)和繁忙(斯皮迪)这两个"大他者"。[②]当尼托和斯皮迪拒绝停下帮忙时,托尼选择了并不完美(颠簸)但愿意伸出援手的班皮作为"客体小a"。

弗莱提到,《拖车托尼》是对《小火车头做到了》的改写,让原来的主人公班皮成了助人者,"班皮在《小火车头做到了》中的主体地位被托尼挪用了",这是一种"强误读"。[③]哈罗德·布

[①] [美]保罗·H.弗莱:《耶鲁大学公开课:文学理论》,吕黎译,北京联合出版公司2017年版,第181页。

[②] 拉康曾言,无意识就是"大他者"(the big Other)的语言,但"大他者"并不以实体存在。在"主体"与"他者"之间的"大他者"只是一种想象或感受中的规范、引导或制约,如在现实中并不具体存在的"有关部门"。

[③] [美]保罗·H.弗莱:《耶鲁大学公开课:文学理论》,吕黎译,北京联合出版公司2017年版,第212页。

鲁姆认为大量的前辈和经典,给后代诗人造成"影响的焦虑",导致后来者进行反抗性的阅读。在布鲁姆看来,一切阅读都是误读,所谓的"正读"只不过是相较于"强误读"而言的"弱误读"而已。

以姚斯分析接受的"理解、阐释和应用"三个环节观之,《拖车托尼》在20世纪80年代写入童书,可能蕴藏这样一个阐释和应用的用意:"在现在这种经济低迷的时期,像尼托那样有钱或者容光焕发、像斯皮迪那样自顾自忙个不停似乎是不合时宜、离题的,真正重要的是做一个对别人有帮助的人。"[1]这其实也是在回答文本如何伴随读者的接受而发生变化。

按照新历史主义认为历史由论述建构、文学与历史相互作用的观点来看,从《小火车头做到了》中的小个子帮助大块头,到《拖车托尼》中小个子之间的互相帮助,反映了历史语境变化对文学的影响,即从20世纪30年代大萧条时的强弱倒置到晚期资本主义僵局时需要的社会团结,而倘若《拖车托尼》带动了节能汽车的新潮流[2],便属于新历史主义认为的文学叙述可以影响历史了。

当然,插图中的房子会在尼托、斯皮迪拒绝帮忙时皱眉,也会在班皮帮助托尼后露出笑脸,这种设置可以跟女性主义关联:

---

[1] [美]保罗·H.弗莱:《耶鲁大学公开课:文学理论》,吕黎译,北京联合出版公司2017年版,第242页。
[2] 中产阶级原来惯用的高耗油、运动型多用途汽车,在这里指向挑剔的尼托和繁忙的斯皮迪。与之相较,班皮虽同属于机器,却更为人性化。

"家中天使这个角色也对家庭及其之外的生活做出道德评判,这些房子所做的正是这样的事,明显是在天使们的授意下皱眉和微笑的。所以,它们便是《拖车托尼》中的女人。"①女性主义对社会关系中"第二性"(作为社会性别的女性并不是天生的,而是后天由社会塑造的)的关注,也会落实到家庭、教育、社会舆论等层面。

至于《拖车托尼》中的身份、性别联想,例如说"我不想被弄脏"的尼托很可能是个高傲的白种人,说"我太忙了"的斯皮迪很可能是个惜时如金、终日奔波的专业人士,而小拖车托尼则明显是个工薪阶层。当然,斯皮迪还有可能是个赶着去接孩子的中产阶级母亲,尼托在插图中戴着蝴蝶结领结,这又是性别视角下的阐释。斯坦利·费希认为,阐释共同体生产了读者,而读者接着生产出了文本。上述身份、性别的假设和联想在阅读《拖车托尼》的过程中也发挥了作用。

我们运用大量概念、术语、范畴、命题来解释、分析、判断、评价《拖车托尼》,其实是借鉴了既有的成熟的文学理论来进行文学批评实践,属于"条文在前"的有章可循与按部就班。但还有一种情况是,我们面对的文本或现象,没有现成的理论作为解释框架,这时就要回到最基本的文学批评,通过批评实践对阅读经验进行归纳、提炼和升华。弗莱说:"《拖车托尼》向

---

① [美]保罗·H. 弗莱:《耶鲁大学公开课:文学理论》,吕黎译,北京联合出版公司2017年版,第288页。

我们展示了文本的阐释弹性有多好，我们可以把它拉向这边或那边。"①但这种"阐释弹性"有没有一个限度？"把它拉向这边或那边"会不会存在风险？这是下一部分要重点讨论的问题。

(二)"文学批评"与"文学阐释"

如果说文学理论以大量的概念、术语、范畴、命题为标志，那么文学批评则是对文学作品或文学现象的解释、分析、判断和评价。认识"文学批评"，可以先进行一番整体把握。就其性质而言，"文学批评可以视为文学理论的特定领域之一，是在文学阅读基础上对于文学现象的理性阐释和评价。这样的文学批评是科学性、艺术性和意识形态性的统一"②。就其类型而言，主要有鉴赏型、认知型、功用型、新闻逸事型，"鉴赏型批评可能被整合进认知型批评中，而这两类批评又都可能服从于功用型批评的迫切需要。同时，这三类批评尽管都有赖于媒体的传播，与新闻逸事型批评有这样或那样的复杂关联，但毕竟与新闻逸事型批评旨趣不同，存在明显的差异"③。至于具体的批评方法和常见的批评文体，前面分析《拖车托尼》时就用到了读者反应批评、新批评、形式主义、精神分析、新历史主义、女性主义，等等。古今中外的批评文体，更是样式繁多，如选本、摘句、诗

---

① [美]保罗·H. 弗莱：《耶鲁大学公开课：文学理论》，吕黎译，北京联合出版公司2017年版，第348页。
② 《文学理论》编写组编：《文学理论》，高等教育出版社2020年版，第199页。
③ 《文学理论》编写组编：《文学理论》，高等教育出版社2020年版，第214页。

格、论诗诗、诗话、评点、诗品、札记、序跋、书信、注释、语录、论文，等等。在"文学理论八论"的细读篇目中，《诗大序》《诗品序》是序跋体，《典论·论文》是古代散文式的论文体，《与杨德祖书》是书信体，《文赋》是赋体，《诗品》是诗品体且内含摘句体，《二十四诗品》是论诗诗，《文章辨体序题》是有注释意味的序题体，《读第五才子书法》是序跋体，其所属的《金圣叹批评本水浒传》运用了大量的评点体，《文心雕龙》中的《知音》《通变》《时序》属于骈文式的论文体，《四库总目提要集部叙》属于书目提要（近于札记），《诗文评的发展》则是现代白话文式的书评。

这部分重点讨论四个问题：文学批评的阐释性、文学批评的针对性、文学阐释的有效性和文学阐释的限度。文学批评的阐释性，是指人文学科的研究方法多是质性的，研究成果多是观点型的，新旧研究成果之间的关系多是通变的，其核心是对文本的阐释。这就区别于科学的量化方法、公式化的成果、范式革命的科学发展形式和对公理的探究。无论是中国古代的"诗文评"还是西方的"文学批评"，本质上都是一种阐释技术。文学批评的针对性，指的是批评作为一种实践，应当具有即时性和锋芒性，而不能一味地"折中"，但这点与接受论中倡导的"博观"并不矛盾。"务先博观""惟务折中"是指站在前人肩膀上，从思维方式上整体把握看待文学作品或现象的若干视角，防止"东向而望，不见西墙"式的偏执。但对文学批评来说，还需要在"博观"的基础上形成自己的判断。作为阐释的文学批评，既要保证其有效性，又需要区分理性、公共性的"批评"与简单化、情绪化、道德化、功利化的"骂""杠""捧"之别。作为阐释的文学批评，还有自身的阐释限度，即"文学批评"是且仅是"文学"的"批评"，而不能是"过度诠释"和"强制阐释"。

人文学科相较于自然科学往往缺少精确性。如果说自然科学是探究性的，对确定性的结果一探究竟，那么人文学科则更重视阐释性，通过阐释显现研究对象的意义和价值。由于着眼点不同，人文学科的阐释并没有唯一正确的答案。文学批评可以借鉴心理学的阐释技术而成为文艺心理学（如弗洛伊德"潜意识""俄狄浦斯情结"、阿德勒"自卑与超越"、荣格"集体无意识"），借鉴社会学、政治学、历史学、地理学、伦理学的阐释技术，而形成文学社会学（地域、家族、教育）、文学政治学（话语与权力）、文学历史学（编年）、文学地理学（系地）、文学伦理学（人与自然、社会、他人、自我之关系）等流派。文学批评可以聚焦于文学的理论性、审美性、物质性、语言性、文化性，形成文论的、文章的、文献的、文体的、文化的阐释路径：或是关注文学创作与接受、生成与流变中的规律和例外；或是关注文学作品中的"美"以及"美"与"真""善"之关系，阐释"说什么、怎么说与说得怎么样"等问题；或是从物质层面，进入文学作品的文字、音韵、训诂、考证、版本、校勘、目录、辨伪、辑佚等研究；或是从文学之为文体的语言性入手，遵循体裁、风格、语体的"一体三义"分疏，进入文体形态学、源流学、分类学和文体观念的阐释；还可以回到文学作为文化的广阔视角，关注作家的家族、师承、姻娅、社团、蒙学、科举、干谒、仕宦、交游，以及作品的出版、传播、消费；等等。

作为阐释的批评，难免会有自己的立场或先见，所以批评也就自然而然地具有一定的针对性。《四库总目提要集部叙》曾指出文坛恩怨在"诗文评"中的显现："诗文评之作，著于齐梁。观同一八病四声也，钟嵘以求誉不遂，巧致讥排。刘勰以知遇独深，继为推阐。词场恩怨，亘古如斯。冷斋（惠洪《冷斋夜话》）曲附乎豫章（黄庭坚），石林（叶梦得《石林诗话》）隐排乎元祐（欧阳修、苏轼）。党人余衅，报及文章，又其已事矣。固宜别白存之，各核其实。"① 前面讲过"圆照之象，务先博观"与"弥纶群言"的重要性，但在具体的文学批评实践中，必须要有锋芒，要旗帜鲜明，要有叶燮所说的"才胆识力"中的"胆"，才能"亮剑"，才能"剜烂苹果"；甚至要为了针对性而反对更为稳妥同时也是保守的"折中"主义。

关于此点，现代文学开端期的文学批评曾给我们树立了一个榜样。1932年，良友图书公司出版人赵家璧筹划《中国新文学大系》，旨在搜集、整理"新文化运动"和"新文学"的成果。在郑振铎看来，文学论争与理论建设同样具有意义：

> 我同郑振铎商谈时，我原来的设想是《大系》分三部分，理论、作品和史料，理论和史料各编一卷。关于理论

---

① 永瑢等：《四库全书总目》，中华书局1965年版，第1267页。

集,郑伯奇、阿英和我都认为请郑振铎编最适宜。当我把《大系》的编辑意图和组稿打算向他说明后,我就提出请他担任理论集的编选。他考虑一会儿后,认为理论部分应当分为《建设理论集》和《文学论争集》两册。前者选新文学运动发难时期的重要理论,以及稍后一个时期比较倾向于建设方面的理论文章。后者着重于当时新旧两派对文学改革上引起的论争,以及后期文学研究会和创造社之间的论争等等。①

郑振铎先生单设《文学论争集》的建议被采纳了,因为这条建议尊重了历史真实情况。

当时,从章太炎、林纾到黄侃、姚永朴、陈独秀、鲁迅,皆旗帜鲜明地互相"批评"乃至针锋相对到"骂"。②章太炎《与人论文书》骂林纾:"辞无涓选,精采杂污,而更浸润唐人小说之风。夫欲物其体势,视若蔽尘,笑若龋齿,行若曲肩,自以为妍,而只益其丑也。"③林纾《与姚永概书》骂章太炎:"庸妄巨子,剽袭汉人余唾,以拑扯为能,以钉饾为富,补缀以古子之断句,涂垩以《说文》之奇字,意境义法概置弗讲。侈言于众:'吾汉代

---

① 赵家璧:《话说〈中国新文学大系〉》,《编辑忆旧》,生活·读书·新知三联书店2008年版,第102页。
② 参见李哲:《"骂"与〈新青年〉批评话语的建构》,山东文艺出版社2015年版。
③ 上海人民出版社编:《章太炎全集·书信集(上)》,上海人民出版社2017年版,第384页。

之文也。'伧人入城，购搢绅残敝之冠服，袭之以耀其乡里，人即以搢绅目之，吾弗敢信也。"① 黄侃与姚永朴先是互骂，后又一起骂白话文："在新文学运动前，黄侃先生教骈文，上班就骂散文；姚永朴老先生教散文，上班就骂骈文。新文学运动时，他们彼此不骂了，上班都骂白话文。"② 同为章门弟子，黄侃骂钱玄同："（黄侃）在课堂里面不教书，只是骂人，尤其是对于钱玄同，开口便说钱玄同是什么东西，他那种讲义不是抄着我的呢？"③ 同为《新青年》同事，鲁迅等人骂刘半农："几乎有一年多，他没有消失掉从上海带来的才子必有'红袖添香夜读书'的艳福的思想，好容易才给我们骂掉了。"④ 这种旗帜鲜明甚至剑拔弩张的"骂"而非"折中"的合理性，或许可借当事人鲁迅的一则比喻来理解："中国人的性情总喜欢调和，折中的。譬如你说，这屋子太暗，须在这里开一个窗，大家一定不允许的。但如果你主张拆掉屋顶，他们就会来调和，愿意开窗了。没有更激烈的主张，他们总连平和的改革也不肯行。"⑤ 矫枉有时要过正，痛骂好过无声。可

---

① 《林琴南文集·畏庐续集》，中国书店1985年版，第16页。
② 杨振声：《回忆五四》，载中国科学院历史研究所第三所编：《五四运动回忆录》，中华书局1959年版，第53页。
③ 罗家伦：《北京大学与五四运动》，载王世儒、闻笛编：《我与北大——"老北大"话北大》，北京大学出版社1998年版，第304—305页。
④ 鲁迅：《忆刘半农君》，《鲁迅全集》第6卷，人民文学出版社2005年版，第74页。
⑤ 鲁迅：《无声的中国》，《鲁迅全集》第4卷，人民文学出版社2005年版，第14页。

以说，正是这种旗帜鲜明、针锋相对乃至剑拔弩张的"批评"为"新文学"和"新文化"的蓬勃开展鸣锣开道。从《新青年》到《学衡》，有文坛领袖章太炎与林纾的互骂；有教骈文的黄侃骂散文，教散文的姚永朴骂骈文，待新文学运动时又一道骂起白话文；有同门中的黄侃骂钱玄同，也有同事里的鲁迅骂刘半农，这些"骂"是文人风骨和才胆识力的鲜活表征。相较于四平八稳的"折中"与"持平"，"骂"在观念需要"开窗"和"破壁"之时，能够发挥"矫枉先须过正"的作用。虽说文学传统拒斥了情绪化的"骂"，认为"骂詈非诗"，但文学批评容纳了"骂"，因为它的即时性与针对性正是解释与评价所需的品质。借用叶燮《原诗》的"才胆识力"说来看"骂"："骂"先要有"胆"，否则只好噤声；更要有"才"和"力"，否则便只是一阵喧嚣；终究还要有"识"，唯其如此才能立得住、骂得赢。而在当下民间与专业好行"喷""捧"之际，批判性的"骂"更显珍贵。

学理性的"批评"也好，颇具文人气的"骂"也罢，都要保证阐释的有效性。文学批评可以谈私人化的理解、分析、判断、评价，可一旦进入公共领域（报刊、采访、课堂、论坛、会议等）就要遵循交流与对话的基本准则，而不能停留在单纯的发泄甚至是攻击层面。不同于私下，公开场合的文学解释、分析、判断和评价，要符合批判性思维的基本要求，需要时刻警惕自己的"批评"是否陷入简单化、情绪化、道德化和功利化的陷阱。

当然，谈到文学阐释的有效性，便需要界定其限度。因为只有在限度内，阐释才是有效的。从这种意义讲，前面提到的理性（而非过度的情绪化、印象化）、公共性（而非过度的私人性）都是限度。我们可以从不同的角度、借鉴不同的阐释技术来解释、分析、判断、评价文学作品或文学现象。这是个"仁者见仁智者见智"的过程，没有"标准答案"抑或"最优解"。例如对电影《顽主》中T台秀的阐释，就可以见仁见智：先是历时性的人物身着时装（撒传单的五四学生、穿工装裤的女工、健美运动员、手拿皮带的红卫兵、八路军士兵、解放军士兵、交通警察、街舞者、皇帝、地主和太太、包头巾的农民、《子夜》中的吴老太爷、国民党军官，等等）在T台的纵台相逢，其中不乏尖锐的冲突与对立（如红卫兵与皇帝、农民与地主、八路军和国军）；后是各色人物杂糅一体的"齐舞"（红卫兵与京剧人物，地主与农民，交通警与八路军、解放军、国民党军官的圆圈舞）；其间还穿插"不过可以透露一点，节目相当粗俗""给著名作家们每人发一个咸菜坛子""怎么一个作家也不来"等对话。这反映了当时的新旧冲突与思想碰撞，其中涉及横轴与纵轴、共时与历时、冲突与重建等多组关系，是社会层面古今中外的融合。

不同于对《拖车托尼》的文学批评，我们从不同角度阐释、分析、评价与判断《顽主》中的这段时装秀，似乎没有多少可供直接参照的理论以及现成的概念、术语、范畴、命题。这其实是文学批评（尤其是即时性的文学批评），在面对新文本、新现象时常常遇到的情况。新的文学作品（如网络文学、科幻小说）和文学现象（如有声书、文学作品的影视改编）出现伊始，很可能超出了既有文学理论和批评方法的阐释范围，导致批评者在理论的武库中一时找不到称手的兵器。这时，便需要批评者将视线从既有的理论中收回，聚焦于所面对的文本和现象，充分发挥个人的才智，调动个人的经验，经过不断探索，逐渐发现最佳观看视角和最适合言说的话题。从"研究方法是研究对象的类似物"这层意义讲，最称手的批评武器应该来自批评实践的一线锻造。这也揭示了文学批评的一般逻辑：先有具体的文学批评实践，随后才从批评实践中逐渐归纳、提炼、升华出相应的概念、术语、范畴、命题，最终形成新的有效的批评理论。我们常常认为，理论指导实践（既有的理论可作为批评的依据，如弗莱对《拖车托尼》的批评），但也不能忽视了理论来源于实践并接受实践检验的另一维度。

"文学批评"尽管可以"见仁见智"，但终究是且只是"文学"的"批评"，否则便可能受到"过度诠释""强制阐释"的批评。那么，什么是"文学"的"批评"呢？至少有以下三层含义：

一是以文学为主体为对象为中心的批评，而不能是失焦于文学、沦为其他学科佐证材料的批评，要防止"场外征用"式的"强制阐释"。"从20世纪初开始，除了形式主义及新批评理论以外，其他重要流派和学说，基本上都是借助于其他学科的理论和方法构建自己的体系，许多概念、范畴，甚至基本认知模式，都是从场外'拿来'的。这些理论本无任何文学指涉，也无任何文学意义，却被用作文学理论与批评的基本范式和方法，直接侵袭了文学理论与批评的本体意义，改变了当代文论的基本走向。"① 举例说明，借助生态主义思想反观文学进行生态批评没有问题，但能否说"采菊东篱下，悠然见南山"中蕴含了自觉的生态主义思想呢？恐怕不合适，因为陶渊明那时并没有现代意义上的生态主义。

二是富有批评者个性与温度的批评，而不是干巴巴的理论。法朗士曾言："依我看来，批评和哲学与历史一样，只是一种给深思好奇者看的小说；一切小说，精密地说起来，都是一种自传。凡是真批评家只叙述他的灵魂在杰作中的冒险。"② 这种冒险是独一无二的，而不宜千篇一律。文学批评要呈现批评者的个性，如南帆所言："批评家的独到之见决非察言观色、投机逢迎的结果，而是自己的全部学识、经验、思想、情感、人格所共同提交的结论。"③

三是本身亦应具有文学色彩的批评。沈从文先生曾言，写评论的文章本身得像篇文章。在不影响表情达意的基础上，要尽可能写得鲜活、灵动、富有文采，"尽可能避免交付给公众一个平庸无奇的文字形象"④。这便需要我们尽早从篇幅较小的札记练习，因为札记一方面有利于"训练洞察力，缩短思想过渡到文

---

① 张江：《强制阐释论》，《文学评论》2014年第6期。
② 转引自朱光潜：《谈美》，译林出版社2018年版，第39页。
③ 南帆：《文学批评手册——观念与实践》，北京师范大学出版社2011年版，第122页。
④ 南帆：《文学批评手册——观念与实践》，北京师范大学出版社2011年版，第118页。

章的距离";另一方面有助于"删除无关的枝枝蔓蔓,尽可能将自己观点中的独到之处强有力地呈现出来"。①

综上,本章围绕着三大问题,从四个方面进入"文学批评"。"释名以章义"部分,辨析作为文学术语的"批评"和日常语言中的"批评"之同异,以及中西语境中"批评"的各自含义,并在"文学四要素""文学理论八论""文学研究三板块"的有机关联中定义什么是"批评论"——文学理论中的批评论,是对读者所从事的文学解释、分析、评价、判断活动的理论性观照。"原始以表末"部分,结合《诗文评的发展》和《四库总目提要集部叙》两篇细读材料,了解"文学批评"这个外来"意念"进入中国,与本土"诗文评"传统对接的过程,通过两相对比发现"诗文评"并不能等同为"文学批评"。"选文以定篇"部分,选取《拖车托尼》作为文学批评实践的对象,运用接受美学、新批评、形式主义、精神分析、新历史主义、女性主义等既有的概念、术语、范畴和命题来解释、分析、判断与评价这本儿童故事书,以便彰显文学批评中"阐释的弹性"。"敷理以举统"部分,接续"阐释的弹性"这一话题,重点讨论了文学批评的阐释性(区别于自然科学的探究性)、文学批评的针对性(区别于"折中"主义)、文学阐释的有效性及其限度(区别于"过度阐释"和"强制阐释"),最后落脚于"'文学批评'是且仅是'文学的''批评'"

---

① 南帆:《文学批评手册——观念与实践》,北京师范大学出版社2011年版,第118页。

这个命题——文学批评应是以文学为主体为对象为中心的批评，而不能是失焦于文学、沦为其他学科佐证材料的批评；应是富有批评者个性与温度的批评，而不是干巴巴的理论；在不影响表情达意的基础上，其本身亦应具有文学色彩。

第九章
通变论：望今制奇，参古定法

批评论是对"文学批评"的理论观照，那么对"文学史"进行理论观照又会有什么新发现呢？为了给出答案，我们需要进入本章"通变论：望今制奇，参古定法"。本章分为两大板块：先通过文本对读的形式，分析《文心雕龙》中《通变》与《时序》两篇涉及的文学史理论；再将"通变"视为一种方法，亦即不只是以理论的眼光看待文学史中的通变，还要以通变的眼光看待文学理论的历史，从而为本书主体部分"文学理论八论"画上一个"变则其久，通则不乏"的句号。

一、时运交移，质文代变

谈到文学史，我们的第一印象多半是一长串经典作家及其作品与重要文学事件的阶段性有序呈现。《文心雕龙·时序》论述"蔚映十代，辞采九变"的八个段落便是如此。以第一段唐、虞、夏、商、周五代文学史为例：

> 时运交移，质文代变，古今情理，如可言乎！昔在陶唐，德盛化钧，野老吐何力之谈，郊童含不识之歌。有虞继作，政阜民暇，薰风诗于元后，烂云歌于列臣。尽其美者何？乃心乐而声泰也。至大禹敷土，九序咏功；成汤圣敬，猗欤作颂。逮姬文之德盛，《周南》勤而不怨；大王之化淳，《邠风》乐而不淫；幽厉昏而《板》《荡》怒，平王微而《黍离》哀。故知歌谣文理，与世推移，风动于上，而波震于下者。春秋以后，角战英雄，六经泥蟠，百家飙骇。方是时也，韩魏力政，燕赵任权，五蠹六虱，严于秦令，唯齐楚两国，颇有文学。齐开庄衢之第，楚广兰台之宫，孟轲宾馆，荀卿宰邑，故稷下扇其清风，兰陵郁其茂俗，邹子以谈天飞誉，驺奭以雕龙驰响，屈平联藻于日月，宋玉交彩于风云。观其艳说，则笼罩《雅》《颂》。故知炜烨之奇意，出乎纵横之诡俗也。①

文学史的构成要素有作品，如"何力之谈"②、"不识之歌"③、"薰风诗"④、《诗经》等；有作家，如传说中的野老、郊童、舜、屈原、

---

① 以下《文心雕龙》引文均据范文澜《文心雕龙注》，人民文学出版社1958年版。
② 《论衡·须颂》："吾日出而作，日入而息，凿井而饮，耕田而食，尧何等力！"
③ 《列子·仲尼》："立我蒸民，莫匪尔极，不识不知，顺帝之则。"
④ 《孔子家语·辩乐解》："南风之薰兮，可以解吾民之愠兮。南风之时兮，可以阜吾民之财兮。"

宋玉等；还有对文学发展产生重要影响的事件，如"唯齐楚两国，颇有文学。齐开庄衢之第，楚广兰台之宫"。

文学本来有自己的历史，但是"文学的历史"不能也无法等同于书写后的"文学史"，因为"文学史"书写只是对"文学的历史"的叙述。叙述是有角度的，再客观、再细致的叙述也无法精确、完整地还原历史。打个比方，如果说文学的历史是一个行走的动态过程，那么文学史便只能选取并定格若干行走的瞬间，然后装订成一本影集。"文学史著作不是'文学历史'，因此，人们应该意识到在形成书面的文学史著作之外，还有一个实际存在的文学历史，并且根据它的状况和自身需要来不断地校正自己。"[①] 不唯历史的"实然"往往如盲人摸象一般无法完整复原，历史的"应然"与"可然"也因叙述者的立场有异而形成不同的判断和表述。

大体而言，文学史的叙述至少包括三项工作。选取重要的作家、作品以及事件作为"里程碑"纳入文学的历史，是文学史叙述的第一项工作。这里的"重要"可细分为三个时态：过去时，即当时有影响；现在时，即今天有影响；将来时，即具有面向未来的文学史意义。在搜集、筛选具体文学史料（即作家、作品、事件）的基础上，文学史书写还需要同时进行文学批评的工作，即解释成因与意义、分析整体与部分，并进行评价和判断。但文学史毕竟不同于文学批评，所以文学史叙述的第三项工作

[①] 张荣翼、李松：《文学史哲学》，武汉大学出版社2014年版，第12页。

是，由围绕着某一作家、作品、事件的微观叙述不断扩大，归纳某一时段的阶段性特征，进而总结文学历史的整体规律。以《文心雕龙·时序》第二段西汉文学史为例：

> 爰至有汉，运接燔书，高祖尚武，戏儒简学，虽礼律草创，《诗》《书》未遑，然《大风》《鸿鹄》之歌，亦天纵之英作也。施及孝惠，迄于文景，经术颇兴，而辞人勿用，贾谊抑而邹枚沉，亦可知已。逮孝武崇儒，润色鸿业，礼乐争辉，辞藻竞骛：柏梁展朝宴之诗，金堤制恤民之咏；征枚乘以蒲轮，申主父以鼎食；擢公孙之对策，叹儿宽之拟奏；买臣负薪而衣锦，相如涤器而被绣；于是史迁寿王之徒，严终枚皋之属，应对固无方，篇章亦不匮，遗风余采，莫与比盛。越昭及宣，实继武绩，驰骋石渠，暇豫文会，集雕篆之轶材，发绮縠之高喻，于是王褒之伦，底禄待诏。自元暨成，降意图籍，美玉屑之谭，清金马之路，子云锐思于千首，子政雠校于六艺，亦已美矣。爰自汉室，迄至成哀，虽世渐百龄，辞人九变，而大抵所归，祖述《楚辞》，灵均余影，于是乎在。

"《大风》《鸿鹄》之歌，亦天纵之英作"属于具体的文学批评，同时也是文学史叙述的第二项工作。"爰自汉室，迄至成哀，虽世渐百龄，辞人九变，而大抵所归，祖述《楚辞》，灵均余影，于是乎在"之类的规律总结，属于文学史叙述的第三项工作。

按照类型划分，文学史有通史、断代史、专门史等不同类型。当然，以历史学观之，文学史，亦可被视为历史中以文学为对象的专门史。所以，在知晓文学史叙述的"说什么"与"怎么说"之后，我们还需要了解评价其"说得怎么样"的维度。于此，可以借鉴"史学四长"。据《旧唐书·刘子玄传》载，唐代史学家刘知几在解答"自古已来，文士多而史才少"时曾言："史才须有三长，世无其人，故史才少也。三长：谓才也，学也，识也。"[1] 其后，章学诚《文史通义》又为之增入"史德"："文史之儒，竞言才学识而不知辨心术，以议史德，乌乎可哉？"[2] 梁启超《中国历史研究法补编》指出，"史学四长"按其重要性应"先史德，次史学，又次史识，最后才说到史才"。[3] 依此顺序逐一来看："史德"至少涉及两点，一是忠于史实，二是在忠于史实的基础上，对历史中的人和事抱以"同情之理解"；"史学"主要指治史者的知识素养，最直观的显现便是史料是否齐全、有无错误；"史识"体现出史家对历史的洞察、鉴别、判断能力，其中既有具体的批评，又有整体的把握；"史才"多指驾驭文献的能力，包括剪裁与排列史料、恰当运用体裁体例以及文字表述灵活而不呆滞等方面。

这里不妨以此"史学四长"检验刘勰《文心雕龙·时序》篇的"十代文学史"：

---

[1] 刘昫等：《旧唐书》，中华书局 1975 年版，第 3173 页。
[2] 章学诚：《文史通义》，上海古籍出版社 2015 年版，第 68 页。
[3] 梁启超：《中国历史研究法》，上海古籍出版社 2011 年版，第 156 页。

自宋武爱文，文帝彬雅，秉文之德，孝武多才，英采云构。自明帝以下，文理替矣。尔其缙绅之林，霞蔚而飙起；王袁联宗以龙章，颜谢重叶以凤采，何范张沈之徒，亦不可胜也。盖闻之于世，故略举大较。

暨皇齐驭宝，运集休明：太祖以圣武膺箓，世祖以睿文纂业，文帝以贰离含章，中宗以上哲兴运，并文明自天，缉遐景祚。今圣历方兴，文思光被，海岳降神，才英秀发，驭飞龙于天衢，驾骐骥于万里，经典礼章，跨周轹汉，唐虞之文，其鼎盛乎！鸿风懿采，短笔敢陈？飏言赞时，请寄明哲。

无论是骈文体的措辞、各时段经典作家与作品的标举，还是屈宋"炜烨之奇意，出乎纵横之诡俗"，西汉"大抵所归，祖述《楚辞》，灵均余影，于是乎在"，建安"观其时文，雅好慷慨，良由世积乱离，风衰俗怨，并志深而笔长，故梗概而多气也"等阶段性批评，抑或是"时运交移，质文代变""文变染乎世情，兴废系乎时序，原始以要终，虽百世可知也"的整体判断，皆是此篇兼具"史学四长"的明证。但是，《时序》篇也有不足之处。在今天看来，刘勰于宋、齐两代文学的评价和判断有失公允。于刘宋一代，刘勰仅在列举众人之后，以"不可胜也"和"略举大较"一笔带过，与此前体例差异较大。于萧齐一代，更是言其"才英秀发""经典礼章，跨周轹汉，唐虞之文，其鼎盛乎"，有夸大或拔高之嫌。当然，如果我们报以"同情之理解"，辄可将其视为刘勰在场式批评的局限（未拉开时空距离而导致的"近视"）或"不得已"（迫于政治原因与人际关系而导致其戴上了美化的"有色眼镜"）。

接下来，我们重点谈《时序》和《通变》两篇中的"史识"，因为这是"史学四长"中与文学理论最相关的部分。作为文论家的刘勰，在具体与阶段性的文学批评基础上，总结出十代文学史"时运交移，质文代变"的整体规律。其中，《时序》篇重点谈了"时运交移"，而《通变》篇则详细论述了"质文代变"。

先看《时序》篇的"时运交移"。在刘勰看来，政治、社会、文化都会对文学产生重要的影响。"逮姬文之德盛，《周南》勤而不怨；大王之化淳，《邠风》乐而不淫；幽厉昏而《板》《荡》怒，平王微而《黍离》哀"即为周代不同时段政治对文学影响的不同表现。建安时期，相王曹操、副君曹丕、公子曹植皆爱好文学，"体貌英逸，故俊才云蒸"，此亦政治影响文学的正面例证。与此同时，"良由世积乱离，风衰俗怨，并志深而笔长，故梗概而多气也"，则属于社会风气对文学的影响。至于文化氛围，则主要表现为学术思潮对文学的影响，如曹魏后期"正始余风，篇体清澹"，两晋"自中朝贵玄，江左称盛，因谈余气，流成文体"，此时文化因素甚至超越社会因素——"是以世极迍邅，而辞意夷泰，诗必柱下之旨归，赋乃漆园之义疏"——尽管世事艰难，文章却平和超脱。紧随两晋文学史论述之后，刘勰还感慨："故知文变染乎世情，兴废系乎时序，原始以要终，虽百世可知也。"据此可知，这一总结两晋文学史"文变染乎世情，兴废系乎时序"的规律，还适用于十代乃至百世。

再看《通变》篇的"质文代变"。此篇第二段，刘勰从"九代文学史"①中总结出"质文代变"的规律：

> 是以九代咏歌，志合文则。黄歌断竹，质之至也；唐歌在昔，则广于黄世；虞歌《卿云》，则文于唐时；夏歌雕墙，缛于虞代；商周篇什，丽于夏年：至于序志述时，其揆一也。暨楚之骚文，矩式周人；汉之赋颂，影写楚世；魏之策制，顾慕汉风；晋之辞章，瞻望魏采。榷而论之，则黄唐淳而质，虞夏质而辨，商周丽而雅，楚汉侈而艳，魏晋浅而绮，宋初讹而新。从质及讹，弥近弥淡。何则？竞今疏古，风味气衰也。

常见的历史观主要有进化史观、循环史观和退化史观。以此验之，《通变》的"九代咏歌"可分成两段。第一段是由"质"到"文"的"进化"：从黄帝的"质之至"到唐尧的"广于黄世"，再到虞舜的"文于唐时"、夏禹的"缛于虞代"，直到商周的"丽于夏年"，或者说是从黄唐的"淳而质"经虞夏的"质而辨"，而臻于商周的"丽而雅"。作为转折，商周的"丽而雅"是"文"的理想状态。因为自此以后，又形成了"退化"的序列：楚"矩式

---

① 黄、唐、虞、夏、商周、楚、汉、魏、晋，与《时序》的唐、虞、夏、商、周、汉、魏、晋、宋、齐相比少了宋、齐，合并商周，而多了黄、楚。

周人"、汉"影写楚世"、魏"顾慕汉风"、晋"瞻望魏采",是一个以古为师、边回眸边前行的过程。如果说"师古说"的"退化观"还不明显,那么,从商周的"丽而雅"到楚汉的"侈而艳",再到魏晋的"浅而绮"和宋初的"讹而新",用词的价值判断便更为直观了。在刘勰看来,从黄帝"质之至"到商周"丽而雅"是一个进化的过程,从商周的"丽而雅"到魏晋的"浅而绮"和宋初的"讹而新"则是一个退化的过程,并且两者背后还隐约透露出一种物极必反的循环观。于此作一条"辅助线",还可关联到唐初陈子昂《修竹篇序》提到的"文章道弊五百年矣。汉、魏风骨,晋、宋莫传。然而有文献可征者。仆尝暇时观齐、梁间诗,彩丽竞繁,而兴寄都绝,每以永叹。思古人常恐逶迤颓靡,风雅不作,以耿耿也"[①]。此后便有了矫正齐梁"逶迤颓靡"之风的盛唐气象。

刘勰在《时序》和《通变》中给文学史以理论的把握,除了前面提及的众多"史识",还有一个突出的标志,那就是使用了若干理论性的范畴来编写文学史。前面分析了"文"与"质",此不赘述。《通变》开篇还用到"体"与"数"这对范畴:

> 夫设文之体有常,变文之数无方,何以明其然耶?凡诗赋书记,名理相因,此有常之体也;文辞气力,通变则久,此无方之数也。名理有常,体必资于故实;通变无方,数必

---

① 徐鹏校点:《陈子昂集》,中华书局1962年版,第15页。

> 酌于新声:故能骋无穷之路,饮不竭之源。

"体"是诗、赋、书、记等大致固定的体制与体式(体裁之体),是"有常"的,故要遵循规矩"资于故实";与之相较,"数"是富于变化且充满个性的文、辞、气、力,是"无方"的,因没有固定的程式,所以必须与时俱进"酌于新声"。这是站在创作论的立场看文学史,用作品论的文体观来概括,便是"定体不可常有,大体不可全无"。

除了"文"与"质"、"体"与"数"之外,刘勰在论说九代文学史之后,还提到"雅"与"俗"这对范畴:

> 今才颖之士,刻意学文,多略汉篇,师范宋集,虽古今备阅,然近附而远疏矣。夫青生于蓝,绛生于蒨,虽逾本色,不能复化。桓君山云:"予见新进丽文,美而无采;及见刘扬言辞,常辄有得。"此其验也。故练青濯绛,必归蓝蒨,矫讹翻浅,还宗经诰。斯斟酌乎质文之间,而隐括乎雅俗之际,可与言通变矣。

"雅"照应的是"商周丽而雅",与之相对,"楚汉侈而艳,魏晋浅而绮,宋初讹而新"便是"俗"。按照"雅者,正也"的训诂,雅俗之辨还涉及"奇"与"正"的问题。刘勰所言"练青濯绛,必归蓝蒨,矫讹翻浅,还宗经诰",与其"宗经"的思想一以贯之——商、周正是孕育了五经的时代,故能作为"丽而雅"

的典范。

当然,"文"与"质"、"体"与"数"、"雅"与"俗"三对范畴,都能纳入"通"与"变"的框架——"通变则久,此无方之数也""斯斟酌乎质文之间,而隐括乎雅俗之际,可与言通变矣"。"通变"语出《易·系辞下》:"穷则变,变则通,通则久。"现在说的"通变",常常用作动宾结构,指的是通晓变化,但结合《通变》的"赞曰"来看,"通变"还是并列结构——"通"指贯通,"变"指变化。验之全文,诗、赋、书、记等"有常之体"是"通",文、辞、气、力等"无方之数"是"变";"参伍因革,通变之数也","因"是"通","革"是"变";"望今制奇,参古定法"中,前半句言"变",后半句言"通"。

文学的理想状况是"通"中有"变",将"有常之体""资于故实"和"无方之数""酌于新声"结合起来,即"赞曰"所谓"望今制奇,参古定法"。

"通"是传统,除文体外,还包括《通变》第三段提到"五家如一"的意象、典故、修辞等:

> 夫夸张声貌,则汉初已极。自兹厥后,循环相因;虽轩翥出辙,而终入笼内。枚乘《七发》云:"通望兮东海,虹洞兮苍天。"相如《上林》云:"视之无端,察之无涯,日出东沼,月生西陂。"马融《广成》云:"天地虹洞,固无端涯,大明出东,月生西陂。"扬雄《校猎》云:"出入日月,天与地沓。"张衡《西京》云:"日月于是乎出入,象扶桑于濛汜。"

此并广寓极状,而五家如一。诸如此类,莫不相循,参伍因革,通变之数也。

"变"是创新,其实也不囿于文、辞、气、力。据此而言,"通"与"变"的关系还涉及T.S.艾略特一篇文章的名字——《传统与个人才能》:

> 我们在称赞一个诗人时,往往只着眼于他的作品中与别人最不同的诸方面。我们还自以为在他的作品的这些方面或这些部分找到他的独特方面,找到他的特质。我们心满意足地大谈特谈这个诗人和他的先辈、尤其是他的前一辈的不同之处;我们为了欣赏,力图找出一种可以孤立起来看的东西。反之,如果我们不抱这种偏见来研究一个诗人,我们就往往可以发现,在他的作品中,不仅其最优秀的部分,而且其最独特的部分,都可能是已故的诗人,他的先辈们所强烈显出其永垂不朽的部分。我指的不是易受影响的青年期,而是指完全成熟的时期。①

这里涉及中国文论的"用典"或西方文论的"互文"。换言之,"通变"还包括技巧层面以外的"传统与个人"抑或"才与学""性灵与格律""情性与陶染"之关系。

---

① 伍蠡甫、胡经之主编:《西方文艺理论名著选编》下册,北京大学出版社1987年版,第40页。

二、变则其久，通则不乏

有些读者可能会有疑问，既然本章谈的是文学史理论，为何不与此前的本体论、价值论、创作论、作家论、作品论、接受论、批评论保持一致命名，称作文学史论呢？这是因为，"通变"不只是文学史中的规律（"通中有变"），更是一种不限于文学史的普遍方法（"通晓变化"）。如果我们将"通变"视为一种方法，那么就可以不限于以理论的眼光看待文学史中的通变，还能够以通变的眼光看待文学理论的历史和未来。

刘勰以通变的眼光看文学史，从中归纳出"质文代变"的线索。我们以通变的眼光看文学理论，同样能得出"内外转向"的规律。20世纪被称为"批评的世纪"，其间涌现出为数众多的理论流派。上章提到那些建立在作者、作品、读者、世界等不同维度上的文学理论，其实本是充满论辩性的历时性生成，只是随着20世纪80年代的对外开放而密集涌入，最终汇聚在文论史中显现为共时性的存在。在精神分析、形式主义、新批评、结构主义、解构主义、接受美学与读者反应批评、女性主义、新历史主义、后殖民主义等名号背后，有没有整体性的规律可以把握呢？

有。大致线索是，从起初的作家中心（历史主义和实证批评，将作品意义的解释权诉诸作者，20世纪伊始的精神分析亦可归入此类）到作品中心（以文本、语言作为意义的归宿，甚至排除作者对文本的掌控，如形式主义、新批评、结构主义、解构主义），再到读者中心（接受美学与读者反应批评区分了文本与作品，认为作品意义的生成需要而且完成于读者的参与），再到世界中心（将影响阐释的性别、种族、历史叙述等因素纳入讨论范围，遂有女性主义、新历史主义、后殖民主义，等等）。

从作家中心到文本中心是一种"向内转"，如韦勒克、沃伦的《文学理论》就主张以"文学的××（谐音、节奏、格律，文体，意象、隐喻、象征、神话）"等"内部研究"取代"文学和××（传记、心理学、社会、思想、其他艺术）"式的"外部研究"。但此后，文本中心或形式主义文论的弊端逐渐暴露，又开始呈现出"向外转"的趋势。希利斯·米勒曾描述了这一转向：

> 事实上，自1979年以来，文学研究的兴趣中心已发生了大规模转移：从对文学作修辞学式的"内部"研究，转为研究文学的"外部"联系，确定它在心理学、历史或社会学背景中的位置。换言之，文学研究的兴趣已由解读（即集中注意研究语言本身及其性质和能力）转移到各种形式的阐释学解释上（即注意语言同上帝、自然、社会、历史等被看作是语言之外的事物的关系）。①

---

① ［美］希利斯·米勒：《文学理论在今天的功能》，载［美］拉尔夫·科恩主编：《文学理论的未来》，程锡麟等译，中国社会科学出版社1993年版，第121—122页。

以思想史观之,"向内转"与"向外转"的背后是"认识论转向""语言论转向""文化研究转向"的大背景。在认识世界的进程中,人们逐渐发现了认识活动中主体的作用,即笛卡尔所言"我思故我在"。经此转向,哲学探讨的重点开始由关于世界的形而上学问题(本体论)转向人自身的理性认识问题(认识论)。此后,语言在思维中的重要性逐渐显现。人们逐渐发现不是"人说话"(言语)而是"话说人"(语言)。语言影响人对世界的认识,故有发轫于索绪尔的"语言学转向"。待到"文化研究"兴起,研究者则力图呈现围绕文学的多重关系,将"文学"置入"文化"的广阔视野,而"文化"从"以文化之"(在各个方面将人与动物区别开来)的意义上讲,则是日常生活方式的总和。

中西的"内外转向"有个时间差,正好形成错位。于中国文论而言,20世纪初梁启超"小说界革命"、胡适"白话文运动"是有感于清代朴学陷入故纸堆后的"向外转",此后不断强调政治、阶级、意识形态与文学的关系,终成20世纪六七十年代的庸俗社会学。进入20世纪80年代,有鉴于庸俗社会学的僵化,中国文论引入形式主义、新批评、结构主义等方法聚焦于"文学理论"的"文学性"。可以说,中国文论的"内—外—内"与西方文论的"外—内—外"恰好错位:

20世纪初,中国文论受包括历史主义在内的西方文论影响而"向外转",哪里知道,西方文论正在悄然酝酿着"向内转"。中国文论绵延了半个世纪的"向外转",最终酿成庸俗社会学的猎获。当忙于"向外转"的中国文论家终于发现西方的同行们一直在忙于"向内转"的时候，已经是20世纪七八十年代了。我来了，你却走了。其实，20世纪七八十年代，西方文论的"向内转"已接近尾声，在形形色色"后……主义"旗帜下的"向外转"已开始启动；而这个时候，中国文论的"向内转"才刚刚开始。而正是这个时候，也就是希利斯·米勒所说的"1979年"，严肃而认真地"向内转"的中国文论家，却惊讶而沮丧地发现了西方同行新一轮的"向外转"。唉，我来了，你又走了。①

《文心雕龙·通变》"赞曰"有言："文律运周，日新其业。变则其久，通则不乏。趋时必果，乘机无怯。望今制奇，参古定法。"这一章的最后，我们不妨以"通变"的视角，回顾本书的主体部分"文学理论八论"：

在本体论"文学是什么"这个问题上，我们主张文学本体论既要留意找寻文学的"共相"，又不应忽视文学的历史性和建构性；

在价值论"文学有何用"这个问题上，我们主张文学价值论在关注文学"有所为"的基础上，不要忽视了文学的"有所不为"；

在创作论"作品如何从无到有"这个问题上，我们主张文

---

① 李建中、李小兰：《批评文体论纲》，武汉大学出版社2013年版，第24页。

学创作论除了关注作为生命体的"作者",还应重视作为文体的"话语机器";

在作家论"怎样认识和评价作家"这个问题上,我们认为作家论中的"作者"不应是独立自足的存在,而是作品的作者(of)、对于读者而言的作者(to)和世界中的作者(in);

在作品论"如何在传统中解读作品"这个问题上,我们以"人之体"类比"文之体",通过风格与体裁两个维度,得出"定体不可常有,大体不可全无"的认识;

在接受论"怎样看待读者的阅读、理解、欣赏"这个问题上,我们区分了实践层面"接受的具体性"与理论层面"接受的规律性",并将其落脚于个人阅读这个最基础的环节;

在批评论"如何有效进行解释、分析、判断、评价"这个问题上,我们辨析了文学批评的阐释性(区别于自然科学的探究性)、文学批评的针对性(区别于"折中"主义)、文学阐释的有效性及其限度(区别于"过度阐释"和"强制阐释"),最后归为"'文学批评'是且仅是'文学的''批评'"这个命题;

在通变论"如何理性把握文学史的继承与创新"这个问题上,我们不光以史学的眼光看待文学史,发现文学史中的通变规律,还以通变为方法,以通变的眼光看待文学理论,从而为本书主体部分"文学理论八论"画上一个"变则其久,通则不乏"的句号。

这些补充,虽属于主流文学理论(或曰"文学理论主体")以外的边缘部分,却有助于我们在学习文学理论的过程中保持必要的怀疑与反思。这种必要的怀疑与反思,正是"通识教育"与"经典导引"的题中应有之义。相信细心的读者能够发现,我们的导引既有"通"的常识,又有"变"的新知——虽然"四要素""八论"的框架源自西方,九章十四篇细读文献取自中国,但导引的内容却是"不限古今"与"无问西东"。

结　语
攻玉与伐柯

　　刘若愚《中国文学理论》由美国芝加哥大学出版社于1975年出版后，便受到国内外学界的关注。《现代语言杂志》刊载J. L. 弗罗特的评论，认为《中国文学理论》"于各种语言中，可以说是首屈一指之作。其内容极为丰富，必将受到研究中国及比较文学的学者们的热烈欢迎"；D. E. 波拉德亦在《时代文学》撰文评价，认为该书"所展示的图表及作者的远见卓识，必将成为今后文学理论研究界所共同瞩目的杰作"。①确如所料，宇文所安、周策纵（Chow Tse-tsung）、王靖献（C. H. Wang）、沃尔斯（Jan W. Walls）、林培瑞（Perry Link）、佛克马（D. W. Fokkema）等海外中国诗学、汉学与比较诗学研究者纷纷撰文评述该书。②随着中译本相继出版，国内《读书》《中华读书报》等报刊也对该书进

---

① 参见［美］刘若愚：《中国的文学理论》，赵帆声、王振铎、王庆祥、袁若娟译，中州古籍出版社1986年版，目录前介绍页。
② 书评目录参见邱霞：《中西比较视域下的刘若愚及其研究》，知识产权出版社2012年版，第294—296页。

行推介。例如，乐黛云在《比较文学的名与实》中称赞"《中国文学理论》可以说是在世界文学背景上研究中国文学理论的集大成的著作"，认为该书"既用西方文学理论整理和解释了中国传统文学理论，又用中国传统文学理论丰富了世界文学理论的宝藏"。[①]程亚林《让父亲与父亲比》认为该书的学术史意义在于，一方面"宣布了以西方文论为模式来解析中国文论并在这个基础上进行中西比较的'欧洲中心论'的谬误"，另一方面"自立一个格局来评估中国文论的成果"。[②]当然，也有很多学者在研读《中国文学理论》后，指出其破碎、偏颇、龃龉、隔阂、削足适履乃至以概念替代历史之处。尽管有些学者不赞同刘若愚的观点，"但是没有人否认，阅读《中国文学理论》的过程，能够激发出思想的火花，获得有益的启示"[③]。可以说，刘若愚《中国文学理论》在借鉴西方文学理论，梳理中国传统文学理论知识体系与话语体系方面具有开创性意义。

国内已出版《中国文学理论》汉译本四种[④]，但尚未有《中国文学理论》的导读类专书。对《中国文学理论》的介绍，仅在刘若愚研究或学术史著作的部分章节中有所涉及。詹杭伦《刘若愚——融合中西诗学之路》（文津出版社，2005）分章介绍刘若

---

① 乐黛云：《比较文学的名与实》，《读书》1985年第10期。
② 程亚林：《让父亲与父亲比》，《读书》1988年第4期。
③ 郭鹏：《中国古代文论能够融会到世界性文论中去吗？》，《中华读书报》2006年6月21日《书评周刊》。
④ 详见本书《绪论》第一部分。

愚的生平及其八部著作，其中第七章《中国文论的系统化》述评了《中国文学理论》中的形上理论、决定理论、技巧理论、表现理论、审美理论、实用理论，并提出"'审美理论'宜改称'接受理论'""'模仿理论'和'客观理论'的增列"等建议。陈水云主编《中国文学批评史学术档案》（武汉大学出版社，2012）将《中国文学理论·导论》列入存目，从作者、学术背景、内容简介及评述、作者著述情况等四个方面介绍了这篇《导论》的批评史意义。邱霞《中西比较视域下的刘若愚及其研究》（知识产权出版社，2012）和纪燕《刘若愚跨文化诗学思想研究》（中国社会科学出版社，2017），分别在《大刀阔斧——中国古代诗学六大类别》一节和《刘若愚跨文化诗学理论体系的建构》一节介绍《中国文学理论》的背景、内容及争议。相较于学术研究的不断深入，国内尚缺一本兼顾专业群体和大众读者需求的《中国文学理论》文本导读类著作。在《中国文学理论》中译本问世四十余年后，有必要以经典导引的形式，向国内读者全面介绍这部 20 世纪文论经典的知识来源、研究方法、理论体系、学术贡献与历史局限。

本书便是对刘若愚《中国文学理论》的导读，但与一般意义上的内容导读有所不同，旨在引导读者由《中国文学理论》领会"中国的文学理论"。题名《借石攻玉》，有两层含义：一是刘若愚借鉴艾布拉姆斯"四要素"分析图示，重构"宇宙 ⇌ 作家 ⇌ 作品 ⇌ 读者 ⇌ 宇宙"的环形四元框架，用以解诠《诗大序》《典论·论文》《文赋》《文心雕龙》《二十四诗品》等"诗文评"段落中的形上论、决定论、表现论、技巧论、审美论、实用论。二是本书在刘若愚四元框架与六种理论的基础上，导读《诗大序》《典论·论文》《与杨德祖书》《文赋》《文心雕龙》《诗品》《二十四诗品》《文章辨体序题》《读第五才子书法》《四库总目提要集部叙》等经典篇章，借由"在心为志，发言为诗""立功立言，所庶几也""放言遣辞，良多变矣""诗之为技，较尔可知""定体则无，大体须有""文情难鉴，谁曰易分""讨论瑕瑜，别裁真伪""望今制奇，参古定法"等经典命题，重审中国文学理论的八个维度，即本体论、价值论、创作论、作家论、作品论、接受论、批评论与通变论。

法国汉学家于连（François Julien）在接受专访时曾呼吁："在世纪转折之际，中国知识界要做的应该是站在中西交汇的高度，用中国概念重新诠释中国思想传统。如果不做这一工作，下一世纪中国思想传统将为西方概念所淹没，成为西方思想的附庸。如果没有人的主动争取，这样一个阶段是不会自动到来的。中国人被动接受西方思想并向西方传播自己的思想经历了一个世纪，这个历史时期现在应该可以结束了。"[1] 在如何"向西方传播自己的思想"这个论题上，以汉语为母语又以英语写作的刘若愚，同以英语为母语但同样研究中国文学思想的宇文所安，取径截然不同，甚至有些针锋相对：

一个批评家的见解可能散见于本书不同的章节。纵非所

---

[1] ［法］于连：《新世纪对中国文化的挑战》，《二十一世纪》1999年4月号。

愿，实难避免，否则，或是以年代次序讨论所有批评家，而写成一部编年纪或搜集一些批评文萃加以翻译，串以事实的叙述与流水账式的评论，或是耽溺于蒙昧主义（obscurantism），甚至走火入魔（mumbo jumbo），堆砌野狐禅（zen-my）（若非野人头 zany）的话语，以便使"神秘的东方"与"不可测的中国人"这种神话永传下去。①

　　"观念史"的研究方法不无优势，但它容易忽视观念在具体文本之中是如何运作的。《读本》不希望把批评著作处理为观念的容器，它试图展现思想文本的本来面目：各种观念不过是文本运动的若干点，不断处在修改、变化之中，它们绝不会一劳永逸地被纯化为稳定的、可以被摘录的"观念"。这种视文本为思想过程的观点可能有点让人伤脑筋，因为我们再也无法像抓一个对象那样把它"抓"住了；可是，这样一来，一度被僵化的文本却突然间活动起来。而且，文本中那些看似多余的部分，也就是那些无法被批评文选摘录的部分，也变得有意义了、重要了。②

在观念的连贯性、简明性（暗藏简单化的风险）与文本的整体性、多样性（容易走向烦冗或神秘）之间，我们可以沿着海外华人、

---

① ［美］刘若愚：《中国文学理论》，杜国清译，江苏教育出版社 2006 年版，第 18 页。
② ［美］宇文所安：《中国文学思想读本：原典·英译·解说》，王柏华、陶庆梅译，生活·读书·新知三联书店 2019 年版，《中译本前言》第 3—4 页。

跨语际批评家刘若愚开创的"层次—阶段—语段"的文论关键词研究语义空间定位法，尽可能地变过犹不及为适可而止。换言之，我们可以兼采"理论"与"读本"两种范式之长，进一步地"借石攻玉"与"操斧伐柯"：一是不囿于语段中的关键词，回归中国文论经典的篇章语境；二是不限于书中"六论"，补充刘若愚未及就而今日不可无者；三是不困于西式话语，提炼标识性的中国文学理论经典命题。

《诗经·小雅·鹤鸣》云："他山之石，可以攻玉。"本书遵循刘若愚原著理念，注重"中国的"而非"在中国的"文学理论，立足中国传统文论经典，借鉴西方文学理论体系，结合当下文学作品和文学现象，呈现中国文学理论本土话语的效力与魅力。在刘若愚《中国文学理论》与通行的文学概论类教材基础上，本书有所通变，其基本原则是围绕"文学理论八论"的核心论题，择取中国文论的经典文本，简要概述某一论的基本内容，而详细补充既有理论、常见论述的未竟之义。有学者指出，《中国文学理论》之所以毁誉并存，"根本原因不在于刘若愚写不出一部选段、翻译再加阐释的著作，而是由于他超前地追求向英语读者展示中国古代文论的潜在体系及其与西方相似理论之间的异同之处"[①]。随着中国文论与比较诗学研究的不断深入，此前学界对该书的批评，诸如"或是追问'技巧论'是否可作为一种与

---

① 邱霞：《中西比较视域下的刘若愚及其研究》，知识产权出版社2012年版，第262页。

'形上论''表现论'等对等意义上的理论;或是表示某一艺术阶段中的两个类别实际上可以归为同类;又或者对该书未能对自己提到的每一派文学理论都像对待'形上理论'那样充分展开而表示惋惜,认为总的说来例证依然太少,论述过于简略"[1]等遗憾,可以依靠更为完整的理论框架(今日通行的"可能的世界性的文学理论")、篇章分析("不打破鸡蛋"的文论元典篇章式阅读)及其话语标识(从"在心为志,发言为诗"到"望今制奇,参古定法"的中国文论经典命题)来弥补。

《诗经·豳风·伐柯》云:"伐柯伐柯,其则不远。"作为当之无愧的西方现代批评经典,刘若愚《中国文学理论》曾给予国内外学者诸多有益的启示。于国内学者而言,《中国文学理论》"极大地丰富了中国文论研究的可能性,扩展了构建中国古代文论体系的视野,创造出理解与阐释中国文学思想的系统理论"[2]。就国外学界而论,《中国文学理论》不但适逢其时"使西方对中国诗论的研究达到了一个新的水平"[3],而且时过境迁之后,"由于这本书的出现,西洋学者今后不能不将中国的文学理论也一并加以考虑,否则将不能谈论普遍的文学理论(universal theory of literature)或文学(literature),而只能谈论各别或各国的文学

---

[1] 邱霞:《中西比较视域下的刘若愚及其研究》,知识产权出版社2012年版,第170—171页。
[2] 李凤亮等:《移动的诗学:中国古典文论现代观照的海外视野》,暨南大学出版社2012年版,第21页。
[3] 周:《美国刘若愚教授逝世》,《外国文学》1986年第7期。

(literatures)和批评(criticisms)而已"[①]的预言也已应验。在中西互鉴的层面,"可以说作者用现代的、理性的眼光,清理了解释了中国传统的具有感性直觉特点的文论,又反过来用中国传统文论丰富了充实了世界文学的理论"[②]。作为21世纪的读者,我们在以经典为准则、规范或榜样的基础上,不宜墨守成规,一味地"照着说",而应会通适变,敢于"接着说"乃至"反着说"。陆机《文赋》开篇曾云:"至于操斧伐柯,虽取则不远;若夫随手之变,良难以辞逮。"以此观之,"操斧伐柯"固然重要,但若要斧头称手,恐怕还离不开落实到个人的"随手之变"与切身体会。正如罗伯特·伊戈尔斯通所言:"了解水的化学构成,与了解在一场突降的夏日暴风雨中淋透衣衫的感觉,不可同日而语。"[③]

由是之故,本书最后附录2020年至2022年导引课上学员的"接着说"乃至"反着说"。在学习有关"文学/理论是什么""文学/理论有什么用"以及"文学理论的未来"等种种经典论说基础上,我们至少应有一个属于自己的答案!

[①] 杜国清:《中国文学理论·译者后记》,江苏教育出版社2006年版,第261页。
[②] 田守真、饶曙光:《中国的文学理论·译者前言》,四川人民出版社1987年版,第2页。
[③] [英]罗伯特·伊戈尔斯通:《文学为什么重要》,修佳明译,北京大学出版社2020年版,第18页。

附　录

一、文学伴我同行：2020年导引课程建设

【缘起】在"文学是什么"以及"文学有什么用"这个问题上，我们或许无法给出一个令所有人都满意的答案，但至少应有一个属于自己的答案。那么，就谈谈你对"文学是什么"或"文学有什么用"的理解吧。请将自己的理解提炼为一个命题（如"诗是强烈感情的自然流露""文学作为对抗黑暗之光""诗可以兴观群怨"等）。

文学是创造新世界的契机（戴洁）
文学是一片汪洋的海，如果语言是这片海里的水滴（高东宇）
文学为生活提供平行世界（陈镜好）
文学拓展了人生的边界（田疏墨）

文学是使人进步的阶梯（牟虹燊）

文学是内心感受的文字表达（王茹煦）

文学是从人类内部世界（情感与深思）出发的，受到美的规范的文字艺术（郭宇翱）

文学是灵性世界中的另一种人生（何滢）

文学是药（何安淇）

文学就该是无用的（李媚）

文学——无形中引领人类成长的光（黄秀慧）

文学是一种情怀以及一种智慧（黄志强）

小说可以让人反思（李柔贤）

文学是人类伟大思想的表述与传承（欧阳冰清）

文学作为自我的一场旅行（余书瑞）

情感是诗的起点（左贤骏）

诗是寻求共鸣的消极手段（翟东伟）

文学使看不见的东西被看见（刘奕妍）

小说是体验的艺术（左涵）

文学是改变我们生活的一缕阳光（孟华溢）

文学——自由化的社会风貌与作者心境的定格（程婷）

文学是一面镜子（费雨晴）

文学是表达、感受与共鸣（郑宇）

文学：向灵魂深处溯游（李星）

文学是鲜活的变化的（李梦杰）

文学留住了转瞬即逝的情感（吴佳怡）

文学是认识世界的一种方式和结果，是世界的组成部分（魏子超）

文学是保持清醒的良方（李思贤）

文学是宣泄情感的通道（向玉立）

文学是情感的流露和共鸣（樊晏楚）

"诗可以兴观群怨"（胡嘉雯）

文学是消磨时光的最好安排（吴凯莉）

文学是容器（周冰阳）

文学让我们真正理解世界（钟宇晴）

文学是生命应该承受之轻（陈玮）

文学是感性，是人类作为一个生命个体对世界所感所思的体现（裴俊雯）

文学是情感的容器（朱宸嘉）

文学是强烈感情的自然流露（褚昱）

文学是独立于现实的一块净土（李文君）

文学是"旗"（王秉楠）

文学是以美的形式承载的人类的想象和经验（贾静晗）

文学是人类精神世界的漫天繁星（李鉴洁）

文学是有温度的恒久记忆（管梓彤）

文学是一座随身携带的避难所（江欣然）

文学可以作为人的精神之光照亮前行的道路（王思颖）

文学是贩卖希望（晏丽媛）

文学是表达感情的窗口（程培燕）

文学是通过揭示世界和人性多样可能性来实现个人对世界的认识的方式（覃小蔚）

文学可渡尽三千寒鸦（陆永迅）

文学是以意逆志与知人论世的结合（岳璐）

文学是我看见这个世界的眼睛（赵梦瑶）

文学是感情的互通（黄苏秀）

文学是内心世界和外界的桥梁（张霞）

文学是由热情与目的驱使的游戏（李一）

文学是个人情感的载体（刘恺暄）

文学既带人逃离现实，又让人面对现实（曹焱）

"诗是强烈感情的自然流露"（李景怡）

文学是客观世界的主观映像（刘梦瑶）

文学可以给予作者和读者启发（李仔惠）

文学是审美和思考的动态曲线（谭云娟）

文学是一种自我救赎（柴懿雯）

文学是情绪表达的窗口（齐小涵）

文学达则经世致用，穷则寄情山水（蔡在吉）

文学之用，存乎一心（赵天畅）

文学是药（张步蟾）

文学是通过文字让人感知到美的艺术作品，文学的最大价值是审美价值（赵文萱）

文学是人类精神的避难所（刘宇璇）

文学可以指导现实（陈家玮）

文学是一面破碎的镜子（韩广天）

文学是"无用之用"（苏冰晶）

文学是为了帮助人们更好地活着（刘羽茜）

文学是私人的东西（雷江南）

文学的精神在于打动心灵（何昕）

文学是内心情感的外化（黄宇昕）

文学是作家对现实的一种加工和再创造活动（刘夏怡）

文学从荒原中走过（张娟）

文学是生活中的趣味（李家瑜）

文学是情感和现实的交汇（袁蕴旭）

文学是自发形成的个人内心世界与外界沟通的语言艺术性过程（邓一凡）

"诗可以兴观群怨"（骆蕾）

文学是一片神秘的森林（栾嘉澍）

文学——另一个世界（种梦萱）

文学是对于人生的审美性观照（赖俊岐）

文学是未来记忆的永恒意象（曹家明）

文学是为了让人们在阅读过程中获得长久的自由（明雨淏）

文学是情感或思想的具有美感的文字表达和唤起（余程琳）

文学是对可能存在的自由的无限期望（赵姝卉）

不再边缘化的文学将爱渗透每一个边缘的罅隙（木·斯琴塔娜）

文学是观照现实的一个窗口（肖雅兰）

"文学是强烈的情感的流露"（李俊慧）

文学是"苦难人生的节日"（李欣竹）

文学是灵魂与生活的深层对话（鲁冠齐）

文学是反抗和死亡（邹思诺）

文学是《城市之光》（唐融婕）

文学作品是作家的情感表达（胡雅倩）

文学是情感的必需品与调味剂（付天锦）

文学是对抗恐惧的自我救赎（梁佳仪）

文学可以使人成为有思想的"芦苇"（常相宜）

文学是一种构建世界的方式（叶佳钰）

文学是虚假的现实、真实的内心（乐静瑶）

文学是人类社会、个人生活的反映形式、特殊载体（张雅雯）

"在心为志，发言为诗"——文学的作用（赵恩宁）

文学可以折射现实图景（张滢）

文学是内在感受与外在世界交叠的重合部分（周东炜）

文学是人与人、人与世界连接的桥梁（黄士钰）

文学是美的感受（于鑫杰）

文学是读者对作者世界的感悟与理解（黄丹柳）

文学是自由思想的表达场所（於珺）

文学是一座各种颜色都很明晰的花园（蒯逸超）

文学是生命的礼物（单子涵）

文学是打开世界的钥匙（胡鑫桥）

文学让人富有想象力（冷寅翼）

文学是对人性的反思（包梓新）

文学是一种表达情感的艺术（沈梦昀）

文学是情感的自然流露，是对世界的模仿，是一种独立的美感（刘雯）

文学像一个迷宫（甘京）

文学——无用之大用（袁萌）

文学是一种自我解读（蓝洁婷）

文学是心灵栖息之所（孙霁月）

文学是了解世界的通道（赵永欣红）

文学是表现不可表现之物的一种方式（丁雄）

文学是作者回答世界所有对于自己问题的答案（燕焕奇）

文学：退避之所（吴金银）

"诗是强烈感情的自然流露"（黎盼盼）

文学是"人"的思想与情感结晶（刘源）

文学既是柴米油盐酱醋茶，也是风花雪月的消遣（彭景松）

玫瑰无因由，花开即花开——文学"无用"（黄睿哲）

文学可以在满足自己的同时打动他人（梁淑惠）

文学的本质就应该是对"生活的摹仿"（许桐睿）

文学——情感体验之路（支馨悦）

"诗是甜美而有用的"（彭志豪）

文学可以抚慰人心（李诗桦）

文学可以慰藉心灵，给予人们前行的精神力量（冯钰亭）

文学有何用——让我们避免沦为"野人"与"暴民"（尹

湘湘）

　　文学作为一种美和对美的追求（赵诗雨）

　　文学是情感的生动表达（万坤）

　　文学是使心灵宁静的温柔乡（马瑞林）

　　文学是现实生活的一面镜子（沈凌潇）

　　文学是最真实的表达（郑涵齐）

　　文学是宣泄之口与沟通之桥（林文婷）

　　文学是一种以审美为追求目标，语言具有陌生化、联想义的艺术形式（代安娜）

　　诗是强烈感情的自然流露（邱宇航）

　　文学作为认知之灯（胡宇慧）

　　诗是灵感与制造的结合（杨靖辰）

　　诗歌是心灵的栖息地（杨丹）

　　文学将难以宣之于口的落之于字里行间（文湘怡）

　　文学是人类进步的阶梯（雷宇航）

　　文学是生命的延展（任思宇）

　　文学是包裹苦涩的糖衣（梅之语）

　　文学是心灵情感的外化表现，是慰藉心灵的火光（凌敬丹）

　　文学是一种仿生，仿自然的同时让这个世界变得更加鲜活（李悦）

　　文学是灾难中精神的慰藉（胡艺腾）

　　文学是人类个体或群体情感的审美性表达（蔡起莹）

　　文学是无用，但自由（王彩虹）

文学是一种情感的流露,一种思维的展现(杨怡帆)

诗文可以怡人心扉(尚晓)

文学是理想自由的灯塔(贺文斌)

文学是思想与情感在语言层面上的外化表现(陈芊雨)

文学是真善美的代名词(江源)

文学是人类反映世界的镜子(徐绍洋)

文学是生活的文学,是生活的写照(陈锦萱)

文学以感知人性的无限可能(王雅戬)

二流的文学是镜子,一流的文学是灯(王聪源)

文学是作者和世界表现(向璐瑶)

文学是审美的体验(余音)

文学是个人感情的抒发和现实生活的投影(周梦垚)

文学是人心灵的慰藉之所(黄履峰)

文学就是我头顶的星空(高星宇)

文学带你走进自己走回内心(程婧一)

文学是对精神的呼应和表达(吴梦凡)

"诗是强烈感情的自然流露"(陈美伊)

文学是感情之外在流露(刘敏)

文以述情(张子涵)

文学会指引光明之路(褚宇轩)

二、理论及其不满：2021年导引课程建设

【缘起】"理论"是本课程的关键词。它能带来"柳暗花明"的欣喜，也常令人陷入"山重水复"的沮丧。作为入门者，我们既要学习具体的理论，更应从整体上把握理论的实质与功能，为之"祛魅"。乔纳森·卡勒认为："理论的主要效果是批评'常识'，即对于意义、写作、文学、经验的常识。"本书认为："理论"（Theory）通过对实践、经验、常识的反思与体系化，为使用者提供可资借鉴的有效视角（to view）。在"理论是什么"以及"理论有什么用"这个问题上，我们或许无法给出一个令所有人都满意的答案，但至少应有一个属于自己的答案。那么，就谈谈你对"理论是什么"或"理论有什么用"的理解吧。请将自己的理解提炼为一个命题（如"理论的主要效果是批评'常识'""理论是一种有效的视角"等）。

理论是一种令人鼓舞的阻碍（徐祖航）
理论是对知识的体系化整理（詹心远）
理论照亮前行的路（文乙）
理论是批评的方法论（杜韵）
理论是自觉的内省（刘一零）
理论是知识碎片的整合加工器（李一帆）

理论是现实在头脑中的理性反映（张家诚）

理论，逆子"实践"之父（徐天一）

理论是来自于实践和经验又反馈给它们的中转站（李晓晴）

理论是凝练的精华（杨静姝）

理论是一种经提炼的思维指导方法（陈苏蓉）

理论——初级者的钥匙（庄承志）

理论是一种切入文学的视角（李晓晗）

理论是对新知识的提炼，对旧知识的阐释，从而让知识系统化（张芷茵）

理论是门（杨倩茹）

理论的主要效果是一只达成认识与期待的右手（徐茜）

理论是一把打开文学本质之门的钥匙（王一鸣）

理论是一种系统化的把握（曹佳）

理论是姿态万千的魔方（覃奕霖）

理论是思索的先锋（饶文华）

理论是对现象、事件的理性观照（张文芳）

理论是剖析与创作的有效路径（喻果儿）

理论是时间与我的交织（杨士杰）

理论是模具（石志颖）

理论是认识的工具（罗曼）

理论是抽象的总结和对具体的指导（彭凯）

理论是沟通在具体和抽象之间的桥梁（盛子珊）

理论是实践的抽象化（贡雪骞）

理论的效果是让我们发现隐含的联系（汪珂）

理论是假设层面的共识（魏文静）

理论是巨人的肩膀（曹梦蝶）

理论是一种可供借鉴的范式，理论的主要效果是寻找动态的共相（乔荣融）

理论是一种看待的方式（杨欣玥）

理论赋予我们学科视角（黄潇涵）

理论是理性和逻辑的产物，它能给具体的阅读以指导（徐若骐）

理论的出现使得对文学的研究有了一个较为规范的体系（刘阿龙）

理论是一扇观照思想的窗（卢金梅）

理论让我们走出杂芜的现实（崔东元）

理论的作用在于指导实践（钟一鸣）

理论是一种有效的视角（韩浩）

理论是体系化了的假设（吴思媛）

理论能为实践提供参照（龚洁萱）

理论是无形的网（郭鑫玮）

理论是一本越读越厚，永无止境的工具书（徐睿楚）

理论是系统品鉴文学的入门指导（张嘉奕）

理论是一种"气质"的综合体现（妥思娜）

理论是一把打开世界大门的钥匙（谷明蔚）

理论让人透过现象看本质（王雅兰）

理论是面对珍馐盛宴时的餐具（张雪）

理论可以解放被传统束缚的思想（崔冉）

理论是常识经过挑选与概括的产物（赵星语）

理论可以激发质疑与探索（牛雅迪）

理论是学习的入门老师（冯琳）

理论是一种有效的视角（刘小萱）

理论是一种既有的观察标准（郑佳琪）

理论是对事物骨干的抽离与凝练（赵璐）

理论是实践活动的一种对照（刚亦柔）

理论能够培养我们的"力"和"识"（惠丹丹）

理论是一种不断丰富和发展的研究工具（余涛）

理论是一面镜子（姚嘉嘉）

理论是曲径通幽之道（蹇丹）

理论是来源于实践的假设，并在实践中被赋予权威性（牟郅辉）

理论是植根于现象土壤的树（林之伦）

理论是连接的桥梁（李橙）

理论促进思维之花的绽放（宋宇涵）

理论是点的集合（田咪）

理论是剑（刘莎）

理论是阁楼里的天窗（陈晶）

理论是大箱子，因为既可以放进去，也可以拿出来（郑秋菊）

理论是一种高效的工具（瞿依晗）

理论是用来指导实践的（阳骏）

理论可以指导实践（徐玉婷）

理论是观察世界的万花筒（贾文静）

理论是一种引导与规范（兰静文）

理论是从实践中来、到实践中去、为实践所不断完善的方法论（王融秋）

理论是登高博见（陈佳慧）

理论的主要效果是提供类型化分析文学作品的方法（张世琪）

理论的主要功用是拓展认知（靳雨欣）

理论为实践提供指导（王瑜琛）

理论是实践的影（高晶）

理论是指导具体实践的工具（何雨欣）

理论是入门者的灯塔（曹丽）

理论是对经验的归纳与超越（蒋黄梦阳）

理论既是经验也是工具（王亚杰）

理论是来源于实践的体系化认知（卢昱辰）

理论是一个坐标系（张杏琳）

理论是与时俱进的经验总结（夏新怡）

理论是一种工具（龙丽萍）

理论是一种双面性的认知工具（吴若君）

理论是联系现实与学识的桥梁（杨劢航）

理论是实践基础上的规律总结（童雨嫣）

理论是一种框架（钟亚兰）

理论是呈现认知的必备工具（唐宇飞）

理论是我们反观自身的镜子（李雪淇）

理论是庞杂体系的脉络（吕子怡）

理论是一柄利剑（胡建滨）

理论是理性看待世界的工具（曾燕怡）

理论是知识的体系化和原有知识的升华（冉奕轩）

理论是直觉感受的理性呈现（余凯锐）

理论是引导方向的火炬（杜知睿）

理论是一种看待问题的有效视角（杨广辰）

理论是对实践的真理化过程（王思凝）

理论是批评的建构材料（邓祺）

理论是一套高效的体系（陈瑞）

理论是一种反思（陈廷钰）

理论是一套总领全局的框架（童杨洋）

理论的主要效果是整理概括常识（邹云双）

理论是一种系统化的批评，提供了文学研究的有效视角（袁路宜）

理论是一种可资借鉴的有效视角（徐景怡）

理论是对事实的聚焦（纪新语）

理论是有助于实践的工具（向严严）

理论是体系化的知识、经验集合（吕霁珂）

理论是一种弹性的约束网（张欣梦）

理论是支流众多的大海（刘婧雯）

理论是思考与行事的隐藏准则（石琢）

理论是油盐酱醋茶（宋美琪）

理论是一种观看的艺术（代巧）

理论是一种有效视角（伍照玲）

理论是关于感性的理性（刘挪亚）

理论是丝线，编织文学也被文学编织（蔡望舒）

理论是一种思维工具（洪田祎仁）

理论是蕉叶覆盖下的鹿（周睿）

理论是一种朴素的容器（赵若曦）

理论是理解文学美的工具（李颜妍）

理论是一种启发性的质疑（柯舒奕）

理论是一种区别的工具（雷心佩）

理论是一种认识论工具（李俊瑶）

理论是支撑文学的框架（侯明雨）

理论是基于实践而立的标尺（余雯欣）

理论是一种行动指南（邓毅）

理论帮助我们调整实际研究的方向（沈周瑜）

理论——解剖感性的理性之刀（章泽宇）

理论让我们更好地认识文学（王艺潼）

雪是死掉的雨，理论是死掉的思想（陈可）

理论为文学研究指明路径（屈林昊）

理论的作用是解释文学及文学过程，满足人的"评判欲"

（于新山）

理论的主要效果是批评常识（许淇杨）

理论是"床前明月光"（蓝韵妍）

理论通过实践，而找出事物之间的共同性，从而帮助我们在研究的事物中，寻找最接近真相的答案（王安妮）

三、文学理论畅想：2022 年导引课程建设

【缘起】1989 年，拉尔夫·科恩主编《文学理论的未来》（*The Future of Literary Theory*）出版，汇集海登·怀特、杰弗里·哈特曼、希利斯·米勒、汉斯·罗伯特·姚斯、伊莱恩·肖沃尔特、沃尔夫冈·伊瑟尔、乔纳森·卡勒等文论名家的作品，对文学理论在 20 世纪 90 年代乃至 21 世纪的发展态势做了前瞻性的预测。拉尔夫·科恩从中归纳出四条走向："I. 政治运动与文学理论的修正；II. 解构实践的相互融合、解构目标的废弃；III. 非文学学科与文学理论的扩展；IV. 新型理论的寻求、原有理论的重新界定、理论写作的愉悦。"我们或许无法准确预测文学理论的未来，但至少应有一个属于自己的理解。那么，就谈谈你对"文学理论的未来"的理解吧。请将自己的理解提炼为一个命题（如"走向文学人类学""理论的未来：拯救读者""通过神秘故事，理论将适用于电视"等）。

文学理论的未来：在综合中走向新变（胡宇佳）

雅俗结合的标尺：文学理论（张静眹）

人工智能时代下的文学理论将何去何从（李君豪）

文学理论的全球化对民族文论的冲击和交融（向利）

文学理论的未来：走向兼容开放（王润宁）

The Story Teller（牛莹）

构建世界性的文学理论成为可能（刘涵冰）

跨越专业壁垒，不断走向大众（雷阿娜）

若没有火炬，理论便是唯一的光（粟程）

理论的未来：打破学科边界（宋悦榕）

理论的未来——提供延迟满足（蒙冬冬）

更大范围的交会：与语言学（魏杨孟衍）

未来文学理论：对原有理论的反思与学科的再定位（赵宇杰）

"文学"的扩展："文学"走向新媒体（江韵）

打破形役，终将一体——文学理论何以突围（彭潇仪）

理论的未来：在打破围墙后重生（易可心）

在守住原有阵地的同时跨学科融合（郑雨姿）

破而后立（毛云驰）

文学理论的跨学科式体系建构（王澈）

文学理论不再"文学"（杨益）

理论的未来："旧"的突破与"新"的到来（魏雨含）

文学理论照亮读者前行之路（邹钰汐）

未来：在社会和科技需求中保全自身（李佳宜）

文学理论的研究对象会有所扩展（卓星宏）

文学理论的未来：原始冲动的回归（胡景茂）

理论的未来：没有终点的殊途同归（李济元）

文学理论成为普适性理论（邓倍）

文学理论的未来：逐渐滚大的雪球与不变的冰核（梅雨茜）

文学理论与社会学的融合（孙孔泉）

回归纯洁的文学理论（谭玉兰）

互联网时代文学规律的阐释（郑荃）

文学理论的未来：外界文化与自我的影响（朱雨珊）

文学理论呈现跨学科融合发展（王伊姿）

理论的未来：向外和扩张（刘亦橦）

文学理论未来将走向多学科融合（江戈）

拥抱科技的文学理论的未来（梁振爱）

文学理论通往更广阔的认知世界（孙玉灵）

文学理论的未来：随文学实践的发展而发展丰富（姚沙）

文学理论在数字信息化时代的扩展与创新（冯明涛）

文学理论的未来：指引大众（胡蔚）

理论将适用于电影（张立轩）

文学的未来是理论，理论的未来是文学（欧阳静宜）

文学理论发展的继承与创新（成甄）

理论的未来：在批判中发展（肖家蓉蓉）

血与泪浇灌下成长的玫瑰花园（李健铭）

文学理论的未来：从深奥的哲思落回大地（杨漾）

理论前行的脚步：解构、重塑与求新（黄嘉洁）

文学理论：深入生活实际（赵东梅）

迎接共商、共建、共享的世界性文学理论（杨荔钧）

文学理论的未来：多学科的融合发展（董俊彤）

理论走进政治：有限空间内的自由（张宇辰）

理论的未来：体系化的动态发展与自我完善（韩晶晶）

文学理论的未来：与科学实践融合而变（何国瑞）

文学理论的无解化（夏自清）

文学理论的未来：挣扎、突破与新的联合（豆梓萌）

走向大众的文学理论（黄玉萍）

社会文学理论：文学理论的扩展（罗佳昕）

理论的未来：全球性与民族性的平衡（陈钰冰）

开启文学理论的现实价值探寻（潘信妮）

形诸文字的道德自救（郭真誉）

信息时代电子媒介与文学理论的未来（王竞仪）

文学理论走向艺术理论与文明理论（汪子然）

走向文学社会学（齐欣荣）

民族的理论与世界的理论共舞（关彤）

时代发展：文学理论的多领域性（彭阳）

文学理论的未来：非传统文学和非文学学科的边界入侵（吴梓钰）

理论的未来：回归与超越（张博群）

理论的明天：从总结到指引（罗一惠）

文学理论与其他学科交叉融汇的发展趋势（刘嘉雄）

理论的未来：突破地域，超越文学（胡家齐）

文学理论的前路：于绝境处焕生机（李欣懿）

理论体式变革："互联网+"理论（刘溪木）

世界性·灵活性·前瞻性——文学理论的未来（徐帆）

文学理论的未来：普遍认同与差异共存（路培雁）

解构后的求索（喻志豪）

文学理论的未来：文学为干，支流频出（王泰宇）

文学理论的未来：大众化与批判性（鲍伟凤）

感性概念的回归与文学理论与形而上学的分离（张文杰）

走出象牙塔：文学理论的大众化发展（杨芸菲）

人工智能发展下文学理论的未来（张爽蕾）

吸纳与发展：非文学学科与文学理论的交融（刘艺丹）

对文学实践性的新思考：探索"文学+"视野（刘艺）

理论的未来：走向世界的理论（邓谣）

理论的未来：培养读者（冯力鑫）

理论的未来：拯救读者（唐艺萌）

没有尽头的理论（张欣瑶）

文学理论的非理论化（刘轩）

文学理论的未来：成为深入中学教育的理论（纪宏宇）

文学理论的科技融合与坚守传统（胡蝶）

文学理论的未来："热胀"与"冷缩"的融合（陈婧洋）

开放包容、以人为本的文学理论（杨语凡）

理论的未来：多元、统一与融合（周语）

作者的审视与被审视——理论的未来（杨洋）

文学理论重心的转移：走向读者（龙云）

文学理论的未来："阳春白雪"与"下里巴人"兼具（燕超群）

走向多学科交叉的理论（李佳）

随着全球化与文学理论深入研究，全球性、一般性的文学理论将得到发展（吴迪）

拥抱人群的理论（徐嘉欣）

文学理论向信息时代进发（范艺丰）

从"文学"理论走向"文化"理论——理论的升维（杨桢宇）

未来文学理论的"最大公约数"：融合、新生与废弃（刘子淳）

理论的未来：对常识的彻底颠覆而后成为常识（谢智超）

理论的未来：作者与读者的共创（易璟煜）

美美与共，理论"大同"（曾宁静）

文学理论的未来：扩展、融合与创新（王瑞琰）

理论的未来：对其的掌握或为更多读者的渴望（陈路阳）

在科技的大潮中艰难维持自我（苏正宇）

走向文学理论的大众化（刘絮灵）

文学理论的必经之路：调解与融合（于博洋）

理论的未来：普遍性工具的诞生（卢柳竹）

文学理论的未来：跨界融合与应用（许可鑫）

跨学科交流：文学理论扩大化（张诗苒）

文学理论或许会滑向其他学科的试验田（闫瑾怡）

文学理论的未来：指导与新变（侯悦）

理论的展现形式——不变与变（杨婷）

文学向艺术的更进一步（田小玉）

观照文学的方式：跨学科化（马蕊）

直面欲望，对文学理论的拥抱（李秉茹）

文学理论：世界性的碰撞交织（高华蔚）

理想读者的"跨界演出"（李飒）

文学理论的未来是对读者与作者的双重要求（吴璐辰）

文学理论在融合中发展（王怡佳）

文学理论：在融合中走向多样化（秦梦唯）

理论的未来：走向普世化（刘欣悦）

文学理论走向大众（张罗天）

起于一，极于九（彭梦可）

文学理论的未来是与众学科的深度融合（朱紫薇）

回溯与重构：世界性的文学理论（柳锦菲）

文学理论将与某些娱乐文化产业结合（叶雨欣）

文学理论的相机：更精细的构造，更广泛的使用群体（柯诗雪）

文学理论的未来：纯粹化、大众化（王翰琳）

文学理论走向"轻盈化"的未来（刘奕歆）

文学理论的网络化发展（赵佳馨）

走向跨学科、跨领域发展之路（姚晨熙）

文学理论的未来：向外与向内（陈慕霞）

走向文学心理学（李曼婕）

理论的未来：拯救读者（刘畅）

走向包容的世界性文学理论（王赫曦）

文学理论的未来——走出洞穴（王舒畅）

新时代文学理论与交叉学科的渗透发展（杨锴）

理论写作更有趣味性，文学理论家或也成为"作者"（刘丹彧）

文学理论的下行拓展之路（赵欣睿）

在政治中寻求未来文学理论的本体特性（谢可欣）

文学理论的未来：走向研究者，远离读者（曲艺）

文学理论的未来：雪崩后的重启（王婧玥）

文学理论：阅读实践之匙（安有文）

文学理论的未来：读者将发挥更大作用（徐雯靓）

理论的未来：媒介融合与形式创新（张瀚文）

吴越同舟：世界的文学理论（王小丫）

文学理论将走向多元（陈子欣）

"文学性"理论：占领新高地（李若彤）

未来的文学理论：融合与感觉化（廖钦材）

文学理论的未来：共相之林（余一）

文学理论的未来：覆盖全方位的网络（胡黎）

文学理论的未来：跨学科交融（田恩莹）

文学理论的未来：突破与超越（文梦迪）

蜕皮生长：文学理论的变与不变（包蓓）

文学理论影响力不断提高（周琪）

理论走向何方——无须防守的最终防线（章芷睿）

文学理论的未来：人类世界的生活必需品（郭纯希）

交融与蜕变：文学理论的新生（王雨芯）

文学理论的未来主题：适用万物的修正器，不仅仅是文学（谭若雨）

文学理论，艰难扭转碎片化时代阅读浅层化、低级化现象（柳金贝）

文学理论将深入实践与现实（谢珺怡）

理论体现更为丰富的学科交叉性（潘浩然）

理论的未来：在质疑中挖掘本质（周琬）

顺应全球化，文学理论将走向世界进行跨文化交流（杨娜）

走下殿堂：文学理论的大众化扩展（周欣怡）

文学理论在影视领域的延伸（徐佳宜）

通往未来的理论：解救与创新（张天乐）

走向世界的文学理论（祝希彦）

拓荒者：废弃理论的重拾与应用（蔡孜蔚）

理论的未来：有底线的开放与包容（张欣洁）

通变——文学理论未来问津之管钥（董潇逸）

文学理论的未来：跨学科融合发展（吴雪嫣）

文学理论的未来：世界性文学理论的可能（刘力菲）

文学理论的未来：感性的回归（甘汉强）

文学理论的未来：外向动力推动内向研究的新变（谢奕雯）

向外转：随时序而通变（彭舒琪）

在更深层次回归人性的文学理论（童诗嵩）

创作论的未来：作家的笔也分给读者一支（林金千）

理论的未来：走近人类（黎雪妮）

理论的未来：向网络进军（杨茂俪）

非文学学科在文学理论中的延展与融合（姚媛媛）

由分到合：构建文学理论共同体（邱璇）

文学理论——每个人的事（张飞扬）

走向实践的文学理论（童欣格）

走向文学全球化（卓芝兰）

理论是一张网的回收再利用（林语馨）

从"文学理论"走向"文学之于理论"（熊杰）

外延的持续扩展——文学理论在未来（陈凯璇）

文学理论随全球化进程走向更远大（姜语畅）

走向文学社会学（李秋琪）

文学理论走向跨界式融合（杨奕圆）

文学理论与文学实践的相互追赶（张怡悦）

文学理论的未来：走向短评论文学和公众号文学（杨伟珍）

理论的未来：总览世界和探寻潮头的海图（谢博涵）

从解构到交融：理论的第二次飞跃（方以智）

突破传统束缚，成就文学新生（林诗敏）

文学理论的花式发展（刘婉仪）
地基与建筑材料的双重结合（陈秋如）
文学理论的立体化（吴若蕾）
新型理论的涌来（邝清月）

【未尽】除了导引课重点讲授的八论，你认为文学理论还应补充哪一（几）论？

世界论、社会论、背景论、环境论、文化论、身份论；
对比论、关联论、融通论、交流论、对话论、区域论、流派论；
形上论、枢纽论、理论论、实践论、反思论；
缘起论、发展论、影响论、历史论、前沿论、未来论；
技巧论、形式论、语言论、媒介论、传播论；
审美论、修辞论、节奏论、心理论、读者论；
消费与再生产论、再创造论、修改论；
…………

图书在版编目(CIP)数据

借石攻玉:《中国文学理论》导引/袁劲著. —北京：商务印书馆，2023
ISBN 978-7-100-21752-1

Ⅰ.①借… Ⅱ.①袁… Ⅲ.①中国文学—文学理论—研究 Ⅳ.①I206

中国版本图书馆 CIP 数据核字（2022）第 179088 号

权利保留，侵权必究。

借石攻玉
《中国文学理论》导引
袁 劲 著

商 务 印 书 馆 出 版
（北京王府井大街36号 邮政编码100710）
商 务 印 书 馆 发 行
苏州市越洋印刷有限公司印刷
ISBN 978-7-100-21752-1

2023年2月第1版　　开本890×1240　1/32
2023年2月第1次印刷　　印张 8¼
定价：68.00元